项云峰 著

北派

1 飞蛾山上

长江出版社
CHANGJIANG PRESS

图书在版编目（CIP）数据

北派.1 / 项云峰著. -- 武汉：长江出版社，
2024.11. -- ISBN 978-7-5492-9788-7

Ⅰ.I247.5

中国国家版本馆 CIP 数据核字第 2024KK4141 号

北派.1　项云峰　著
BEIPAI YI

出　　版	长江出版社
	（武汉解放大道 1863 号）
选题策划	欣欣向爱
市场发行	长江出版社发行部
网　　址	http://www.cjpress.cn
责任编辑	陈　辉
特约编辑	小松塔　竹　剑
封面设计	喜发财设计工作室
印　　刷	长沙鸿发印务实业有限公司
版　　次	2024 年 11 月第 1 版
印　　次	2024 年 11 月第 2 次印刷
开　　本	710mm×1000mm　1/16
印　　张	17.25
字　　数	310 千字
书　　号	ISBN 978-7-5492-9788-7
定　　价	48.00 元

版权所有，翻版必究。如有质量问题，请联系本社退换。
电话：027-82926557（总编室）　027-82926806（市场营销部）

楔子　　　　　　　　001

第一章　入伙　　　　003

第二章　地宫　　　　021

第三章　惊变　　　　047

第四章　山魈　　　　073

第五章　祭台　　　　104

目录
CONTENTS

第六章 算计 133

第七章 局中局 166

第八章 谈判 195

第九章 出事 225

第十章 新团队 245

番外 王把头借绳 264

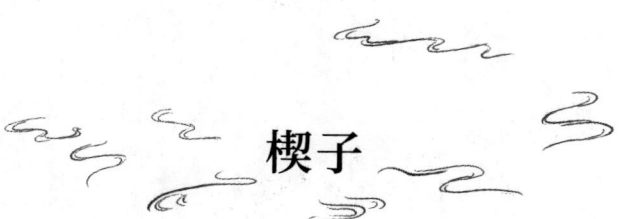

楔子

  我从小就喜欢看探险的书，却苦于没有机会去亲身经历一番，直到有一天我得到了一本名叫《北派笔记》的书。

  书中的探险故事十分精彩，还有许多匪夷所思的事物，书中探险的门派分为北方派和南方派，北派人胆子大，路子野，我很喜欢。

  我整日沉浸在书中光怪陆离的世界里，废寝忘食。就在我又一次抱书而眠之后，奇怪的事情发生了，等我再次睁开眼，发现自己竟然来到了书中的世界。

  这本书的主人公名叫项云峰，我变成了他，家住东北漠河。此后，属于"我"的探险旅程正式开启了……

第一章

入伙

我们那里冬天很冷,有一天晚上一点多钟,下着小雪,老舅突然神色慌张地牵着狗来喊我,让我拿上手电陪他去山上一趟。

老舅是大兴安岭护林员,有证件的那种,他如此着急只有两种可能,一是有人偷砍杉树,二是有人偷挖"行军锅",那几年光被老舅抓到的人就有十几个,老舅说地下的东西都是归国家的,可不敢随便乱挖。

什么叫行军锅?

我们村西头那片山叫"锅儿山",传说以前是金兵路过驻扎的地方,当时金兵南下抢了很多宋朝的金银财宝,其中以铜钱数量最多,金兵就用随军做饭的大铁锅来储藏这些铜钱,这就叫行军锅。

至于这些东西当时为何金兵没带走,又为何散落在我们村后山上,这没人知道,连村里年龄最大的老人都不清楚。

刚到半山腰,远远看到林子里有两束手电光晃来晃去的,老舅拽着狗绳子,让我赶紧关了手电,随后我俩悄悄朝那边靠近。

那是两个中年男人,操着南方口音,两人挤在一米多深的土坑里,似乎想用力将什么东西抬上来。

"干什么的?!"

老舅瞬间松开拴狗的绳子,大喝一声冲了出去。

大狼狗如闪电般扑过去,一口咬住了其中一人胳膊,用力撕扯。

"啊!"

这人大声惨叫,想挣开狼狗。

另外一人见情况不对从坑里爬出来想跑,老舅一个飞身从背后将人扑倒,二人扭打在了一起。

"峰子!帮忙!"

我反应过来,忙上前将人死死摁住,老舅腾出手来从包里掏出绳子,将这人反绑在地上。

"老乡！老乡你快给我松开！误会啊！"

"谁是你老乡？误会个屁！别以为我不知道你们干什么的！人赃俱获了还有什么可狡辩的！"

老舅又将另外一人捆了起来，这人真惨，身上被狗咬得血肉模糊，惨叫连连。

这事儿我至今印象深刻，因为那是我第一次看到土里的文物。

老舅要是晚到一个小时，东西肯定被挖走了，那是一个锈迹斑斑的大铁锅，就像现代农村红白喜事儿做大锅饭用的铁锅，不同之处在于这东西很厚重，有三根指头那么厚，两侧各有一个大耳朵。

铁锅里装的全是古代铜钱，我们东北叫小皮钱，土里埋着一半，漏出来一半，一串串叠在一起，隐约能看到以前那种麻绳，具体数不清有多少枚。

人被控制起来了，老舅让我看着现场，他急忙回去通知村大队来人。

"小……小兄弟，咱们商量个事儿行不行？你把我们两个放了，我那包里有两千块钱你拿走。"

当时平均工资也就两百，两千块算一大笔钱了，但我不敢，我要是那样干了，老舅得打死我。

这人手脚被绑，满脸是土，看我不理会，又道："算命先生说我今年流年不利，我还不信，现在看来都应验了，往常大风大浪过来了，没想到在这个小地方翻了船。"

另一人同样灰头土脸，衣服上沾了血迹，躺在地上喘着气大声抱怨道："行了，大哥！事到如今你说这些有什么用？咱们找这地儿耽误太长时间了，这地儿离村子太近，不好搞，让你事先正经找两个南派高手指导一下，你偏不听。"

后来这两人被村大队的人移交到了漠河派出所，那时候我还小，这是我第一次接触这个行当，第一次听到"南派"这个词儿，要问我怎么入行的，只能说机缘巧合，这里先暂且不提。书接上文，南方派有很多是家族式的，老爸带儿子，爷爷带孙子，很少和不认识的外人搭伙，所以被人戏称为"胆小派"。

这一行鱼龙混杂，什么阿猫阿狗都有，厉害的是真厉害，都是能倒背《葬经》的人物，一眼定穴，一点儿都不夸张。

带我入行的老头叫王显生，行里人都叫他"王把头"。他受雇于大"金主"赚取佣金，关于这些金主的身份我不便过多透露,我只能说是一帮有钱的主。他们在探险过程中挖到的文物基本都捐到大博物馆去了,这并不是什么不能公开的秘密,有兴趣的可以去各大博物馆看看,有很多这种写着"由某某先生无偿捐赠"的牌子,这类人有一部分确实在做保护文物的善事,还有一部分想要的是名望、社会地位,而作为一线出力者的我们,追求的只是温饱而已。

王把头作为北派中的老资历,他这辈子进过许多座大墓,上到春秋战国,下到宋元明清。

行里人最爱去探的墓有两个,一种是汉墓,一种是西周墓。

不过,西周大墓也是历朝历代埋得最深的。秦始皇以后,封土堆才开始流行。而西周大墓一般是在地下十五米的地方,甚至还要更深。

话说回来,书中我的第一次探险是在顺德。

这趟是去探一座西周墓,因为人手严重不足,所以我才被王把头相中。我是团队里年龄最小的一员。

到了顺德,王把头直接扔给我一千块,说这是规矩,入行红包,还让我随便花。

我只是吃喝,花不了多少钱。我吃了顺德的水蛇羹、四杯鸡、煎鱼饼、均安蒸猪等,都很好吃。

在顺德转悠了两天,王把头把我叫过去说:"云峰啊,怎么样,准备好了吧?我教你的那些,你都记住了吗?"

我点点头。

这天晚上,旅店里又陆陆续续来了四个人,三男一女。

女的是负责我们后勤的,三十多岁,笑起来风情万种,眼下有颗黑痣,她在行里有个外号,就叫"一颗痣"。

"哎哟哟,又来新人了。这也太小了吧……""一颗痣"笑眯眯地看着我说。

"小红,这孩子虽小,但有灵气,培养两年,说不定能成材。"王把头帮我解了围。

那三个男的是亲兄弟,姓孙,按年龄大小来排就是孙老大、孙老二、孙老三。

王把头说孙老二和孙老三道上有名,能把洛阳铲玩出花来,还会一种飞针探土的绝活,尤其是探大深坑,经验十分丰富。

这人给我的第一眼感觉就是沉稳、老实。后来我才知道,这种表面越老实的人,心思就越灵活，眼观六路，耳听八方，万一出了紧急状况，能扛起来事。

顺德顺峰山公园的西南边有座小山，当地人将其称之为"飞蛾山"。王把头说，大坑就在飞蛾山的半山腰上。

我问他："把头，你怎么知道半山腰有大坑？"

王把头吐了个烟圈，眯着眼告诉我："云峰啊，记住：'关锁截横栏，分明居两边。高山平地穴，大坑葬中间。'"

我当时听得云里雾里，感觉把头在说绕口令，我根本就听不懂。

后来我背了《葬经》，王把头又把寻龙点穴的经验传给了我，我才明白王把头这短短的四个短句，真是道尽了飞蛾山的风水优势。

之后，我们几个人背着大包，到了飞蛾山的半山腰。

看着一棵老杉树，老把头一跺脚，兴奋地说："老二、老三，就这儿，先取个样儿尝尝咸淡，要是有石头的话就下针！"

孙老二放下背包，从包里拿出一截小短棍和一个弯头半圆铲。

"咔！咔！咔！"

他熟练地安起了洛阳铲。安好的一根洛阳铲很长，八米开外。

"二哥，这是个深坑，这长度够吗？不够的话，我包里还有。"孙老三问。

"老三别慌，再长了耍不来。咱们就是先看看下面的土层结构，尝尝咸淡。"

"云峰，过来，帮我扶着点儿。"孙老二朝我招了招手。

我忙跑过去帮他立住洛阳铲。而后，孙老二解开裤子，当着我的面哗哗地开始撒尿。

撒完尿，他一哆嗦，兜起了裤子。

孙老二蹲下来，盯着湿地看了一会儿，随后他眉头一皱，说："不行，这下面有石头，得换个点下铲。"

"小云峰，就你站的地方，你现在放泡水。"

虽然搞不懂，但是我还是照做了。

"呵呵！"孙老二笑着说，"这小年轻就是火力旺，有劲啊！"

他盯着我面前的湿地看了两分钟，然后点点头说："就这个点，下面石头少，开干！"

他手上力气极大，一铲子就能下去很深，洛阳铲不停地往外带土。

铲子下了一大半，我发现带出来的泥土颜色有些变化，变得有点儿黑。

我问："二哥，你快看，泥变黑了。是不是到地儿了？"

"早呢！这种黑土可不是我们想要的，这是烂树根肥化层，没用。"

小洞越探越深。

"这么深！杆子不够了，老三，加长！"

随着杆身加长，洛阳铲继续往下探。

一个小时后，铲子带出了一层白土，白土下面还沾着点儿青土。

孙老二拿鼻子闻了下这土，忽地激动了起来。

"把头，云峰这小子是福星啊！有两年没见过这种大坑了！一铲子打到了夯土层，白膏泥连着青膏泥，里边儿埋着的人要么是西周贵族，要么是小诸侯王！"

孙老二却摆摆手。

孙家兄弟道上有名，靠的是手上的真本事，通过这一铲子土层结构，他们就能在脑海里大概描绘出下面大坑的情况。

由于年代太远了，这种墓里一般会有塌陷或者进水，要想闭着眼一条直线挖到主墓室，那基本上就是痴心妄想，搞不好会越挖越偏，最终和主墓室擦肩而过。所以，先顺着墓道顶挖下去，再选择去耳室还是主室，才是最保险的办法。

孙家老二、老三齐上阵，开始挖起来。

"哎？"这时孙老二在土坑里，手上的旋风铲忽然停了。

"老二，咋了？"王把头在上面问。

"把头你看，"他伸手抓了一把土说，"越往下越湿，这可不是什么好现象，保不齐下面坑里有积水。"

王把头皱眉道："水坑？这里现在不是雨季，咱们不会这么点儿背吧……你再往下挖二十厘米试试。"

孙老二点点头，又开始往下挖。

"二哥，不能下了！这下面就是墓道，百分之百有积水！"孙老三急声喊道。

"墓道有水，就算我们打下去，坑洞被水一泡，根本立不住！"

王把头叹了口气说："唉！没算到这一步。老二、老三先上来。"

孙家兄弟先把旋风铲扔了上来，随后两腿蹬着坑洞爬了上来。

"把头！我敢打包票！再往下打一米五，肯定能见到灌顶。"

灌顶说的是石头墓顶，明清时期的砖头墓顶则叫券顶。

孙老二点了支烟，他看着自己挖好的坑洞，眯眼说："把头，都走到这儿了，要不要拼一把？"

"老二你的意思是……"

孙老二弹了弹烟灰，冷声说："叫'一颗痣'把压缩水泵和小型发电机送过来。"

王把头立即摇头说："抽水？那风险太大了。这时节不下雨，照顺德这边的气温来看，坑里肯定不会结冰。"

"二哥，我也同意把头的意见。目前来看，墓道里有积水是肯定的了，要是积水太多，单凭一台水泵可抽不完。"孙老三皱眉说出了自己的想法。

"那咱们怎么办？就这么打道回府？"

王把头摸着下巴考虑了一会儿，突然转身问我："云峰你觉得呢？"

两兄弟也扭头看向我。

"啊？"我没想到他会突然问我。

我想了想，说了一句："把头，我想下去看看。"

"精辟！"孙老二哈哈笑道，"把头，这小娃都不怕，咱们还怕个啥！"

对讲机红灯一亮，王把头当即说："联系'一颗痣'，让她在一个小时内把东西送过来。"

兵贵神速。

这是我第一次见识"后勤办"的组织能力。不到一个小时，一台水泵、一台小型发电机，就准时派人给我们送到了地儿。

水泵一到，孙老二卷起裤腿，直接拿着铲子下了坑洞，随后不断有泥土从下面被扔上来。那些泥也越来越湿。

几十分钟后，只听坑下的孙老二大喊了一声："冒大水了！"

他刚上来，水已经没过了大半个坑洞。

接好发电机和管子，王把头直接把抽水泵扔了进去。

下面"咕嘟咕嘟"地冒水，上面不停地抽水、排水。

我们的运气够好，水泵抽了没多久，水就小了下来，也没泡塌坑洞。

王把头收上来水泵后说："老二，你直接下针！把灌顶打穿。"

"针"是行里一种特制的尖头工具，尖头是金刚石做的，专门用来凿穿石砖类灌顶，威力很大。

很快坑下传来阵阵凿石头的声音，孙老二的声音随后传来："把头，打通了！"

王把头当即脸上露出笑意，他看了下时间说："抽水耽搁了不少时间，云峰，你也下去吧，多一个人就能多一双手。"

我当时一愣神，就问他："把头，咱们不得跑跑风？万一下面没空气了怎么办？"

王把头笑道："呵呵，你呀，你想想，墓葬要是密封得好，还能灌进去这么多水？放心吧，下面空气没问题的。"

随后我戴着头灯，生平第一次下了坑洞。

灌顶被孙老二破开了一个大洞，我双腿蹬着坑洞两边，一点点儿地往下落。

灌顶离下面的墓道还有两三米，我一看这么高，当时就有点儿害怕了，不敢往下跳。

墓道里还有些积水，手电照亮下泛着阵阵白光，目测深度能淹住人的小腿肚，孙家两兄弟都站在水里。

"跳啊，云峰，没多高。等下我们托你上去！"孙老二戴着头灯，抬头对我喊。

当即，我心里默念了一声"老天保佑"后就跳了下去，结果没落稳，摔了个狗吃屎，喝了一大口墓道里的积水。

"云峰你以后得练练，你看你这细胳膊细腿的，没事吧？"孙老二笑着把我扶了起来。

这条墓道是"十"字形状，我们现在站的位置在中间，左右有拐弯，连接着东、西耳室，直着往前走就是主墓室。

孙老二搓手笑道："我们运气还不错，墓道没塌。看这制式，埋的应该是西周中早期的诸侯。这种等级的墓，前面主墓室肯定有封门石，要是塌了就不用费力气了，不过就算封门石还在也没关系，老三对付那种东西可有一手了。是吧，老三？"

"二哥你过奖了。"孙老三盯着前方黑暗说，"三吨以下的封门，只要里面没顶自来石，我还是能整开的。"

先去探主墓室，然后去东、西耳室，这是我们的计划。

我们三人蹚着水往前走，哗啦啦的声音在墓道内回响。

就在这时，前方水面上漂过来一个红色的东西，是从前面主墓室冲过来的。

"这……是啥？"孙老三从水里捞起了这东西，摊开一看，竟然是一条现代人用的粉红色毛巾……毛巾上还印着商标。

见到这条毛巾，孙家兄弟的脸色顿时十分难看。

孙老三一抬头，头灯照亮了灌顶。

我们看得很清楚，在灌顶西北角处，有一个直接打通下来的小洞，小洞周围的石头灌顶都开裂了，布着密密麻麻的裂纹。

孙老二气得一把扔掉了手里的毛巾，看着灌顶上的小洞说："这是用冲击钻打下来的。那帮人没有金刚针，就在里面放了炸药，炸开了灌顶。这条毛巾是用来堵住小洞，减少爆炸动静的。"

"这西周墓被人探过了！"

"肯定是南边那伙人搞的。"

孙老二越说越来气，额头上青筋暴起，看起来随时要出手打人。

孙老三也摇头叹气，随后他按了下对讲机说："把头，下面出新情况了——这坑已经被人探过了。"

对讲机里沉默了一分钟，随后王把头冷声说："什么时候的事情？你们进去主墓室看了？"

对讲机里传来一阵滋啦声，可能是信号不稳定，孙老二用力拍了拍对讲机说："没有！我们还在墓道里呢！刚才积水冲过来一条毛巾。都不用想，这墓肯定是不久前被探的。把头，南边那些人的办事风格你也了解，他们探过的墓，很少能留下来什么有研究价值的东西。"

王把头想了想道："老二，这样，你们进主墓室看看，如果连主墓室里都没东西了，那耳室你们也不用去，直接收拾好东西上来。"

"好的，把头。"孙老二放下了对讲机。

我不抽烟，鼻子还算灵，这时忽然闻到一股香味，淡淡的香味。

"二哥……怎么有一股烧香味？"我疑惑地问了句。

被我这么一说，孙老二很夸张地使劲朝前方嗅了嗅鼻子。随后他扭头看着孙老三，眼中闪过一丝诧异。

"没错，刚才我们没注意，这是楠香。"他的脸色忽然变得有些凝重。

"二哥、三哥，怎么了？这楠香有什么不对劲？"看他们表情凝重，我有些不明所以。

我是这样想的：以前有钱人死后用的都是金丝楠棺材，金丝楠木头有楠香味不是很正常吗？

孙家兄弟脸上轻松的表情消失了。

"云峰，把你手给我。"

"啊？要我手干啥？"我疑惑地伸手过去。

"二哥你干吗！"我手指吃痛，忍不住惊呼出声。

原来他用锋利的小匕首一下划破了我的手指头。殷红的鲜血流出，孙家兄弟一前一后，用我的血在他们手腕上抹了点儿。

"二哥、三哥，你们抹我的血干啥？"我嘬着受伤的手指头抱怨道。

孙老二说："云峰，干咱们这一行，很怕碰到'四大邪''六小邪'。斗鸡眼的镇墓兽、淡如花的奇楠香、红漆不烂的黑棺材、灯油不干的长明灯，这叫'四大邪'。老祖宗的规矩就是这样，鲜血破邪。"

他说得玄乎，我听后却不以为意——这是把我当小孩吓唬吗？

我委屈地小声说："那……那你们怎么不割自己的手指，割我的指头干啥……"

孙老二摸着我的头，阴笑道："我们的血不行，得用童子血啊！云峰你怕不是连姑娘的小手都没摸过吧？"

我支支吾吾地说不上话来。随后我故意岔开话题，犟嘴问道："那'六小邪'是啥？"

孙老三摇摇头，对我说："云峰，你刚入行，见的事还少，你不知道，这都是老一辈行里人传下来的说法。流沙墓、天火灌顶、东家（墓主尸体）不烂、七窍塞珠、棺大于椁、老鼠做窝（指老鼠住在棺材里），这是以前旧时说的'六小邪'。三百六十行，谁家还没有点儿绝活？咱们这样的，在旧时叫'偏八门'。'正八门'上九流，'偏八门'下九流，此外还有和死人打交道的'阴七门'。"

孙老三继续说："云峰，你现在干了这行，这些以后都得了解，免得以后别人问你时你不知道，丢了咱们北方派的脸。所谓'阴七门'，一是缝尸人，二是刽子手，三是赶尸匠，四是吹大坟，五是扎纸人，六是捡骨师，七是小棺材匠（专给死去的小孩打棺材的匠人）。这'阴七门'，你以后行走江湖得记住。"

这些乱七八糟的玩意儿，我当时真记不住，只感觉他说得很杂，什么七门、八门的，不知道他在说啥。

"行了，老三，他才多大点儿，你说这么多也没用。走吧，咱们去前头的主墓室看看。"孙老二晃了晃手腕道，"咱身上有云峰的童子血，破邪啊！"

我们又蹚着水，顺着墓道走了两三分钟，前面还是没有出现主墓室。走得近了，我们用头灯一看，前方竟然是一堵石墙，不是主墓室。

此时，不知道从哪儿刮进来一阵风，我的脚泡在混浊的积水里，感觉凉飕飕的。

走到石墙下，孙老二抬头往上看，只见在我们头顶的墓道灌顶上，能清楚地看到一个大黑窟窿，凉风就是从黑窟窿里吹进来的。

窟窿形状不规则，孙老三看着窟窿，皱眉说："这是之前那伙人干的。刚才我们路过的那块灌顶没炸开，看来他们换了个点，从这儿炸开、下来了。看这窟窿形状，应该是用的雷管。"

孙老三按了下对讲机："把头，往前直走，前面是一堵石墙，和我们想的不一样，不是主墓室，目前还没有见到陪葬品。"

对讲机红灯一亮，王把头遥控指挥道："有青膏泥的墓不可能没有主墓室，你们再找找，往左边去西耳室看看情况。"

"收到，把头。"

"嗯。"孙老二松开对讲机，直接带着我和孙老三绕过石墙，向西边耳室摸去。

我是第一次见到墓葬的耳室，其实就是一个被掏空的小房间，看墙上的水线痕迹，这里之前肯定是整个泡在水下的。

我看见了什么？第一眼，我看见了成堆的青铜器，大批量的青铜器，胡乱地堆在西耳室的地上。

这些青铜器有破烂的，有完整的，有小型的圆鼎、方鼎、青铜盉、青铜豆、青铜爵，粗看一眼都有几十件。

这类青铜器堆在一起并不奇怪，因为在西周时期，这类东西都是厨房用具。

青铜鼎是用来煮肉的，青铜爵是用来喝酒的，青铜豆是用来放调料的——相当于我们现代人吃饺子时用的醋碟子。

我向左右扭了扭头，头灯刚好照到了耳室的角落。

"嗯？那是啥东西？水缸？二哥，快看，有个缸！"

孙老二被我突然的大嗓门吓了一跳。

"云峰，你小子嚷嚷啥，吓我一大跳。"

我说："二哥，墙角有个大缸，很大。"

他头也没抬地说："那是粗陶器，研究价值不高。"

听了孙老二的话，再看看那盖着石头盖子的大水缸，我最终没过去。

我背了几件青铜器，蹚水走了回去。

这时，对讲机里传来王把头的催促声："你们三个赶快上来，咱们得快点儿下山。"

我被孙家兄弟用叠罗汉的方式顶到了灌顶上。随后王把头从上面放下来一段绳子，把我拽了上去。

孙家兄弟更牛，他们上到灌顶上后，连绳子都没用，直接两脚撑着坑洞爬了上去。

"把头，这才一个西耳室，还有东耳室。这真是奇怪了，愣是没看到主墓室。我看我们得在这儿建个据点了，还没找到主墓室，天知道这里面还有多少东西。这趟活，没个十天八天的干不成。"

"据点"，在行当里特指一种情况，就是碰到大墓了，一天两天探不完全，要围绕着这座大墓设计一个据点。

早年行里的熟人们见面，常常会问："那谁谁，听说你小子去年打了两个大据点？"

这人回话说："哪有，就是运气好，打了两个小据点而已。"

王把头权衡后点头说："我认为这座西周墓的价值值得冒这一趟风险。就做据点吧。"

知道王把头的意思，孙老大那边立马联系了"一颗痣"，让"一颗痣"派人过来搬东西。

这"一颗痣"也是位奇女子，后来通过几次接触，我了解到，"一颗痣"很有背景。她不光给王把头当"后勤办"，据说还兼职做其他团队的"后勤办"。这就好比那些大公司里的职业经理人，这些人往往一人担任多家公司的重要职务。

按理来说，这么做肯定是不合规矩的，但"一颗痣"能力强，王把头也就当作没看见，故意睁一只眼，闭一只眼了。

"一颗痣"的团队里有几个小年轻，他们心甘情愿、死心塌地地跟着"一颗痣"。

晚上给我们送发电机、水泵，帮我们隐藏坑洞的，都是"一颗痣"手下的这几个小年轻。

我们这个团队要是没有"一颗痣"，还真玩不转。

第二天，我们回到了顺德的小旅店。

中午，趁着饭点，我背着书包，在顺德瞎转。

我在路上走着，脑袋里一直在想一件事。不知道怎么回事，昨晚在墓葬西耳室墙角处看见的那个盖着盖子的大水缸，我总觉得不对劲。

兜兜绕绕，我走到了一条小河边。

"等等！站住！你干什么的？"

身后突然传来一声清亮的呼喝声，吓得我差点儿就栽进河里。

我心惊胆战地转身，看见一个女孩正叉腰指着我。

这女孩身穿校服，扎着马尾辫，脸上红扑扑的，胳膊上戴着红布章，红布上写着"河道保洁"四个字。

"就说你呢！看什么看！你刚才想往河里丢什么？是不是准备丢垃圾？"

我顿时慌神了，忙摆手道："没……没，我没丢垃圾……"

"胡说！我都看见了。让我看看！"她大声说着话，往我这边走。

瞧她过来，我脑子一发热，提着书包就开始跑。

"小子，你站住！"

她紧跟着我不放，我俩就开始沿着护城河跑。

跑着跑着，我脚一滑，直接掉到了护城河里……

我不会水，就乱扑腾，连喝了好几口河水，大声喊"救命"。

后来是这女孩救了我。

女孩名叫李静，顺德本地人，是顺德的高二学生。那天她是替她妈工作——她妈是负责护城河水面垃圾治理的。

被救上来后，我浑身湿得像只落汤鸡。

女孩为了救我，自己的衣服也湿透了。她揪着我的衣服问我："你跑什么跑，一点儿水也不会，你不要命了？你的包里装的是什么？"

我红着脸道："我只是一时脚滑，不小心掉到了河里。我的包里装的是书本，没了就没了，再买就是了。"

她将信将疑地上下打量着我。

"我觉得你小子心中有鬼。这两天附近老有人电鱼，你得和我去见我妈，我妈说你能走了才行。走！"自顾自地说完话，她又拽着我的衣服往前走。

我拼命地摆手，大声解释："我不是电鱼的，我不是电鱼的……"

李静家就在护城河边上。河上有个天桥，去她家必须经过天桥。

桥上有好几个摆地摊的，有卖小孩玩具的，有卖鞋垫、袜子的，还有一个摊十分引人注目，是个算命的摊子。

那算命先生五十多岁，戴着圆墨镜，手边放着一包五块钱的硬包红河烟。他烟不离嘴，一根还没抽完就又续了一根。

"哇！小李静就是比你妈能干，这是又逮到一个偷倒垃圾的？"算命先生坐在马扎上，笑眯眯地说。

李静受到了夸奖，脸上有些自得道："是李半仙啊！可不是嘛，这小子见了我就跑，都掉河里了。我怀疑这小子是电鱼的。"

算命先生"噗噗"地吸着烟，烟雾缭绕，都快把他的脸盖住了。

"呀，电鱼啊！小伙子，这就不好了，电鱼的人运势受损，是要受报应的啊！"

李静"扑哧"一笑道："李老六，我叫你一声'李半仙'而已，你真当自己是半仙啊，笑死我了。上次你给李婶算卦，说李婶家里养的猪一个月内必能怀上小猪，结果呢？结果李婶家的猪第三天就拉稀拉死了。小猪呢？"

"咳咳！"算命先生咳嗽两声道："那是那头猪时运不济，不怪我算得不准。你要是不信，要不我再给你算一卦？"

李静顿时笑弯了腰，指着算命先生说："别，我可不敢让你算，你肯定是好几天没开张了。你要算的话，就给他算吧，算算他是不是电鱼的。"女孩忽然指向了我。

不知怎么的，我稀里糊涂地就让他给我算了命。

算命先生先是问了我的出生年月日，然后他拿出一个乌龟壳，乌龟壳里有三枚乾隆通宝铜钱。

他上下左右地摇了几下，然后那三枚铜钱就从乌龟壳里掉了下来，掉到了桌子上。

不知道是不是巧合，三枚铜钱都是背面，而且有两枚叠在了一起，另外一枚孤零零地躺在一边,与那两枚的距离有些远。

算命先生脸上的笑容没了,他看着三枚铜钱,有些发愣,一直看了好久,手上的红河烟都烧到了烟屁股。

反应过来后,他看了看李静,又看了看我,不住地叹气摇头。

李静笑着问:"李老六,说吧,算出什么来了?这小子是不是电鱼的?"

算命先生重新点了一根烟,深吸了一口,然后看着我,意味深长地说:"小伙子,不简单啊……"

我小心翼翼地问他看出什么来了。

他"呵呵"一笑道:"水深池子浅,池浅王八多。你就是池子里最值钱的那只王八,不过逃不过最后的命运,被人宰了,做成了一碗甲鱼汤。"

当时听这人说我是乌龟王八,我是真气得不行。如今再回想他的那些话,可谓是字字珠玑……

"妈,我回来了!"李静就像是牵小狗一样,把我带到了她家。

李静的妈妈虽然才四十多岁,但是头发白了不少,抬头纹也很多,看起来饱经沧桑。

"小静……这是谁?是你同学?"

"不是啊,妈。"李静拽着我的胳膊说,"妈,我刚才在护城河边上逮到这小子,这小子鬼鬼祟祟的,一看就不是好人,我怀疑他在电鱼。"

"电鱼?"李静妈疑惑地问我:"小伙子,你是电鱼的?"

我忙解释说这是误会,我根本就不是什么电鱼的。

李静妈慈祥地看着我,摇头笑道:"我看小同学你也不像是电鱼的。小静啊,你这次是搞错了,你这妮子还把人抓来了,快给人道个歉。"

后来我搞清了状况,明白了李静为什么要抓电鱼的。

这是因为谁要是抓到一个电鱼、炸鱼的,都可以去领赏钱,抓到一个人,重奖五百块!

所以李静才揪着我不放,把我当成电鱼的,想把我送去换赏钱……

因为她家缺钱。

在李静妈的强制要求下,李静很不情愿地给我道了歉:"同学,对不起了!"

李静妈热情好客，为了表达歉意，她让我留下一块儿吃午饭。

现在都快两点了，我刚好肚子也饿得慌，就答应了。

中午吃的是大米饭，李静妈整了三个菜，一盘韭菜炒鸡蛋，一盘西葫芦豆角，还有一个凉拌藕片。

家常小菜炒得地道，很好吃。我扒拉着碗闷头吃饭。

李静冷眼看着我，时不时用筷子使劲地敲一下瓷碗，故意搞出很大的动静，惹得李静妈频频皱眉。

李静是嫌弃我吃了她家的鸡蛋。

李静妈呵斥她："小静，怎么这么不懂规矩，这小同学哪里惹到你了？"

李静咬着筷子尖，撇嘴道："他没惹我。但我就是看这小子不顺眼。"

我也来气了。我虽然没有爹娘，出身卑微，家里也是破落户，没人管，但有一点——我这人自尊心很强。

我放下了碗筷，起身向李静妈告辞。

你这女孩，谁稀罕吃你家的鸡蛋。我生气地想。

结果才刚走到门口，我就被一大伙人顶了回来。

有六七个人，都是二三十岁的青壮年。他们手里提着油漆桶，有的人手里还拎着棍子。

"李明全呢？李明全，滚出来！"

"再不出来，我打死你的老婆、孩子！"

他们一个个凶神恶煞，我没见过这阵仗，顿时就吓傻了。李静和她妈也好不到哪儿去，脸色苍白。

其中一人提着油漆桶走进了屋，看到桌子上的饭菜后，冷声笑道："哼，还有钱吃鸡蛋！有钱吃鸡蛋，却不还老子钱？我让你们吃！"

这人直接提起油漆桶，倒了一桌子红油漆。桌子上的菜顿时被红油漆糊住了，油漆味刺鼻难闻。

李静妈的眼神中充满了恐惧，李静低着头不说话。

"嘿嘿！"男人笑着道，"吃鸡蛋是吧？没钱是吧？"他用棍子将沾满油漆的韭菜炒鸡蛋捅到了李静前边，"吃吧！鸡蛋好吃是吧？今儿个只要你把这盘菜吃了，那我们就走。哈哈！"

另外几个人也附和着大笑。

"你们干什么！"我看不下去了，这不是欺负人吗！

"哟呵！"男人看着我笑道："兄弟，请问你是哪根葱？"

我深吸一口气说："我是李静的同学。你们要是敢胡闹，我就报警！"

"啊？报警？"

顿时，四周哄堂大笑。

"欠债还钱，天经地义！你个小崽子还敢报警！"

他用手里的棍子猛地朝我头上砸来。

我下意识地举起胳膊想要挡，可反应慢了，没挡住，我的脑袋结结实实地挨了一棍子。

头上黏黏的，我伸手一摸——头被棍子打破，流血了。

我只感觉眼前一阵天旋地转。

"别打了！我吃！我吃！"一直低着头的李静忽然抬起了头，红着眼睛大声呼喊。

李静妈一直抹眼泪。

李静用手抓起盘子里的鸡蛋，当即就往嘴里塞……

"今儿个也算没白来，哥儿几个看了一场好戏。另外，你记得告诉李明全，等我们再过来，要是还没有钱，那就不是这么简单了。"

这帮人留下一句话，骂骂咧咧地就离开了。

我的脑袋被人打破，流了不少血，躺在地上十分难受。

"你怎么样了？"李静抹了下嘴边的油漆，小心翼翼地把我扶了起来。

李静妈找来纱布，简单地帮我包扎了头。我躺在她们家的床上，歇了一个多小时才缓过来。

"小同学，对……对不起，让你受伤了……"李静妈一脸愧疚地对我说。

"阿姨，那些人是干什么的？"头还有些疼，我忍着疼问她。

"我爸做生意失败了，欠了他们一大笔钱。"李静说。

"做生意失败了？欠了多少钱？"

"唉！"李静妈忍不住摇头道："五万块钱……"

"五万块！这么多！"听到这个数字，我吓了一跳。这么多钱，就算不吃不喝，攒两三年也还不上。

"小同学，你住学校还是去医院？我们送你回去吧，实在是对不住你！"李静妈对我道歉。

"不用了，我不用去学校，我自己走就好了，我现在能自己走。"

出了门，李静出来送我。

"喂，刚才对不起了。"她和我并排走着，低着头对我道歉。

"没事，都过去了。"我很大度地摆手笑道。

"你不是我们学校的吧？你在几中上学？我以后去找你玩。"李静忽然问我。

"啊？这，这……"

我撒谎道："我在一中上高二。"

"一中啊，那你的学习成绩应该很好。"李静笑着说。

我脸一红，不敢接话。我的学习成绩常年保持在倒数三名，这倒是很稳定。

那时候小灵通刚刚流行，普通学生根本买不起手机，自然也就没留电话，不过李静让我有空就来找她玩，还让我辅导她做功课。

回到旅店，王把头正在喝茶。他一看我包了一头纱布，差点儿把茶水喷出来。

王把头大声问我："云峰，你这是咋了？"

我有些尴尬地说："把头，我让人给打了。"

第二章

地宫

听了我的抱怨，王把头摇头道："云峰，这次是你鲁莽了。"

我道歉说："对不起，把头，下次我一定注意。"

王把头端起茶杯吹了吹气，皱眉道："不过你毕竟是我王显生的人，云峰，怎么，你想讨个说法？"

我没有犹豫，下意识地便脱口而出："想。把头，我觉得吃亏了。"

王把头喝了一口茶水，盖上茶盖道："咱们昨天才建了据点。我个人给你的建议是先隐忍，等咱们干完活计，要离开顺德的时候，我和'一颗痣'打声招呼，让她帮忙处理这事儿。"

我当即点头说"好"。

王把头让我跟着孙老大，简单处理昨天的那批青铜器。

走到仓库那儿，我忽然闻到一股很重的孜然调料味，定睛一看，原来不知道是谁在仓库门口支了个炭火烧烤架子，烤架上正在烤肉，还刷了大量的调料。

"孙大哥，我是云峰，把头让我来帮忙。"我敲了敲仓库门。

孙老大给我开了门，他刚才拿着鞋刷子正在刷青铜器，并解释说有铭文字符的更有价值。

我便也戴着手套，拿着鞋刷子，一连刷了好几件青铜器。我看得非常仔细，但就是一个铭文字符都没看到，顿时搞得我有些垂头丧气。

孙老大见我这样，一边刷着一件青铜盉，一边笑道："云峰，不用这么泄气。这玩意儿都是看缘分的。"

这时我正刷着一件小型的青铜豆，用鞋刷在青铜豆内底里面蹭了几下，不知道是不是眼花，我好像看到了一点儿淡金色的笔画。

"咦？这是啥？"我举起青铜豆，又使劲蹭了两下。

"大哥！大哥，快看！我刷出来字了！这青铜豆里面有铭文，笔画还很复杂，跟鬼画符似的。"我兴冲冲地对孙老大喊。

他接过青铜豆，看着青铜器表面露出来的几个镏金铭文，皱眉说道："这……这铭文不是鸟篆，也不是甲骨文，这是大篆……怎么会出现在西周的青铜器上？"孙老大眼中满是不解。

孙老大见多识广，一眼就断定青铜豆上的字体不是鸟篆，而是大篆。

皱眉过后是激动，孙老大就说："云峰，你继续刷剩下的。这种铭文太过稀少，天下能翻译这种文字的人更是屈指可数，我必须抓紧时间找人帮忙翻译这几个铭文是什么意思。"

孙老大将这件带铭文的青铜器放入木盒里，随后他拿着木盒直接出去了。

直至清理完，我都没再刷出来带铭文的青铜器，就刷出来那么一件。

这天晚上，孙老大十二点多才赶回来。他气喘吁吁，手里捧着一个木盒子。我知道盒子里装着那件有铭文的青铜豆。

孙老大顾不上说话，跑到桌子前拿起茶壶，"咕咚咕咚"地喝了半壶茶水。

抹了抹嘴，孙老大看着王把头说："把头，我找了点儿关系，把那几个篆字铭文翻译出来了。"

"噢？写的什么？"王把头问道。

孙老大打开木盒，摸着里面的青铜豆，冷着脸说了四个字："芥侯带子。"

"大哥，什么是'芥侯带子'？海带吗？"

孙老大没笑，他看着我说："不是什么海带，是个人名。关于这人，资料上有过只言片语的记载，没想到让我们误打误撞上了。怎么样，把头，今天还动手吗？我看老二、老三已经准备好了。"

王把头眼神认真地问："据点那边没出什么问题吧？"

孙老大点点头："没有，'一颗痣'手下那几个小年轻很机灵。"

"夜长梦多，我决定了，"王把头伸出一巴掌说，"五天，时间缩短到五天，我们尽快离开顺德。"

从王把头和孙老大的这番交谈中，我能听出来，他们都有些紧张，好像在忌惮着什么。

飞蛾山上。

孙老二蹲在地上抽烟，孙老三在清点麻袋。

"风平浪静，开始吧！"对讲机里传来孙老大的声音。

这时，飞蛾山里传来阵阵怪鸟的叫声。这鸟叫声，大晚上让人听了心里不舒服。

"真不吉利！"王把头看着身后黑洞洞的飞蛾山，连骂了两句晦气。他说这鸟是报丧鸟，不是啥好东西。

报丧鸟就是猫头鹰，古时人们将其称之为"夜枭"。这东西以前在乱葬岗见得最多，所以人们就叫它"报丧鸟"。

"呸呸呸，该死的鸟！"孙老二朝山里的方向连吐了好几口唾沫。

等猫头鹰不叫了，我们开始行动。

那个先前打好的坑洞被"一颗痣"的手下人掩盖得很好，坑洞上面铺了完整的黄草皮，下面用四根木棍做支撑，单从外面看，几乎看不出什么破绽。

收拾好这些东西，戴好头灯，孙家兄弟两腿撑着坑洞滑了下去，我费了不少劲，是最后下去的。

灌顶下，混浊的墓坑积水已经很少了，淹不住人脚，只是地面有些稀泥，人走在上面感觉有些粘脚。

墓道里阴暗潮湿，温度也比上面低了不少。

正了正头灯，孙老二对我说："把头说得对，得加快进度了。云峰，你去昨天那间西耳室，看看角落里有没有遗漏什么东西，要是没漏东西的话，你再来东边帮我们。"

交代完这些，我和孙家兄弟暂时分开了，他们往右边去找东耳室，而我则左拐去西耳室。

身边没了人，现在又是在墓里，走着走着，我就害怕了。

我扶着头灯，心里默念："勿怪勿怪，东家勿怪，我只是过路的，阿弥陀佛！"

人点烛，鬼吹灯，我当初还问过把头："把头，鸡鸣不摸金，就算咱们不是摸金校尉，可为了安全，咱们不得在墓室里点一根白蜡烛吗？听人说，要是蜡烛灭了，就表示墓主人不高兴了，那咱们就得出去，要不然就会撞鬼。"

老把头当时大笑了两声，说："云峰，你呀。蜡烛灭了表示墓主人不高兴，那要是蜡烛亮着，意思就是墓主人高兴了？咋的，墓主人还高兴地欢迎我们来啊？闹笑话了！"

"另外,云峰,你也不想想,没错,古代下墓的人是会在墓室里点一根白蜡烛,可那是照明用的,要不然黑灯瞎火的,怎么做事?不是他们想点蜡烛,是因为没有电,不点看不见啊!咱们现在有头灯、手电,点蜡烛干啥?有些墓里的尸体烂完了,说不定还有甲烷,搞不好一见明火就会爆炸,懂了吧,云峰?"

走了几分钟,没出什么事,我走到了西耳室。

西耳室地面上光秃秃的,我借着头灯的光亮来回看了几眼,没发现遗留什么东西。

耳室西北角,那个盖着石头板的大水缸还在那儿,孤零零的。

我决定过去看看。

的确如二哥所言,走到跟前我才发现,这东西的确是用陶土烧制的。

据说最早的瓷器出现在东汉,那时候是原始青瓷,在这之前的朝代普遍使用的是粗陶器和青铜器,这点倒是能对上。

但让我感到纳闷的是,这么大的水缸是怎么烧成的。

这大缸表面没有分段、分坯的接痕,显然是一次定型烧成的,这得用多大的匣钵才能装下这么大的缸?这点我是真想不通。

盖着大缸的是青石板,我先试着单手推了推,没推动,那青石板有点儿沉。

知道了轻重,我这次用上了双手。

石板摩擦着缸口,发出阵阵刺耳的声音,我一点一点地推开了青石板。

"怎么有股臭味?"

刚才石板盖着,我还没怎么闻到,现在倒是闻得清楚。

我立马觉得这西周墓有些古怪——刚下来时能闻到淡淡的香味,现在又闻到了一股臭味,这臭味就像三伏天煮熟的鸡蛋放坏了。

我摆了摆头灯,压低脖子,向大缸里看去。

大缸底下有个不到二十公分宽的窟窿,其他的什么都没有。

我能闻出来,这种像臭鸡蛋的味道就是从窟窿里钻出来的。

我用头灯照了,不行,看不到窟窿下面,黑洞洞的。

我觉得有些奇怪,便将身子压在大缸边,伸出右手往缸底的黑窟窿里掏。

"哎?这是啥?"我吃力地摸了半天,一种硬实的触感传来,我感觉摸到了一个长条状的硬物。

我暗想：该不会是金条吧？不对，哪有这么轻的金条？

抓牢了这东西后，我调整了几次角度，一点一点地把这东西提了出来。

把东西摸出来后，我低下头用头灯一照，发现那是个白色的东西——是一根死人的大腿骨！

"啊！"我吓得大叫出声，一把丢掉了死人骨头。

这是……这难道是墓主人的尸骨？从西周到现在，还没烂成渣？

我忽略了一点——也是因为太紧张了，我那时愣是没看见，那根大腿骨还有骨髓。

第一次干活，见识太少，我就以为那骨头是墓主人的尸骨。

照这墓葬的规格来看，若有墓主人的尸骨，那身边应该有陪葬品才是。我就是这么想的。

陪葬品有可能是一些随身铜印，或者是小而精的一些高古玉器、金器什么的。

我不停地自我安慰：没什么的，没什么的，然后鼓起勇气，又伸手去缸底掏。

正在我侧着身子来回乱摸的时候……

"呀！"我感觉食指被什么东西咬了一下，很疼。

我迅速抽出手，一看，手指头前段已经流血了，还有两个小洞。

我第一反应就是我被蛇咬了，也不知道是不是毒蛇。

我很害怕，当即捏着手指头，大喊大叫地朝东耳室那边跑去。

"二哥、三哥！二哥、三哥！救命！"

东耳室的地上零零散散地有一些陪葬品，数量远不如西耳室那里多，孙家兄弟正蹲在地上捣鼓着。

"云峰，你瞎咋呼啥？你是见鬼了还是咋的？谁要害你命？"

我让他看我已经不流血的手指头，急声道："二哥，我被毒蛇咬了！我马上就要毒发身亡了！"

"啥？毒蛇！"孙老二顿时慌了神。

抓着我的手指看了一会儿，孙老二疑惑地问："老三……云峰手指上这伤口，这俩小眼，是蛇咬的？"

孙老三想了想，摇头道："像是有点儿像，不过我感觉有点儿不对啊。二哥，云峰的手指才多宽，你看这伤口的间距，哪有这么小的蛇头。"

孙老三挤了挤我的伤口，那里马上就流出了鲜红的鲜血。

"没事，云峰，你看你这流的血的颜色这么好，咬你的肯定不是蛇，更不是毒蛇。我猜可能是老鼠吧，小一点儿的老鼠。"

"老鼠？老鼠还会咬人吗，三哥？"

"当然会啊，云峰，那是你见得少。以前古代闹鼠患，老鼠还能吃人呢！"

"云峰，你没感觉到头晕眼花、恶心难受吧？"

我摇头道："三哥，这倒没感觉。"

"别多想了，没事，来帮忙干活吧。要是不放心，明天白天你去医院打一针狂犬疫苗。"

"噢。"我点头答应了。知道咬我的不是毒蛇，我心里轻松了不少。

说来也有些奇怪，这东耳室的陪葬品数量远不如西耳室多。按理来说，应该是一碗水端平，两个耳室的陪葬品差不多才对。

最后，我们清理、寻找了半天，只找到六七件稍微有价值的青铜器，其他的基本上破损得很严重，这一片、那一块的，根本看不出原先是什么器型。

孙老二按了下对讲机，向上面汇报情况："把头，东耳室没几件有研究价值的东西，都是些小玩意儿。"

对讲机那头沉默了两分钟，随后王把头命令道："赶快去找主墓室。"

"把头，下边我们已经转了一圈了，完全没看到主墓室的痕迹啊！这是咋回事？把头，你见多识广，给分析一下。"

一阵无线电声夹杂着人声传过来："不可能的，古代有钱有势的人死后，不可能不给自己建主墓室。你们再找找看。"

我们得到了指示，又开始仔细地寻找主墓室。

有棺、有椁、有尸身、有陪葬品，这才能叫主墓室。

但是很遗憾，我们找了好半天，还是没能找到主墓室。

今天我们也就干到这儿了。

回去的路上，王把头一直忍不住摇头道："不可能，没道理啊……"

我有点儿困，回去几乎是一沾床就睡着了。这觉一直睡到中午，我准备待会儿找个小诊所，打一针狂犬疫苗。

感觉右手有些不舒服，我就看了一眼。

只见我的右手食指肿得特别大，一根都快赶上两根那么粗了，而且伤口处那两个小眼正往外淌着脓水……

肿这么大，而且不痛不痒，我用手摸了一下，一点儿知觉都没有了。

我吓坏了。

孙老二看了后也吓了一跳，他说我上午干啥了，怎么还练出"一阳指"了！

孙老三说："还等什么啊，赶紧去看医生吧！"

他们替我喊来了孙老大。孙老大对这附近比我们熟悉，他带着我去了离旅馆不远的一间小诊所。

诊所的医生也看傻了，说自己从医二十多年来，还没看到过有人的手指能肿成这样。

他不敢给我治，因为不知道我是被什么东西咬的，所以不敢乱用消炎药。他让我们尽快去大医院，说我的手指肿成这样，搞不好会截肢。

一听有可能截肢，我吓坏了。二哥说是老鼠咬的，老鼠咬一下怎么会截肢？这是毒老鼠吗？

没办法了，我只好去了大医院。

急诊室医生皱着眉头，看着我肿大的手指说："体温正常，没感染。你先去拍个片吧，看看是积水还是什么。怎么会肿成这样？"

我拍了片子，交给医生，医生看过后就说："是积水，伤口有些发炎。"他还问我有没有感觉到不舒服，我摇头说没有。

后来，医生就用针灸盒里的大头针在我的手指上扎了两个小眼，我也感觉不到疼。他稍微一挤，伤口立刻流出很多黄白色的液体。

扎眼放了水，我的手指立马小了一号。医生又给我开了阿莫西林，让我回去吃两片，不要吃辣椒。

谢过医生，我们就回到了旅店。

"你的手没事了吧，云峰？"老把头问了我一句。

我看了一眼已经消肿的手指头，舒了一口气道："应该没事了，也不痛不痒的。"

王把头点点头，又对孙老二说："老二，我上午仔细研究过了，又打电话问了行里其他的几个把头，我们的意见一致——可能是积水泡塌了主墓室，或者是埋在其他地方。"

"云峰，你先去休息吧！老二，你跟我来，我们讨论一下。"

回到自己的房间，吃了消炎药后躺在床上，我感觉有些累，很快就睡着了。

我做了一个梦，梦到了那个孤零零的大水缸。有一只苍白见骨的人手慢慢地从窟窿里伸出来，一把抓住了我的手腕！

"啊！"我从噩梦中醒来，后背都湿透了。

感觉手上有些异样，我低头看去——

我的手指……又肿大积水了，而且看起来比之前更严重。

我又赶往医院。上午刚去，下午又来，当医生看到我那又肿起来的手指头时，她也吓了一跳。

这次除了扎针放水，医生还给我抽了血，说要做个病理化验，看看我是不是感染了什么细菌。

化验结果最快要第二天才能出来，医生叮嘱我按时吃消炎药。

晚上回到旅店，王把头对我说："云峰，今晚你就不要下坑了，在家休息一晚。我们这两天的任务主要是找主墓室。"他让我留下来看家。

后半夜，我被咬的手指又肿了。这次不仅发肿、流白水，还开始疼。这种疼是一阵一阵的，每次大概间隔二十分钟。

我们包下了小旅馆，现在旅馆里的住客就两个人——我和"一颗痣"。

我知道王把头和孙家兄弟在找主墓室，不敢打扰他们。后半夜，我握着肿大的食指，疼得翻来覆去，根本睡不着。

我偷偷溜出去，想看看四周还有没有药店开着门，我想买点儿止疼药。

我在顺德人生地不熟，只是顺着旅馆往北走，路上我见人就问，问附近还有没有开着门的药店。

打听是打听到了，结果到了地儿一看，药店早就关门了，根本没有二十四小时营业的药店。

刚好，我发现我在的地方离南山区李静家不远，从我这儿能看到护城河上的拱桥。

李静是本地人，我就想看看她们家有没有止疼药。要是没有，我就只能走很远的路去医院了。

到了地儿，我敲了几下门，是李静妈给我开的门。

"小……小项？这么晚，你怎么来了？"李静妈很意外地问我。

我说："阿姨，李静在家吗？我刚好路过这儿，想看看你们家有没有止疼药，来借点儿。"

"止疼药？噢，有，有，你跟我来。"她领着我进了家门。

"小静，睡了吗？开开门。"李静妈敲了几下门，转身对我说药在李静房间的抽屉里。

怕吓着人，所以我一直把手插在裤兜里，李静妈这才没看见我的伤口。

"来了。妈，都这么晚了，干啥呢？"李静穿着印了唐老鸭图案的睡衣，揉着眼睛开了门。

"项……项云峰？你怎么来了？"李静看到我，感到很意外。

"你同学说来借点儿止疼药，妈记得你书桌下的柜子里有，你去给小项找找。我锅里还烧着水，得去倒暖壶里。"李静妈对李静吩咐完就转身走了。

李静现在穿的睡衣不长，只盖到大腿上面，因为角度有些尴尬，她弯腰在抽屉里找药的时候，我不敢看。结果越不看，我反而越不好意思，最后整了个大红脸。

"你咋了？脸这么红。"李静找到了止疼药，回身后不解地问我。

我刚想说话，恰巧这时手指处又传来剧痛，像有小刀在割我的肉。

"没……没什么……"我疼得额头上冒出不少汗。

"我……我走了！"一把拿过李静手上的药瓶，我直接跑出了她家。

离李静家不远的地方有个水龙头，不知道是谁家的，反正有水。我直接对着水龙头，用自来水灌下了三片止疼药。

休息了一会儿，我还是觉得疼，就又吃了两片，这才感到没那么疼了。

靠在水池子边，我开始感觉浑身发冷，脑袋也重了起来，眼皮打架，身上一点儿力气都没有。

当时我就想，我是不是马上就要死了？应该是要死了。

我蜷缩在水池边上，冷得牙齿打战，浑身冒冷汗，然后我就昏了过去……

不知道睡了多长时间，醒来时，我发现自己在李静的卧室里。

"你醒了！你的手怎么了，吓死我了！要不是我觉得不对劲，出去看了一眼，你就出事了，知不知道？"李静一脸后怕地看着我。

李静妈这时端着一碗水进来了，看着躺在床上的我问："小项，你刚才怎么不说？你的手是怎么了？"

我支支吾吾地说："阿姨，我的手可能是被蛇咬了。"

"可能被蛇咬了？什么蛇？"李静妈一脸诧异。

我摇摇头说不知道。

"这不行，我们没有车，这儿离医院还很远，现在还是后半夜，诊所和药店都关门了。小项，你这事不能拖。小静，你扶着小项，我们去让刘婆给看看。"

路上，李静解释说刘婆是广西人，是从十万大山苗寨里嫁过来的。刘婆家里有草药，她很会治毒蛇咬伤。

以前有个人被五步蛇咬了，医院里刚好没有五步蛇血清了，最后是刘婆用了她的草药，三下五除二就给人治好了，可神呢！

从李静家走到刘婆家花了四十分钟，其间我又发作了一次，好在之前吃的五片止疼药还有效果，我勉强能忍受。

刘婆住的房子很旧，李静说年后这边可能会被当作危房拆掉。李静妈敲了半天门，一个老太太才慢吞吞地给我们开了门。

李静妈开门见山，说明了来意。刘婆一听我被毒蛇咬了，忙喊我们进屋。

刘婆七十多岁，她屋里有股味，就是那种没洗干净的尿布味。床上还躺着一个老人，老人身上盖着厚被子，看起来身体不太好。

看过我肿成"一阳指"的手指，又看了看上面被咬后留下来的两个小眼，刘婆的脸色慢慢阴了下来。

"后生，我问你啊，你确定咬你的是蛇？你在哪儿被咬的？"

我肯定不会当着李静的面说我是在墓里被咬的，于是支支吾吾地撒谎说："我……我在家被咬的。"

"家？"刘婆盯着我，意味深长地说，"我看家里可不会有这种蛇啊……"

刘婆挥了挥手，示意李静和李静妈先出去，她有话要单独和我谈。

她们出去后，刘婆看着我，摇头道："后生，我明说了吧，咬你的东西不是蛇。"

你去医院看过了吧，医生怎么跟你说的？"

"阿婆，医生先前说我这是水肿，后来医生又让我抽了血，说要给我做什么细菌病理试验，看看是不是感染。"

听了我的话，刘阿婆冷声笑道："等他们找到原因，你的身子差不多也凉了。"

"家里根本不可能有这种东西，连荒山老林里都没有！咬你的是一种长着白触角的地角仙，十万大山里，老一辈苗人说这东西叫'尸角仙'。它们只能活在死人堆里。"

"尸……尸角仙？"我从来没有听过这种东西，当下心里更害怕。

"阿婆，你能不能治我？我可以给你钱，我还不想死。"我害怕地说。

刘婆摇头道："你实话告诉我，你是干什么的？你要是不肯说，那就请回吧。"

"我……"我的内心很纠结。

权衡再三，我深吸了一口气说："阿婆，虽然我想被治好，但有些事我不能说。"

刘婆很意外地看了我半天，好半晌后，她摇了摇头说："行吧，我知道了，你跟我来吧！"

"阿婆，干啥？"我问她。

"当然去治你啊！怎么，你想死啊？"

"可是，你刚才说……"

刘婆帮床上的老伴盖了盖被子，然后转身看着我，笑着道："混江湖的，有些品质是难能可贵的。"

刘婆把我领到了东屋。东屋的地上放着很多黑色的大坛子，看着像是腌咸菜的那种坛子。

刘婆让我转过身，不准偷看。

我只听到身后传来打开坛子盖的声音，然后就听到阵阵捣药的声音。

后来刘阿婆找来纱布，又往我肿大的手指上抹了很多黑色药汁，那药汁有股很重的腥臭味。到现在我都不知道黑坛子里装的是什么，我猜想有可能是蝎子、壁虎之类的东西。

抹了刘婆给捣的药，当晚我的手指就不疼了。回到李静家住了一晚，第二天上午拆掉纱布，我的手指已经消肿了，真神奇！

刘婆救了我一命，李静救了我一命，我想报答她们的救命之恩。

我把李静偷偷叫出来，对她说："谢谢你，李静！我项云峰会帮你的！我会帮你和你妈还清那五万块钱——用我自己的钱。"

李静顿时"扑哧"一笑。

"项云峰，你说胡话吧？五万块钱，你自己的钱？你挣十年也挣不够吧！"

她不信我，我不怪她，我暗暗地把这件事记在了心里。后来我又问她爸的情况，问她爸是做的什么生意，怎么赔了那么多钱。

听我问这个，李静的脸色立马就不好看了。在我的再三追问下，李静才道出了实情。

李静的老爸叫李明全，原先是顺德一家烧砖厂的厂长。

李明全头脑不错，他一次生意发了财，粗算下来，挣了有小十万块钱。

对李家来说，这本来是件好事，可李明全有个爱好，就是喜欢买古董，而且他属于那种不懂装懂、外行装专家的"棒槌"。

李明全发了财，这事很多人都知道了。后来有三个人知道他爱买古董，于是合起伙来坑他。

为了买那三个人手里的假古董，他动用了家里的全部存款，还从外面借了几万块钱。

后来，东西到他手上了，那三个人也拿了钱消失了。

李明全这时才去找专家鉴定真假，结果可想而知。

近百件的古董都是假的，加起来满打满算不超过一千块钱。

这些假东西卖不出去，就回不了本止损，可他借的钱是要还的。这钱还有利息，不到半年，本金加利息就滚到了五万块。

债主天天上门讨债，他被逼得没办法，后来直接丢下李静母女，一个人跑路了，现在都不知道躲在哪儿。

他跑了，李静母女自然成了讨债人主要针对的对象，毕竟跑得了和尚跑不了庙。

所以前天我才能看到逼债的那一幕。

讲完了她爸的事，李静低着头说："项云峰，我准备高中毕业后就不念书了，我要去打工。"

我心事重重地回到旅馆，还在想着李静的事，思考怎么能尽快帮她还债。

王把头和孙老三在旅馆里。孙老二和"一颗痣"不在，不知道去哪儿了。

我看到王把头的脸色不好看，便问他怎么了，是找到主墓室了？

孙老三和王把头都在抽烟，脸阴沉得让人看了害怕。

孙老三扔掉烟，握着拳头说："二哥不见了，昨晚在坑里……失踪了……"

"失踪了？把头，大活人怎么会失踪！"我好半晌才反应过来。

王把头和孙老三脸色阴沉，看起来心事重重。

孙老三断断续续地说了事情经过。

对比东耳室，西耳室没出什么正经东西，孙老二对这事一直心有不甘，所以晚上干活的时候，他俩就分开行动了。

孙老二说没准西耳室下面有什么隐藏的地宫暗格，那些青铜器、玉器可能都埋在里面。

孙老三这人还是比较冷静的，他当即笑话他二哥："我看二哥你是魔怔了。"

王把头对这件怪事做了推断，他坚定地认为主墓室和棺椁不会凭空消失。他猜测可能是因为地震和长年的积水浸泡，主墓室塌了，所以这个西周墓的主墓室应该还埋在地下。可这么一来，这种情况就变成了墓中墓，难度更大了。

何谓"墓中墓"？

其实这种情况说少见也不少见，尤其在历史上一些地震频繁的地区更容易出现，说白了就是天灾演变。

主墓室下沉塌陷，移动的深度和位置完全没有规律可循，人要想找到，运气占六分，实力占四分。

孙老二在坑下失踪，天知道他是不是掉到了隐蔽的黑窟窿里，也有可能是掉进了某类翻板陷阱。孙老二生死未卜，老大、老三作为他的亲兄弟，肯定是要找人的。

活要见人，死要见尸。他们几人都一夜未眠，有几次孙老三神情激动，说想要自己一个人下墓去找人，不过都被王把头阻止了。

王把头说："老三，我作为团队的领头羊，老二失踪了，我比你还急，但这不代表我们要蛮干。老三你一向冷静，我问你，行里人碰到这种情况出事的还少吗？所以啊，老三，我们还是得求援啊！"

"啊？求援？"我好奇地问道，"跟谁求援啊？"

王把头让我们别管，说他会找人帮忙。他还特意叮嘱我，让我看着点儿孙老三，别让孙老三一个人偷偷溜走下墓，说他找的援兵很快就到。

一晚上没怎么睡，早上，我正在院子里刷牙，身后突然传来孙老三的说话声。

"云峰，你出去帮三哥买一屉小笼包，再整碗馄饨回来。"

吐了漱口水，我扭头道："不行啊，三哥，把头让我盯着你。把头说他找的帮手来之前，我绝不能让你离开。"

孙老三脸色一阵青红，骂了一句，一脚踢翻了院里的垃圾桶。

整个上午，我就像个门神，他走哪儿我跟哪儿，严格执行王把头给我的任务，不让他偷偷下坑去找人。

我没想到汉子也会哭。有一阵，我看到孙老三趴在屋里的桌上哭，还哽咽地说着："不管二哥你在哪儿，你一定要坚持住……二哥你肯定不会有事的……"

下午三点多，旅馆里来了两个人，一男一女。男的戴着墨镜，理着平头，十分精瘦；女的看起来三十多岁，一脸寒霜。

王把头给我介绍："云峰，认识一下，这是姚家兄妹，道上有名，家学渊源颇深，他们的叔叔可是咱们行当里大名鼎鼎的牛人——姚师爷。"

我感觉这一男一女很牛，因为他们的气势不一样。我当时不知道王把头所说的姚师爷是谁，后来才有缘见过几次姚师爷。

姚师爷是个奇人，他也是"眼把头"出身，只是结局不太好。

王把头找来这两人，主要是因为那个女的。

那个女人在国外进修了国际考古专业，对大墓里的机关陷阱、金刚石封门石、流沙天火翻板这些东西研究颇深，这些本事是能帮到我们的。

各位是不是觉得我在危言耸听？

其实那些大墓里的机关陷阱，如翻板石头、流沙、陷地等，不但是真实存在的，而且有很多直到现在都运转正常，只是绝大部分人没见过而已。

这一男一女，男的叫姚文策，女的叫姚玉门。

孙老三向他们说明了当时的情况，王把头也说了自己的看法。

姚玉门听后点头说："王把头，你说得没错，和我们的想法差不多——大活人不可能凭空消失，很有可能是掉到了下面。"

王把头一脸凝重地说："姚姑娘，你的意思是说西耳室下面还有空间？那为什么老三之前在地面上没发现？"

姚玉门摇头说:"不一定。王把头,你看。"

她掏出纸和笔,在白纸上画了一个"十"字形状的图。

她用手指着十字图说:"王把头,这是西周墓的普遍制式。你们说除了东西耳室,前面路就不通了,没发现主墓室,对吧?所以,这就不是个'十'字了,是个'T'字状,对吧?"

王把头看着纸上的草图,若有所思道:"你的意思是说……前面那头沉下去了?不对啊,要是那样,我们怎么会看不见?"

女人摇摇头,冷着脸说:"把头,不知你听没听过'魂天下葬,黄肠题凑'这种葬法?"

"黄肠题凑!"我忍不住惊呼出声,道:"怎么可能!这种葬法不是汉代才发明的吗?这可是西周墓!"

女人转头看了一眼,可能是看我太年轻了,她听了我的话,显得有些意外。

随后她看着我,摇头笑道:"小朋友还挺有见识的。今天姐姐告诉你啊,你这句话说得不全对。'黄肠题凑'是流行在汉代,注意,是流行,而不是发明。"

"这种方式在商代晚期就出现了雏形,在西周早期就被应用了。汉代的'黄肠题凑'和西周的相比,那真是小巫见大巫了……"

她的话填补了我的知识盲区,这事书上没说,我真不知道。我有点怀疑这女人在说瞎话吹牛,不过这可是王把头找来的高手,我不敢小看他们。

这时,那个戴着墨镜,一直在旁听的男人开口了,他摇头道:"可能你们的方向错了,你们光在两边检查了,却忽视了正前方那堵石墙。"

王把头张嘴说:"我信你。既然如此,那我们今晚行动?你们来得急,可能没带够工具吧?需要什么东西,我让人去准备。"

男的摇头说:"不用工具,我们有准备。不知道下面什么情况,你们多准备点儿干粮,有备无患。好了我们就下坑。"

"嗯,好!"王把头扭头吩咐我,"云峰,你去准备点儿淡水和压缩饼干,赶天黑之前回来。你和老三跟上他俩,听他俩指挥,你们下去找老二。"

"啊,把头,你不去吗?"我疑惑地问他。

他摇摇头。

"哦,好吧。"我点点头。

王把头出手很大方，他给了我一千块钱，让我买干粮，还让我买几个最好的防水手电和小刀。他说这次时间长，万一头灯出问题，也好有个备用的，不能摸黑瞎干。

下午，我拿着一千块钱就跑出去买东西了。顺德三中后面两百米，有间顺德最大的五金店。

我直接跟老板说："我要买最好的强光防水手电。"

店老板是个中年汉子，他意外地说："小同学，最好的防水手电可是德国牌子的，军工货，那可不便宜啊，要两百多块钱啊！"

我当即掏出一沓钱说："我买四个。"

"四个！"老板一瞪眼说，"小子你可真有钱，你等着，我这就去给你拿。"

"项云峰，你怎么在这儿？"

身后突然传来一声熟悉的声音，我回头一看，是李静和她的一个女同学。

看着我手上厚厚的一沓钱，李静惊讶地说："项云峰，你这么有钱啊……你家里是做什么生意的啊？"李静说完话，她那个女同学也好奇地打量我。

"我……我……"我支支吾吾地憋了个大红脸，一时词穷了。我没想到会在这儿碰到李静。

我摆手撒谎道："没什么，我父母做点儿服装生意而已，呵呵……"

"噢，是吗？"李静跑出五金店，看了看四周，对我招手道："项云峰，你出来，我跟你说个话。"

"怎么了，李静？"

李静把我拉到了墙角。

让我没想到的是，下一秒，她忽然抓住了我的手。

李静抬起头，用水汪汪的眼睛看着我说："项云峰，我知道你家有钱，你……你能不能借我五万块钱……"说到最后，她的声音越来越小。

还没等我说话，她咬着嘴唇继续说："只要你借给我钱，我……我以后一定会报答你的……"

"啊？！"我一头雾水。

她哭着道："我求求你了！昨天晚上，要债的又来了，还打了我妈！"

李静哭得越来越厉害。她是真害怕了，毕竟她只是一个不到十八岁的小姑娘。

她看到我随手就能掏出一千块钱，还以为我家是做大生意的。

见我迟迟不说话，李静咬牙道："要是你不愿意帮我，那我就去厂里打工！"

我吓了一跳，忙对她说："千万别这么做！你还得上学呢，我帮你就是了。"

听到我说会帮忙，李静不哭了，犹豫着说："那……那你什么时候给我五万块……"

"能不能等一个礼拜啊？"我想的是先下坑，等找到二哥后，再去跟王把头借钱。

李静立马急声道："不行！那些人只给我们家三天时间，现在已经过去两天了，我今晚就得筹到钱。"

告别了李静，我提着买好的东西，心事重重地往回走，我不知道该怎么跟王把头开口。

虽然我没钱，更没有五万块这么多钱，但是李静和她妈救过我。

"回来了，云峰，东西都买好了吧？"我回去后，王把头问我。

"嗯，买好了。"我点点头，把袋子放在桌子上。

王把头坐在椅子上，正在喝茶。

我几次想开口借钱，可欲言又止，开不了口。

距离出发还有三个小时。

我跪在地上，不敢去看王把头的眼睛。我没有隐瞒他，把李静家面临的困境如实地告诉了他。

屋内的灯泡瓦数很低，灯光发黄昏暗，王把头夹着一根烟，面无表情地看着我，气氛有些沉闷。

一咬牙，我也豁出去了。

我重重地给王把头磕了个头："把头，那李家母女救我一命，她们现在落了难，我项云峰知恩图报，今晚下坑不知后果如何，我很想帮她们娘俩。求把头借我五万块钱！"我说完后又磕了一个头。

听了我的话，王把头掐灭了手中的烟头，他摇摇头，声音低沉地道："云峰，五万块钱不是一笔小数目。我可以借你，但你要答应我一个条件。"

"把头请讲。"我眼神诚恳地说。

"这个条件……你现在还不用知道，你只需要记住，你欠着账，这就行了。以后，你会还我王显生这笔账的。你可同意？"王把头眼神透亮地看着我。

为了李静，我同意了。

王把头随后去了自己屋。十多分钟后，他提着一个鼓鼓囊囊的塑料袋回来了。

王把头轻轻地把塑料袋放在桌子上。

"云峰，这是五万块钱，一分不少，拿去吧。"他把袋子推了过来。

这个塑料袋有些分量，里面的钱用报纸包着，一层一层地包了好几层。

我小心地掀开报纸一角。我头一次看到这么多钱，心头狂跳，忙盖好报纸不敢再看。

我出门之前，王把头双手背后，叫住了我。

他站着说："云峰，记住时间。"

"另外，咱们道上混江湖的都讲究'公平'二字，我给你钱，你欠了我王显生一笔账，同样的，你帮的那女孩也欠了你。"

王把头语气淡然，我听后心里却久久不能平复。

我提着装满钱的黑色塑料袋，一路上心事重重，有兴奋，有害怕，有激动，有担忧，脑海中不时浮现李静穿着唐老鸭睡衣弯腰的情景，还有她下午对我说的话……

"砰！砰！"我直接敲响了她家的门。

"吱！"门开了一条缝，我看到了李静的半张脸。

我提着手中的塑料袋，兴奋地笑着说："李静，我把钱带来了。你们不用怕别人来要账了！"

"快，出去说。"李静面色一喜，拉着我就往拱桥那边跑。

河水流淌，月儿弯弯，顺德拱桥下，站着年轻的一男一女。

"李静，你快看看，看看这五万块钱，你把这钱还给那帮人，你和你妈就没事了。"我把塑料袋递了过去。

借着月光，她打开袋子里的报纸看了一眼，看着看着，她的眼圈就红了。

李静提着袋子，向我道谢。

"项云峰，谢谢你！你真好！"

……

在飞蛾山的半山腰上，闪着两个红点。

孙老大弹了弹烟灰，沉声道："别说了，事情就这么定了，大家检查一下对讲机的电量,我跟你们一块儿下去找人。老二是我弟弟,我坐不住。其他的事,就拜托把头你来安排了。"

王把头没说话,点点头同意了。

就这样,我、孙老大、孙老三以及姚家兄妹一行五人下了坑,坑上面的安全则交给了王把头。

顺着坑洞滑下去,坑里很黑,我把头灯的亮度调高了一点儿。

下到大墓灌顶的时候,姚玉门忽然停了下来。她蹲下来摸了摸石头灌顶,轻轻地"咦"了一声。

"姚姐,怎么了?"我嘴甜地问了一声。

姚玉门听后,给了我一个白眼:"喂,你小子还是叫我玉姐吧。什么姚姐,太难听了!"

我忙改口:"噢,玉姐。这石头灌顶有什么问题?"

她说:"这西周墓有点儿怪。这种青页岩在南方地区可是很少的,几乎没有,八九不离十是从洛阳、山陕一带运来的。"

我仔细想了想,越想越心惊。还真是这样的,先前我们的注意力都被陪葬品吸引了,根本就没留意这种事。这女人的观察力太强了。

这种石头和龙门、云岗附近的石窟里的石头类似,硬度不太高,但有很好的膨胀性,换句话说就是稳定性很好,在热胀冷缩的作用下不会产生裂缝。

我心惊的是热胀冷缩这个原理,难道三千年前的西周工匠就了解了?

西耳室带出来的那件青铜豆,铭文上写着"芥侯带子"四个字。孙老大说这是他托关系找人翻译出来的,应该不会有错。

南方没有这种石头,石头又不会长脚自己跑几千里,唯一的解释就是人为的运输。几千里的路程,如此庞大的青石灌顶工程,横跨长江南北,这得需要多少人力、物力,得耗损多少车马?

史书说芥侯是西周中早期南方的一个小诸侯,甚至连封地、子嗣都没有记录。一个小诸侯,会有如此巨大的人力、物力和财力吗?

可是眼前庞大的青石灌顶就是证据。我暗自猜想,这芥侯的真实身份可能被搞错了。换句话说,就是史书的记载有误。

探险不是小孩子过家家，也是要讲科学的，真实的墓室不像电视里演的诈尸遍地有，"粽子"满地蹦，尸蟞到处爬。实际上，经过几千年时间，大部分尸骨已经烂成了渣。

顺着灌顶下到墓道，玉姐来回晃着头灯，观察一些我们可能忽略的细节。

玉姐走到墓道尽头，看了一会儿那堵石墙，发现了问题。

"你们看，看这里。"她蹲在石墙的西北角，扭头招呼我们过去。

"玉门，这是字迹？"之前话不多的姚文策此时说道。

我好奇地蹲下去看。

只见玉姐指的地方有一部分石皮脱落，坑里的积水退去以后，墙角上有些泥干掉了，隐隐约约地露出一些字迹。

她从包里拿出一瓶水，往墙上倒了一点儿。石墙吸水迅速，她用手来回抹了抹，一片刀刻的字迹慢慢显现了出来。

"这……这是古金文大篆！"孙老大看清了字迹，顿时惊呼出声。

玉姐眉头紧锁："好奇的墓。"

我们又往墙上泼水，随后我们就发现整堵石墙错落有致，竟然刻满了古金文大篆。众人都吓了一跳。

孙老大当即就提出一个猜想，他说："这有没有可能是墓主人的墓志铭？"

"没错，有没有可能是墓志铭？"老三也附和道。

玉姐震惊过后摇头道："不太可能，西周还没有开始流行墓志铭。你们有没有想过，这堵墙……有可能是一道门？"

"门？啥意思？"我听不懂了。

玉姐从包里掏出强光手电，然后摸着石头墙，一寸一寸地摸。

我们其他几人见状，也帮忙摸。

我们摸了好久，上下左右、来来回回地摸了好几遍，除了那些看不懂的大篆，什么都没有发现……

孙老大冷声说："老三，包里有雷管吗？"

"大哥，带了四根。"

"打眼安上，给我炸开！"孙老大眼中闪过一丝寒光。

"你们疯了！"玉姐起身制止道，"开灌顶用炸药也就算了，这可是在墓道里！

你想把我们全部活埋了吗！"

"那你说怎么办？"孙老三还算冷静。

"再去附近找找看。要真是一堵石门，西周工匠们封门的时候应该有放自来石。这周围肯定有工匠们留的暗格，要不然，他们自己也会被关在里面。"

"玉……玉姐……"我举起手想要说话。

几人都扭头过来看我。

我深吸一口气，指着西边说："玉姐，西耳室墙角有个大陶缸，大缸底下有个黑窟窿，好像还很深。"

"走，过去看看。"她点点头，直接往西耳室那边走去。

到了西耳室，看到大缸，孙老大走过去推开了缸上盖着的青石板。

见到缸底的黑窟窿，他回头问我："云峰，你怎么知道的？"

看着黑窟窿，我心有余悸地说："大哥你不知道，我从下面掏出过一根死人骨头！不过那天有臭味，今天不知道咋回事，没有了。还有啊，大哥，这下面有咬人的尸角仙，可千万不能伸手进去摸啊！"

孙老三疑惑道："啥玩意儿？尸角仙？那是啥东西？咬你手的不是蛇吗？"

"不，不是，"我把头摇得像拨浪鼓，"肯定不是蛇，我能感觉到。"

"小云峰，你说的……是不是头上长着一根白触角的甲虫，有点儿类似大号的独角仙？"玉姐冷着脸问我。

我那晚就没见到这东西，不过刘婆跟我说过，尸角仙长着白触角，这不是和她说的对上了吗？

我想了想说："可能是吧。"

见我点头，玉姐和姚文策的脸色一下就白了，变得很明显。

"怎么了，姚姑娘？"孙老三问她。

她深吸一口气，看着我道："你说那东西叫尸角仙也行。我听我叔叔说过，那东西寿命只有两三个月，而且只能靠吃腐肉存活，是一种很罕见的穴居性毒虫。这只能说明一点——"

她一脸寒霜地指着陶缸道："这下面，百分之九十有死人，而且死亡时间绝对不超过三个月。"

"让开！"姚文策从包里掏出一根套管铁棍。这棍子不长，上面有眼，我不知道是干啥用的。

只见他拿着棍子末端，朝着缸底下一顿捅。隔了三分多钟，就跟钓鱼一样，他小心地往回收棍子。棍子头竟然带上来两只扁平的大甲虫。

几人都吓了一跳，因为这甲虫样子长得怪，谁都没见过，不知道是啥玩意儿。

这两只扁平甲虫的腿很多，跟蜈蚣有一拼。除了口器，甲虫头上还有一根一公分左右长的白色触角，和老人的白胡子差不多。甲虫的样子又丑又怪。

"注意安全，别被咬了。这东西有毒。"玉姐提醒道。

姚文策一甩棍子，抬脚就踩了上去。

这两只甲虫一下被踩爆了，还喷出一些黄绿色的汁水，腥臭难闻。

孙老三咽了口唾沫说："接下来呢，我们是不是要从这儿钻下去？"

缸的直径很大，我目测了一下，只要不是大胖子，正常体型的男人和女人应该都能钻下去。我心想孙老二是不是自己钻下去了。

"钻？你们不要命了？这种甲虫有毒，下面不知道还有多少。你们是想下去找死吗？"玉姐摇头讽刺了孙老三。

孙老三可能有点儿生气，他眯着眼问："噢，姚姑娘，不知你有什么高见？"

玉姐冷哼一声道："没错，我是收了王把头的钱，不过我和我哥能来，全是看在我叔叔的面子上。我是来帮忙找人的，不是来这儿跟着你们冒险送死。这个洞，要下你们下，我们兄妹是肯定不会下的。"

"别啊，刚才还好好的，怎么突然就吵起来了？"见两人间的气氛有些不太对，我忙出来劝阻，"要不……要不我们点把火，试试看能不能把这些丑虫子全部烧死？"我提了个建议。

那天晚上，飞蛾山的半山腰上出现了一幕奇景：不知道是谁家的祖坟冒青烟了……

我们烧的是坑口周边的树叶和树枝，有些还没干透，火着得不大，烟冒得不少。

我用布捂着鼻子说："好了吧，三哥？刚才有一阵火还挺大的。"

过了半小时，大半个陶缸被熏黑了，姚文策用棍子往下捅了捅，这次没带上来尸角仙。

"应该有用。谁先下？"孙老大沉声问。

"我！我来！"孙老三咬牙道，"我先替你们下去探探路。万一二哥就在下面，我也能把他救出来。"

他扒着缸边，先用腿探了探深浅。

"没多深，好像挨着地了。"

突然间，下面传来一阵碎石塌陷的声音，孙老三惊呼一声，掉了下去，好在他用双手抓住了黑窟窿的边沿。

孙老大一把抓住孙老三的一只胳膊，喊道："抓住！别乱晃！老三，我抓住你了！云峰，快来帮忙！"

我忙跑过去拉住孙老三另外一只胳膊，姚家兄妹见状也跑过来帮忙，几人合力把双脚悬空的孙老三拽了上来。

"什么情况，老三？"

孙老三被我们拽上来，惊魂未定地说："好……好险，应该是踩塌了。"

姚玉门用手电往下照了照，陶缸下面漆黑一片，什么都看不见。

孙老三不死心，又提出一个建议，说绑绳子滑下去。

我们不知道这下面有多深，就在他腰上绑了一根登山绳，我和老大紧紧地拽着绳子。

"三哥，你小心点儿。要是有啥不对劲了，你就大喊，我们立马把你拉上来！"

孙老三戴着头灯点了点头，顺着大缸一点点地往下滑。

两米，三米，五米……绳子很快就放到了十米。

姚玉门皱眉道："下面难道是地宫？不然怎么会这么深。"

终于，登山绳下放到十八米处的时候就不再走了，下面的孙老三应该是踩到地面了。

孙老大沉不住气了，毕竟在坑里失踪的是他亲弟弟。

"光在上面说，光在上面猜，能有什么用？要是古代哪一年发生了大地震，下沉了十八米也不是不可能。你们拉着安全绳，我下去找老三。"孙老大收上来绳子，开始往自己腰间缠绕。

"我没事，大哥！你们快下来看看！我的老天爷，我从来没见过这种情况！"下面传来孙老三的大声喊话声。

于是几人就陆陆续续地往下滑，孙老大先下去，我是第二个，姚家兄妹最后下去。

我手上的劲不大，紧抓着登山绳时，手被勒得很疼。

洞很黑，下到一半的时候，我抬头看了一眼。

在窟窿口下面的内墙上，趴着几只扁平甲虫，这是刚才没被烧死的尸角仙。被我的头灯一照，这几只甲虫立刻一动不动。

我叮嘱了上面的姚家兄妹一声，又抓着绳子一点点地往下滑。

在我后面下来的是姚玉门，最后是姚文策。姚文策下来的时候把绳子套圈绑在了大缸上，说我们上去的时候要用到绳子。

下面的空间非常大，我们五个人都看呆了。

这里黑得厉害，我就用手电四处乱照。

周围很空旷，是石头墙，这地下空间肯定是人为建造的。

手电的照明范围有限，走在前面的孙老三最先注意到异常，他忽然让我们停下来，说前面地上有死人骨头。

墓葬里有死人骨头本身不奇怪，让人感到奇怪的是，这些散落在地上的白骨不像是年头很长的，因为还很白，而且粗看之下，有腿骨、手骨、指骨，但没有头骨。

玉姐的胆子大，她蹲下来看了看后说："死了几个月到半年的时间，时间不长。"

我还在旁边地上发现了一个空的矿泉水瓶子。

他们是怎么死的，又是怎么下到这里的，我们不得而知。

这时，姚玉门从包里掏出一个罗盘，然后蹲下来摆弄罗盘。

"玉姐，这是啥？"我看不懂，便问了一句。

"小子，别乱问，现在别让我妹妹分心，你不知道的事还多着呢！"姚文策冷冷地看了我一眼。

罗盘上有两根长针、一根短针。说来也奇，没人动罗盘，那根短针却一直左右摇晃。

"那边。"姚玉门起身指着西北方向。

当时我不懂，后来入行久了，知道这种罗盘是特制的，短针是用一种叫作"天铁"的材料做的。

"天铁"是古代人的叫法，现代人叫"陨石"。这种罗盘是南方看阴宅、选坟地的堡头派传人专用的。"望山观起色，断位靠银针"，这里面涉及复杂的风水磁场学问，一两句话根本讲不清楚。

几个人跟着姚玉门往西北方向走。路上，我看到了好几座石质的油灯台，我暗自猜想：几千年前，这里应该是灯火通明的。

走了十多分钟，我们被一扇大石门挡住了去路。石门表面上雕刻着很多图案、文字，密密麻麻的，绝大多数是我们看不懂的，仿佛石门上雕刻的是另外一个世界的文化。

石头门的正中间有四个字，不是之前的大篆，应该是鸟篆，看着比较显眼。

"你认识鸟篆？"看姚玉门呆呆地看着大石门，孙老大随口问了一句。

过了好半晌，她才回过神，脸色苍白地点点头。

"到此为止了……我们不能再往前走了。"她语气漠然。

孙老大皱眉道："什么意思，你打算退出？"

姚玉门点点头："这座墓的等级……已经超过了马王堆汉墓。那四个字是……'芥子行宫'。这石门后面是数吨重的自来石，单凭我们几个人，从外面根本无法打开。你们无意中发现了不得了的东西，这是……国家级的大地宫，你们应该马上通知考古队。"

第三章
惊变

"国家级的大地宫",这是姚玉门的原话。

姚玉门为何心生退意？因为这种级别的地宫想必也危险重重,能否全身而退都不得而知。

姚玉门想退出正是因为她害怕了,可孙家兄弟不乐意了。

石门前的气氛很紧张,姚文策的脸色阴沉得可怕。

双方意见不合,剑拔弩张。

我的心里是七分害怕,三分好奇。心里害怕,这不必多说。我好奇的是石门后到底是怎样一番景象。

虽然对讲机的信号不好,但是我还是把眼前发生的事告诉了王把头。

对讲机里沉默了好久。

"各位,"红灯一亮,对讲机里传来王把头的说话声,"老大、老三、云峰,姚家姑娘说得没错,此事已经超过了我们的能力。你们上来吧。老二……老二我们先不找了……"

听了王把头的话,一向冷静的孙老三揉着头发,双眼通红,像发了疯似的,一边不断地用脚踹着大石门。

巨大的石门岿然不动,半空中只飘下来淡淡灰尘。孙老三无力地坐在石门前薅着头发。

我鼻头一酸,也有些难受。二哥是我们团队里的活宝,他突然失踪,凶多吉少,我们想救人,却找不到他一点儿踪迹,他就在这座西周墓里凭空消失了。看三哥的意思,他还是想尽快自己去找二哥。

我们没能进去,还有一个非常现实的原因——门后面的那块自来石。

自来石也叫封门石,是墓葬机关术的一种。很多墓葬里会有自来石,比如乾陵的自来石,据说重达几十吨,石缝周围还用了铁水浇灌,就算过了上千年到今天,依然无比坚固。

有人研究如何发明机关，那自然就有人研究如何破解机关。

想要破解这种硬性的机关进到里面，一般情况下有两种办法：人力蛮干和牛鼻环引偏法智取。

牛鼻环引偏法是这么干的：先看准门后自来石的位置，在外面用锤子、凿子在门的表面凿出牛鼻子的形状，这样透过门缝就能看到里面反顶着的自来石，然后用半圆龙爪或拐子针破解自来石。

拐子针是一种一端有长柄，另一端为半圈形的金属器物。先将拐子针从门缝中伸进去，然后把半圈形的部分套在自来石上面，再用绳子把拐子针穿过打好的牛鼻子凹槽里，最后在外面用力向左或者向右拉绳子。等里面自来石的位置发生了偏移，这个机关就破了，人们就可以推开石门进去了。

自来石是古代墓葬机关术里最常见的一个。

我们一行人从坑洞爬了上来。

王把头的脸色很不好看。

作为在这一行混了半辈子的人，王把头在某些事上还是有分寸的。超过两三吨的封门石，就算用拐子针绑上了绳子，单凭我们几个人也拉不开。

王把头改变了原先的计划，他联系上了"一颗痣"，让她手下那帮人尽快想办法善后。

这几天孙老三很少出门，他把自己关在旅店房间里，天天在白纸上画着什么东西。我见过几次，而且一眼就看出来了，那些白纸上画的线条是地宫石门。

孙老三以前有开过自来石的经验，可面对这么大、这么重的自来石，他也是一筹莫展。

我知道，他这么执着于封门石是自我麻痹、自我安慰。我们合力都难以打开的东西，二哥一个人能推开？

他这是癔症了。

举个通俗的例子——比如有一个人，身上只有十块钱，可这人偏偏喜欢去逛最贵的名牌服装店。服务员知道了也不能赶人走，所以这人就一直在店里试穿各种样式的他买不起的衣服。孙老三现在就是这么个状态，我们也不知道该如何开导他。

到了第三天，我突然想起来这天是李静的生日，不知道她家现在还有没有上门要债的。反正在旅馆里也是干坐着等,我就打算去帮李静过生日,顺便送她一个生日礼物。

那时候很流行随身听,我就去音像店花几百块钱买了一个索尼牌的直筒随身听,又买了磁带。这些都很贵。

买随身听和磁带的钱都是把头给我的经费,我没花完,好不容易攒下来,如今一口气花掉,我着实心疼了一把。

到了李静家,我看到李静妈去河道办上班了,李静一个人在家。

"给你,李静,祝你生日快乐,越长越漂亮!"一进门,我就把随身听送给了李静。

"谢谢你!"李静红着脸收下了随身听。

安静了会儿,李静突然抬头看着我说:"云峰,你是在一中上学的,我正在做卷子,有几道数学方程式不会解,你教教我吧!我妈也说了,让你抽空辅导一下我功课。"

我的脸一下就黑了。

我哪会什么数学方程式?我说自己是一中的学生,是骗她的。

接过卷子,看着上面那些鬼画符和蝌蚪天书,我额头冒汗,完全看不懂。

她把圆珠笔递给我:"怎么做啊?云峰,你给我写出步骤吧!"

我在卷子上写起来——先画了个圈,然后画了个方块,反正就是一通乱写。

看了我的杰作,李静的嘴巴张得老大,她不解地问我这是什么解法。

我骗她说:"这是后面的课程,你还没学到这儿。等你以后学到这儿,就能看懂了。"

我们聊着聊着,又有两个同学来给李静过生日,是俩男生。其中一个头发打了发蜡,穿着挂铁链子的裤子,是个"杀马特"少年。

"李静,Happy birthday(生日快乐)!"小黄毛笑着递过来一个小蛋糕。

李静马上接过来:"谢谢你啊,王强,让你破费了,还给我买蛋糕了。"

小黄毛吹了吹自己额头前的头发,笑着说:"小菜一碟,这算什么?"

看着这个和我差不多同龄的小黄毛,我心里就气不打一处来。

一个破蛋糕而已,撑死了三十块钱,我买索尼随身听花了八百多块钱,李静都没有跟我说"破费了",你这破蛋糕算老几?

"走,我来安排,去我们学校门口的星星大饭店,我帮小静你包了一桌。"小黄毛说完,得意地看着我。

"谢谢你,王强!正好我也没吃饭呢。走吧,云峰,我们一块儿去。"李静拉住了我的胳膊。

一看这，小黄毛有点儿不乐意了，时不时就瞪我一眼。

星星大饭店就在三中对面，在当地也算豪华大饭店了，在学生们眼里仅次于肯德基。

小黄毛为了博取李静的好感，也算是下了本了。我估摸着这一顿应该花了他一星期的伙食费。

点菜期间，发生了一件趣事。

小黄毛说："来一盘蒜蓉扇贝。"

服务员说："对不起，今天的扇贝卖完了。"

小黄毛皱着眉头说："那就来一盘白斩鸡。"

服务员说："对不起，今天菜市场没开门，厨师没买到鸡。"

小黄毛一拍菜单，怒道："那你们星星大饭店有什么？"

服务员笑着说："有地道的家常菜。"

小黄毛只好点了五个地道的家常菜：酸辣土豆丝、麻婆豆腐、宫保鸡丁、烧茄子和韭菜炒鸡蛋，最后还要了三瓶健力宝汽水。

在座一共四个人。很明显，小黄毛没给我要"健力宝"。

"来，祝小静生日快乐！"菜一上来，小黄毛就要和李静碰杯。

"云峰，你喝我的吧！"李静把她的那一瓶健力宝递给了我。

"不用，我想喝的话，自己买就行。"我又推给了李静。

看我们俩小声说话，小黄毛阴阳怪气道："喂，小子，你看你身上穿的都是啥破烂，发型也土得要死，你以前喝过'健力宝'吗？啊？哈哈——"

我眼神一冷，刚要起身发作，饭店门口忽然传来熟悉的声音："云峰，你怎么跑这儿来了？我看你刚才脸色不对，怎么了？"

看到走过来的几个人，我忙站起身来："没啥事，玉姐，我和朋友们一块儿吃个饭。"

姚玉门身旁站着三个目光沉稳的男人，这三人都穿着西服，戴着墨镜，头发梳得一丝不乱，也不说话，笔直地站着。

"云峰，你来这儿……这是你同学？"姚玉门眼含深意地看着我。

我拼命地对姚玉门挤眼，她莞尔一笑道："既然今天在这儿碰到了，云峰，和我们一块儿吃个饭吧，我有些话想单独和你谈谈。"

说完，她掏出翻盖小灵通打了个电话："嗯，是，哥，我们大概晚半个小时过去。"

小灵通一亮相，饭店里有很多人都往这边看，包括小黄毛。

那时候买得起这东西的，人们都认为是有钱人，何况姚玉门身边还跟着三个威风凛凛的穿西服的男人，顿时小黄毛看着我咽了口唾沫，不敢再跟我炫耀了。

"你朋友叫你，去吧，云峰，我们晚点儿再见。"李静看出了我的心思，很大度地让我过去。

星星大饭店二楼豪华包间内，服务员陆陆续续上了很多菜，有鱼有虾，都是硬菜。

姚玉门给自己倒了一杯酒，抿了一口后，她看着我说："云峰，你们接下来准备怎么办？"

筷子停在半空中，我警惕地看了看旁边的三个西服男。

"没事的，自己人。"姚玉门放下了酒杯。

"玉姐，大哥已经去干活了，把头的意思是尽快离开这里。"我一脸认真地说。

姚玉门转着酒杯说："嗯，这样最好，王把头还是知道轻重的。记住，你们离开顺德后就不要再回来了。"

我不解，便问她为什么。

吃了一口菜，她放下筷子道："咱们这一行，就像武侠小说里的江湖，谋士、死士、武士，阴谋、阳谋、鬼谋，你少年入行，只要忠心耿耿地跟着王显生干，前途似锦。另外，你相信这世上有山魈鬼神吗？"她忽然转变了话题。

我摇摇头说："不信。这世上哪有鬼神？"

我一副少年模样，却说着老气横秋的话，惹得姚玉门莞尔一笑。

她拿出那个八卦罗盘，单手托举，放在我眼前。

不知为何，罗盘上的三根指针忽然齐刷刷地指向我身后。

看我发愣，姚玉门吓唬我道："云峰啊，你身后正站着一个饿死的没牙老太婆。"

不知道是不是心理暗示，她这么一说，我忽然感觉背后凉飕飕的。

一名西装男摘下墨镜，摇摇头说："行了，玉门，这小子看面相也不是普通人，你就不要捉弄他了。"

姚玉门收回罗盘。

"给你，这东西就当作护身符吧！"她送给我一串项链。

这项链是用红绳串起来的，末端坠着一个很小的嘎乌盒，盒子里塞着一个黄色的小纸团。

"谢谢玉姐！"我把项链套在脖子上试了试，大小还挺合适的，用衣服盖住，从外面只能看到一截红绳。

我们又聊了一会儿，姚玉门给我说了王把头以前的故事，直听得我心生崇拜，心想不知道自己什么时候能这么厉害，在江湖上受人尊敬。

酒足饭饱，我告别了姚玉门，还打包了一份饭菜。这时楼下李静那桌也散了，我想她应该是回去了。

回去的路上，我时不时拽出护身符看一看，真是越看越喜欢。

"三哥，我回来了，还给你带了吃的。"我提着饭菜推开了旅馆房门。

"三哥？三哥？"

旅馆地面上是一地揉成纸团的白纸，孙老三躺在水泥地上。

我随手拆开一个纸团看了看，只见白纸上用铅笔和圆规画了很多图案，还反反复复地画了一根绳子。

"三哥，这是什么？"我看着这一地狼藉，开口问他。

孙老三脸色苍白地看着天花板，忽然笑了出来。

"找到了，找到了……我找到了！"他忽然坐起来，一把抓住我的肩膀，神情激动地道："云峰，我找到打开自来石的办法了！"

他的脸色惨白，眼珠子通红，不等我说话，他就急不可待地解释道："拐子针！用加粗的拐子针就能把门拉开！"

我摇摇头说："不行，三哥，就算拐子针加粗，那也还是一种工具，工具都是要人来操作的，咱们人手不够。"

我并不是瞎说的，想打开飞蛾山上那座大墓的地宫大门，大概可以尝试两种方式：一是找四五十个人一起拉；二是用上百斤的炸药直接炸，但不一定能炸开，还有可能把我们活埋。

目前的情况下，这三种办法我们哪一种都办不到，况且王把头退意已决，我觉得孙老三鼓捣这些东西也没用。

"不，不。"孙老三捡起地上的一张纸，指着纸，兴奋地让我看。

白纸上画了一个大篮子,还画了三头小牛犊子。联想到他刚才画的那根粗绳子,我脑海中响起一声炸雷:"三哥……三哥,你该不会是想……"

"哈哈!"他大笑两声道,"没错,我们几个人加上三头牛,再把拐子针加粗,把绳子加粗,肯定能一下拽偏自来石。"

我被他这天马行空的想法惊得不行,又问:"三头小牛犊子能拉动?"

"我们喂牛啊!云峰,你想想,下去的那个洞口就那么大,大点儿的东西都下不去,所以我们得先用篮子把小牛犊放下去,让牛在下面吃饲料长大。"孙老三说完这话,眼神放光。

我用手摸了摸他的额头说:"三哥,你没事吧?没发烧吧?"

他一把拽住我的手说:"干不干?云峰,跟我和老大一块儿干!"

看他一脸认真,我苦着脸道:"那把头呢?把头退意已决啊,三哥!"

"不用管把头,就我们三个。"

"这……瞒着把头?这不好吧?"

他站起来,抓着我的肩膀说:"云峰,老大这几天没回来,你是不是以为他还在外面?其实他早就回来了,就在顺德……"

人在危急关头总会想到一些稀奇古怪的办法,在古墓里养牛,这种事情真实发生了。这天晚上,孙老三瞒着王把头,带着我到了一处秘密地点。

一进屋,我就看到了几天不见的孙老大,还有让我感到意外的"一颗痣"。

焚香三炷,在"一颗痣"的见证下,老大、老三和我一起跪在了地上。

孙老三对着香炉双手合十道:"此计前途不知命运险峻,若我们埋骨地宫,不悔;若我们出来了,缺胳膊少腿,不怨。老孙家讲究入土为安,二哥就算成了一堆白骨,我们也会让他落叶归根。"

"我,孙连天。"

"我,孙连星。"

"我,项云峰。"

我们三人同时开口道:"今时今日,结成兄弟,有福同享,有难同当。"

三人伏地磕头。

"一颗痣"的眼中露出一丝异彩。

这可真是想人不敢想之思，干人不敢干之事。明知山有虎，偏向虎山行。

我们三个男人天不怕，地不怕，开始策划自己的行动。

姚玉门的叮嘱、王把头的忌惮，全被我们抛到了脑后。

我们三人的想法就是干票大的，非得打开那个石门，看看里面到底有啥。

当然，王把头不知道我们三人的秘密计划。

回填坑洞的善后工作完成后，王把头就要离开顺德，他问我们准备去哪儿。

我们几个心怀鬼胎，自然不会说实话。

孙老大开口道："把头，我和老三、云峰都商量好了，我们准备去南边玩玩，玩上五六个月，到时下一趟活再听把头安排吧。"

"噢？你们仨一块儿去南边？"王把头有些诧异地看了我们三人一眼。

"嗯，是啊，是我们仨。把头，你看云峰都这么大了，还什么都不懂，我们带他去长长见识。"

王把头信了，他第二天就回了北京。临走之前，王把头让我们好好玩，等他的通知。

我们几个留在顺德搞我们的计划，只是换了个住的地方。

飞蛾山上靠近墓葬那块有二十多亩水田，老大装作外来的投资商，花了不到二十天的时间就把那些水田全部租下来了，有钱就是好办事。

租了附近的水田，我们请人在附近建了一圈篱笆墙。我们落脚的地方是飞蛾山下的几间平房。

那天晚上，"一颗痣"买来三头小牛犊。这种牛是"一颗痣"特意找来的，叫夏洛莱牛，生长快，长大后力气也大得很。

"一颗痣"找来了防寒帐篷和一些生活用品，当天晚上我们就把小牛犊子用绳子送到了下面。

虽说是小牛，可每头也有上百斤重，关键是它们不配合，老是乱蹬腿、乱顶人，我们费了不少劲，浑身是汗。

下去的那个口就那么大，这三头牛刚刚好，再大上一点儿都不行。

在大墓下养活牛，不说后无来者，但也是前无古人，都不知道三哥当时的脑回路是怎么走的，竟然能想出这个办法。

我们在下面支起帐篷，在地上打好钉子，把三头牛拴在上面。

现在，这三头小牛就是我们的祖宗，就差求着它们吃饲料了。一天能喂八顿，那就绝不只喂五顿，让它们吃得饱饱的。

地宫潮湿，孙老三每晚都会从帐篷里钻出来看看小牛们有没有事。

晚上，我会用绳子送下去水、食物和牛饲料。

白天，我一般在平房里睡觉。我有个小望远镜，抽空就会用望远镜乱看，看看我们的篱笆墙有没有倒。有时"一颗痣"得空来替我，我就会出去转转，或者去找李静。

李静升高三了。

那天我买了三斤鸡蛋糕去找李静玩。到她家后，我发现李静正抱着腿坐在床上，脸色很不好看。

"小静，你怎么了？我给你带鸡蛋糕了。"

李静俏脸煞白，她紧咬着嘴唇，死死地盯着我看。

她突然朝我扔过来一个枕头。

"项云峰，你为什么要骗我？王强都告诉我了，你根本就不是一中的学生，甚至都不是我们顺德人！你这个骗子！骗子！"她双眼通红地朝我喊。

我后退两步，手一哆嗦，鸡蛋糕掉在地上，滚了一地。

走出李静家，我有些失魂落魄。我终究没有对她说出口——没敢说出口。我不是一中的高才生，我居无定所，没有同龄人敢和我做朋友。

我忘不掉李静看我离开时的眼神。

"怎么了小子，你丢魂了？"回到山下的平房里，"一颗痣"正吃着苹果。

我苦涩一笑道："没事，风太大，迷了眼。"

"一颗痣"单手拿着苹果，狐疑地打量了我一眼，"扑哧"一声笑道："你还知道什么叫惆怅？赶紧忘了吧！"她笑得前仰后合。

我心里有气，便瞪了她一眼，说："吃你的苹果吧，不知道情况就别乱说！"

我生气不是因为她小瞧我，而是她让我忘了李静。一个好端端的人，能说忘就忘了吗？

坑下老大、老三喂的小牛犊一天天长大。我们给小牛喂最好的饲料，它们长得非常快。

加粗的拐子针早就搞来了,这东西是老大找洛阳的一位高手做的,大小完全符合我们的要求。

在坑下的时候,孙老三除了喂牛,抽空就会拿上锤子和凿子,在石门上敲敲打打。他用了大概两个月的时间,终于在石门上敲出一个牛鼻凹槽。

那天晚上,我们聚在坑下,一切准备就绪,每个人都面色沉重,因为今晚就是真干了。用这种方式拉自来石,能不能成功,全看今晚。

孙老大拍了拍小黄牛,不,如今已经不能叫"小牛"了,现在这三头牛只比我矮一点儿,已经很大了。

可能是喂熟了,其中一头牛还用头来蹭了蹭孙老三。

"靠你了,伙计!"他摸了把牛头。

"一颗痣"搞来了市面上质量最好的登山绳。尝试了好几次后,孙老大终于把拐子针穿过门缝,卡住了后面的自来石。

在牛鼻环上固定好拐子针,再绑上登山绳,将绳子的另一头套在三头牛的脖子上,我们捡起了剩下的绳子。

养牛百日,用牛一时。孙老大把绳子攥紧,怒声咆哮:"拉!"

绳子瞬间绷直。

"拉!拉!"

三头牛哞哞叫着往后拱。

我和"一颗痣"都使出吃奶的劲,脸憋得通红。

顿时,石门上落下来不少灰尘。

"坚持住!再加一把劲!坚持住!再加一把劲!给我……开——"

伴随着最后这声怒吼,大石门那里传来一阵巨大的动静。

反顶着地宫门的自来石被我们拉倒了。

几人同时瘫在地上,大口地喘气。

孙老三现在激动得都控制不住自己了。

"成功了!成功了……"他不断重复着这句话。

没有了自来石,推开这座石门就很简单了。

缓过来后,几人一起把手放在石门上,一用力,石门就被推开一条缝。

石门摩擦的声音就像几千年前的编钟被敲响了，十分低沉。

推到门缝能钻进去一个人了，我们停了手。

从这儿往里看，里面一片漆黑。我闻到一股香味，和第一次下墓时闻到的那种香味一样，不过这次的香味明显更重，扑鼻而来。

孙老大说过，这种香味不是什么好现象。

晾了一会儿，确保里面空气流通后，孙老大带头，我们都钻了进去。

里面很黑，不过孙老大早有准备，我们点亮了之前准备好的火把。

"这……大哥，这是什么？"我被眼前的一幕惊得说不出话。

出现在我们面前的是木头，准确地说，是很多打造好的木头，每根长一米左右，数量巨大，不止千百根。

这些木头有规律地插在一起，撂出了十多米的高度，一层套着一层，就像一只刺猬……

每根木头的表面都刷着一种黑色的东西，看着像是某种防腐油漆。

那种楠香味就是从木头里传来的。

孙老三呆呆地看着眼前的木头山，说："黄……黄肠题凑……"

没错，这互相插在一起，撂得像刺猬一样的木头山，就是姚玉门之前提过的"黄肠题凑"。

汉代的黄肠题凑和我眼前的黄肠题凑根本没法比，就好比拿拖拉机和法拉利来比，从气势上就输了，不在一个档次。

我们谁都没见过西周的黄肠题凑。若按照后来汉代的规格来看，这些木头的中心地带有可能就是墓主人的棺椁，换句话说，我们现在站的地方，就是先前在上面消失的主墓室……

我皱眉问道："三哥，这木头山挡在路中间，我们怎么进去？"

孙老三毕竟经验丰富，他想了想后说："云峰，你先别着急，这东西肯定是工匠们做的。他们做完活后要从里面脱身，肯定会留一条不易被人发现的路。"

说完话，孙老大举着火把，开始仔细寻找可以钻进去人的空间。我们也走近一些寻找。

刚才距离远，我没注意到，现在走近了，我忽然看到黄肠题凑的一些木头上长了很多黑蘑菇。

这些蘑菇和家里吃的那种不一样，形状怪异，蘑菇冠长得很像老人的脸，都是皱纹，粗看还有鼻子和眼。

"一颗痣"也发现了黑蘑菇，还准备伸手摘一个看看。

"别碰！别动那东西！"孙老大出声呵斥道，"不能摸！如果我没猜错，这种菌类应该是《葬经》上提到的一种东西，叫黄檗老脸，是一种很罕见的穴居性菌类药材。"

"黄檗老脸？药材？"我听都没听过这东西。

"一颗痣"后退两步道："老大，你不说是药材吗？药材怎么不能动了？虽然长得奇怪了点儿。"

"不，不是那样的。"孙老大沉声道，"极少有人见过这东西，我估计姚玉门也没见过。《葬经》上说这种菌类生长在极阴之地，在民间传说中是苗医用来招魂的。"

孙老大说了"招魂"这两个字，再加上现在正在坟墓里，任谁听了心里都发毛，"一颗痣"自然也一样。

"一颗痣"后退两步，瞪了孙老大一眼："老大，你能不能说点儿吉利话？不看看现在是在什么地方。"

说罢，几人都离这些木头上的菌类远远的。

我心里有点儿奇怪，这墓在一开始散发的是楠木香味，可被西周匠人们做成黄肠题凑木头山的明显是檗木……楠木香味是从哪儿飘来的呢？可能墓主的棺椁是用楠木做的……我有些摸不准了。

"大家分开找，找那种木头之间间隙大，能钻进去人的地方，那或许就是以前匠人们给自己留的路。"孙老大举着火把，看着我们说。

几人暂时分开，每两人之间离了六七米远，都能看到对方。

我举着火把在木头山的西南角找。

"咦？"我使劲揉了揉眼。

我以为是我眼花了，因为刚才我好像在木头缝隙间看到了一个蜷缩着的黑影。

我揉了揉眼，再定睛一看，除了木头，什么都没有。

毕竟年纪还小，胆子也不大，我心里就有些发怵，不由自主地后退了两步。

"三哥！大哥！"我叫了两声。火把只照亮了我身前的一小片地方，四周很黑。

我叫了两声，但没人回我。吞了口唾沫，我举着火把慢慢回头。

没人了！

"一颗痣"、孙老大、孙老三都凭空消失了！

此时不知道从哪儿吹过来一阵凉风，我的瞳孔越张越大。

我嘴唇哆嗦着大喊："三哥！大哥！红姐！"

还是没人回话，在这个密闭空间里，甚至连回音都没有。

四周黑乎乎的，我脑子里的第一反应是遭遇鬼打墙了。

小时候听村里的老人们讲，鬼打墙是鬼魂为了玩弄人而弄出来的，要是人在里面乱走、乱跑，会摔死、淹死，一辈子在原地转圈。

我害怕了，额头上渗出了一层冷汗。

"云峰，你在那儿干啥？"忽然间，背后有人对我说话。

这熟悉的声音……我不会忘，是二哥。

"二哥！"我举着火把猛地回头。

身后什么都没有，一片黑暗。

我的脸色惨白，后退两步，伸手掏出姚玉门给的护身符，紧紧地攥在手心里。

小嘎乌盒的护身符残留着我的体温，我攥在手心里感觉有些温热。

"云峰，我在这儿，快来找我。"又传来了孙老二的声音。

我蜷缩在地上，堵着耳朵，靠着木头山，不敢大声出气。

我恐惧地看向四周，想找到其他人的身影。

我背靠着木头山，这时，不知道是谁在背后拽了拽我的衣服。

"啊！"我吓得连滚带爬，站起来就跑。

"啪！"我乱跑乱冲，感觉自己撞到了一团肉上。

黑暗中，孙老三的脸慢慢显现出来。

"云峰，你疯了，乱跑什么！疼死我了……"他倒吸着气，轻拍着自己的胸。

没多久，"一颗痣"和孙老大也出现在我面前。

看到这几人，我差点儿哭出来。我抹了把额头上的冷汗，说："你们刚才都去哪儿了？我刚才怎么没看见你们？"

孙老大狐疑地看了我一眼，说："好好的，云峰，你别吓人啊！我们刚才也一直在找入口啊！"

我深吸一口气道："大哥……刚……刚才我好像看见二哥了……"

"什么！不可能！"孙老三顿时惊呼出声，"云峰，你在哪儿看到的？这儿除了我们，根本就没有别人，你是不是眼花了？"

"不，他没眼花……""一颗痣"脸色有点儿白，她看着孙老三点点头，"我……我好像也看到老二了。"

一个人可能是看花眼了，现在我和"一颗痣"都这么说，孙老大的眉头皱了起来。

"是……是不是闹鬼了，大哥？"我鼓起勇气问了句。

"一颗痣"听我说闹鬼，脸色又白了两分。

孙老大仔细打量了一下四周，最后把目光锁定在了那些黄檗老脸菌类上。

他摇摇头，沉声道："别怕，不是什么闹鬼。"他指着木头上长着的那些黄檗老脸，"就算闹鬼，也是这东西闹的。"

他看了看我，又看了看"一颗痣"，说："小红、云峰，你们还没发现吗？刚才是你们两个最先发现黄檗老脸的，也是你们离得最近。"

"一颗痣"的脑子比我转得快，她看了那些东西一眼，不可思议道："老大，你是说……刚才我和云峰看到的是幻觉，不是真实的老二，而罪魁祸首就是这些黑蘑菇？"

"没错，我猜应该是这样的。"孙老大点点头，道，"毕竟传言说这东西是招魂用的，有点儿迷幻药作用也正常。"

我嘴上没把门的，下意识地脱口而出："大哥，你说，它会不会真的招来二哥的鬼魂啊？"

"你小子乱说什么！"孙老三扇了我后脑勺儿一巴掌，"别乱说话！二哥死没死还不知道呢！"

知道自己可能是说错话了，我忙道歉："对不起！"

孙老大没跟我计较，说："别说那些没用的了，你们跟我来这边，我发现了一点儿东西。"

他把我们领到了木头山的西北角。

不用他说，我都注意到了，虽然外面那一层的木头一样，但从这个角度往里看，黄肠题凑里面的空间明显大了一点儿。比起别处的紧凑，这里应该勉强能钻进去一个人。

孙老大用锋利的匕首一点点撬开最外面的几根檗木，然后转身看着我们说："都跟在我后面，发现什么情况了及时出声。我先钻进去看看。"

孙老大带头，一行人蜷缩着往里钻。

因为不方便，我们往里钻的时候都没带火把，人手一支手电用来照明，匍匐前进。黄肠题凑的这些檗木上有不少灰尘和蜘蛛网。

钻着钻着，前头带路的孙老大突然停了下来。

"怎么了，老大？""一颗痣"问。

孙老大扭头用手电照了照，说："你们有没有发现，地势好像越来越低了？咱们在走下坡路？"

四周都是木头，加上刚才紧张，我都没注意。现在听他这么一说，我低头看了看，好像还真是。我们刚爬过来的地方，变成了一个小斜坡。

这一发现让所有人感到不解。因为按照常识来说，黄肠题凑都是建在平地上，木头山的中心地带就是棺椁。可这是怎么回事？这是通往下面的，难道下面还有？

"都别乱想了，先爬到头再说。"孙老大留了句话，继续往里爬。

越往里爬，我们越心惊——刚才还是轻微的坡度，现在坡度越来越大。

虽然孙家兄弟以前干过不少活，但是这样反常的设计，他们应该也是第一次见。

估摸着爬了十多分钟，前方空间慢慢又大了。

"小心点儿，注意看头顶，别撞到木头上。"孙老大试着起身。

里面很黑，等所有人进来后，孙老大用强光手电朝四周照了照。他拿着手电的手定格在了半空中，顺着这道亮光看过去，我们所有人的眼睛都瞬间瞪大了。

有棺有椁叫棺椁，没椁有棺叫棺材。

手电照过去，一排又一排，不知道有多少具棺材……这些棺材有的烂掉了，有的塌陷成了扁平状，还有一些基本完整。

先前的那种楠香味，现在闻起来非常明显。几十口棺材堆放在一起，地面上没有什么明显的陪葬品，这种在黄肠题凑葬制下出现的大批量烂棺材，完全不符合任何一个朝代的丧葬制式。

三哥皱着眉头问："大哥，这么多棺材，这里难道是个西周的殉葬坑？"

他问这句话是有道理的，因为除了商代和西周早期，往后就没有这种殉葬制度了，除非是"自愿"的，要不然强行让活人陪葬是违反历代法规的。

孙老三脸色阴沉，一步步走到了一具棺材前。这副棺材塌得不算厉害，只是有点儿扁了。

我咽了口唾沫，举着手电，眼睛一眨不眨地看着孙老三。

"老大，给我撬棍。"孙老三脸色凝重地伸出了手。

"接着。"二人配合默契，孙老大把小撬棍扔了过去。

几乎没有停顿，孙老三拿到撬棍后，就准备动手撬开棺材。

"先等等，老三。你数了没，有几根棺材钉？"大哥皱着眉问。

孙老三移动手电看了看，说："有的地儿烂了，不能确定，有可能是六根。"

"六根棺材钉？老三，你小心点儿，别靠太近。要是六根棺材钉还好，我就怕是五根。"

"一颗痣"拍着胸脯，也嘀咕了一句："还好，不是五根就好。"

丧葬风俗一直在演变，但有几点，几千年来的变化是不大的，比如"入土为安躺棺材，棺钉封材隔阴阳"。一具棺材盖棺的时候，打六根钉、七根钉都正常，但要是六根以下，那就不太好了——打五根钉子的，那叫"封魂钉"；打四根钉子的，那叫"镇魂钉"。在传统说法中，这对死人和活人都是很不吉利的，如果这些棺材都是五根钉，那就说明这些人当年是死于非命。

不害怕是假的，尤其入行不久的我，第一次见这么多堆在一起的古代棺材，当场心里就发怵，我举着手电四处乱照，生怕下一秒看到不好的东西

孙老三毕竟当了很多年的土工了，见过的棺材不知道有多少。我看他压根儿就不害怕这些东西。

他将撬棍塞到棺材缝里，封棺钉已经腐朽，他稍微一用劲就给整开了。

"里面是什么，老三？""一颗痣"小声问。

"没啥东西，有寸把长的金线，还有一堆'白巧克力'，过来看看吧。"他招了招手，让我们过去看。

我们走过去一看，还真是，棺材里没有什么陪葬品，除了两截不长的金线，就只

有一些零零散散的死人骨头。

他说的"白巧克力"就是指这些零零散散的死人骨头。金线就那么一点点，肯定不会是金缕玉衣残存下来的。

孙老大看后摇了摇头说："看来这下面环境不错，三千年了，竟然还有骨头在。这种坑要搁在北边，能剩下来一两颗牙就算不错了。"

"打扰了，您抬抬腿。"说着话，孙老大捡起了一根死人腿骨，而后扔到了棺材头。

"咦？这是啥？"他挪开骨头后，用小撬棍扒拉扒拉，一大团黑色圆球状的东西露了出来。再一细看，好像是一块沾满了泥的圆石头，这圆球表面还沾着一些没有腐烂掉的种子。

"这……这好像是香瓜子吧？""一颗痣"皱着眉头。

"还真是香瓜子。真晦气，我知道这东西是啥玩意儿了。"孙老三一把扔掉圆石球，然后不停地在衣服上擦着手。

随后孙老大指着棺材里的死人骨头，对我们说了他的猜想：奴隶殉葬制在西周刚刚成立的时候就被废除了，不过，周天子大封诸侯，导致偏远地区的诸侯王很多，有些冥顽不灵的诸侯国仍延续着商代时活人殉葬的陋习。

那时候不像现在，妇女的社会地位不高，在人殉中，女人占了非常大的比例。眼前棺材里的这堆白骨应该也是个女的。

孙老三是这么还原情景的——

三千年的西周时期，夏天，天很热，家里雇用的女织布工们都暂时休工，坐在一块儿家长里短地聊天。忽然，主人家发善心，在这炎炎夏日里拉来了一车香瓜，让这些女工来吃香瓜解暑。不料，这些香瓜里都被下了蒙汗药，大家吃了香瓜后都晕倒了。

几天以后，她们就在暗无天日的棺材里死去，悲惨至极。

和三千年前的死人面对面，我的心里是有些不舒服的。

孙老三看着棺材里的白骨，长叹一声道："尘归尘，土归土，路过贵地，无意冒犯，多有打扰了，希望诸位能早日投胎。"他对着周围的棺材拱了拱手。

"小心点儿，别碰到这些骨头。我们再往前走走看。也真是怪事了，怎么偏偏看不到那个芥侯棺椁？难道这主墓棺椁飞上天了不成？"孙老三说着话，继续带路。

孙家兄弟见惯了死人，他们管那些骨头叫"白巧克力"，可我不一样，我还是心里发怵，毕竟这里到处是死人骨、烂棺材。我低着头，不敢左右张望，大气也不敢出。

才走没几分钟，我们见到一块小石碑立在地上，石碑上隐约还有文字。

孙老三蹲下来用手电照明，伸出右手擦了擦上面厚厚的一层浮灰。

"写的什么，老三？""一颗痣"问。

孙老三摇摇头说："还是大篆，根本看不懂。不过我猜测，大篆记载的应该和这些女殉人有关。"他扭头看了一眼身后的那些棺材。

这时，"一颗痣"忽然"啊"的尖叫了一声，吓了所有人一跳。

孙老大忙把手电照过去，问："一惊一乍的，小红，你干吗？"

"一颗痣"两步跑到我们这儿，脸色惨白地说："有人……刚才有人摸了下我的屁股！是人手，不是骨头，我能感觉到！"说完，她脸色又白了几分。

孙老大把"一颗痣"护在身后，皱着眉头，用手电顺着"一颗痣"说的方向照了过去。

"手……手……大哥，人手！"我眼尖，是最先看到的。

"一颗痣"刚才站的地方，后面有一口棺材，棺材开了一条缝，有条还没烂完的死人胳膊耷拉在棺材边，软绵绵的。

孙老三捂着鼻子凑过去看，这一看，他的脸色也很难看了。

棺材里的尸体从轮廓和衣服来看，应该是具男尸，衣服的风格明显是现代的！

随后，孙老三单手捂着鼻子，在这具尸体的腰胯部位捏出一个带扣小铜牌。他定睛一看，这小铜盘的正面刻了三个字——支锅陈。

孙老三仔细翻看了铜牌，转身看了孙老大一眼。

孙老大脸色阴沉地点点头说："死的时间不长，是南边的……"

从他俩断断续续的交谈中，我了解到了一点儿信息。

南、北两派中，北派有"眼把头""卖米郎""土工""后勤办""散土"等活计。相比之下，南方那伙土夫子的切口则不同，他们那边负责找墓的人叫"支锅"，清代以前叫"元良"，这活儿的性质和我们北方派的"眼把头"性质一样。往下面有"打金尖"和"力工"。他们也有专人负责后勤补给，这点倒和北方派差不多。

通过小铜盘确定了这具尸体的身份后，孙老大摸着下巴道："老三，虽然我们不认识这个姓陈的'支锅'，可是单看'支锅'这两个字，他在团队里的地位就不会低……也不知他们当时下来了多少人。"

"嗯……说不好……南边那伙人比我们早下来，只是不知道他们是从哪儿下来的，还折了这么多人。大哥，我们可得小心为上。"

"那是自然的。"孙老大点头附和。

此时我有点自己的想法，但我没敢明说出来，因为我们无意中发现的这个南派人尸体像被是被谁故意藏在棺材里的，换句话说，他大概率遭到了同行毒手。

这处地宫整体是长方体，前方还有很大的空间，不知道通到哪里去。我们一伙人穿过殉葬区，继续往前走。

走了不到两分钟，前方又出现一堵石门挡住了我们的去路。

和之前的石门不一样，眼前的石门要小上一号，石门两旁还一左一右地立着两尊造型怪异的青石石雕。

石雕表面落满了灰尘，抬起手电一看，只见这石雕三角狗头，青面獠牙，麒麟身，人耳，麒麟身两侧收着一对翅膀，后脚紧踩地面，左前爪微微抬起，眼珠外凸。高度大概是两米三，整体给人的感觉十分凶悍，仿佛在警告闯入地宫之人。

"这玩意儿，好凶的镇墓兽……"三哥举着手电喃喃道。

镇墓兽千奇百怪，现实中没有对应的动物参考，其样子多是古代工匠凭空想象出来的，和飞天一样，都算是丧葬文化传承的一部分。这种千奇百怪的臆造像又邪又丑，过去老古董行里最不受待见的两样东西就是镇墓兽和陶魂蛹。

若是把这两尊青石镇墓兽送进博物馆，我估计博物馆都不敢往展厅里摆，因为可能吓哭小孩儿。

"三哥，快看这两尊石雕的眼睛！"我突然注意到一处细节——这两尊青石镇墓兽的眼睛有点儿一大一小，虽然差得不多，但肉眼也能分辨出来，大小不对称。

孙老三脸色凝重地说："斗鸡眼的镇墓兽，邪性啊，这玩意儿很不吉利，都别盯着看了，赶快走。"

"走？我们往哪儿走，老三？这不是有道破门挡住了吗？""一颗痣"皱眉说。

"这么大的地宫才二重门而已，不奇怪。这个我有把握能打开，最多花一天时间。"孙老三倒没那么大动静。

"一天？""一颗痣"大声道，"老三，你是不是在下面住习惯了？"

"哎，小红，话不能这么说，我们又不是孙猴子，也不会穿墙术。老三的话说得没错，传闻以前的前辈们能拆到第十一道丘门，咱们遇到的这个不算什么的。"

"一颗痣"给了孙家兄弟一个白眼，不再说话了。

透过小缝看，挡路的这道石门也有封门石，但个头和重量远远比不上之前那道。照孙家兄弟的理解，外面那道门是大门，眼前这道门是卧室门。推开卧室门，才有可能见到正主。

尖头锤上工，孙家兄弟你接我赶，手上不停。青石质地不算坚硬，说要用一天时间，实际上几人通力赶工，只用了几个小时。

牛鼻凹槽打出来，还照着之前的办法，上拐子针，套绳子。

"我喊'一'就使劲。这玩意儿比之前那扇门小了很多，应该能一次搞成。"孙老三率先拉起绳子，我们仨也紧跟着捡起绳子。

深吸一口气，孙老三把声音压得很低："三，二，一！"

绳子瞬间被拉直，我们用力向左边拉。

"轰隆"一声，里面自来石倒地的声响很大。

孙老三预估得没错，有了第一次的经验，这次我们找对了方法，一次成功。

依照"小心为上"的原则，孙老三先在门缝里点了一根白蜡烛，测试里面空间的氧气含量。

蜡烛立在地上，火苗忽明忽暗。我们没感觉到有风，火苗却往一边倒。

"没问题吧，三哥？"我小声地问了句。

他摆了摆手，示意要多观察两分钟。

几分钟过后，蜡烛的火苗还和先前一样，没有忽然变小。这说明里面氧气的含量还算充足。

"注意脚下。"孙老三交代完，我们合力推开了第二道石门。

二道门里面的温度很低，人一进去就能感觉到。虽然我们都穿得很厚，但还是感觉到冷，连呼出来的白气都十分明显。

"呼——好冷啊，老三，这里外的温度得相差十几度吧？""一颗痣"不停地搓手。

孙老三也感到奇怪，疑惑地说："飞蛾山这边的气温还算恒定，没想到这里如此奇怪，搞不懂了。"

"想不通就别想了,老三,我们又不是地质学家,先探探路再说。"孙老大说了自己的看法。

"大哥、三哥,你们快往上看。"我胡乱打着手电,忽然发现了一样东西——石墙的西南角,还残留着很多色彩鲜亮的壁画。

"壁画……这……这好像不是西周风格的壁画。"孙老三抬头用手电照亮了壁画,表情看起来很不可思议。

"不是西周的?什么意思?"我又看了一遍。

石墙上这些壁画的整体颜色以黑色和红色为主,壁画的主题图很杂,也很奇怪,有作古代打扮、戴着帽子的男人,有袒胸露乳的女人,还有头朝下被绑在木头上的孩童。

这幅图案的中心地带放着一口纯白色的棺材,周围有很多衣衫褴褛的人跪在地上,看那样子,像是在对着这口白棺材膜拜。整个壁画风格有点儿诡异。

孙老三之所以看了一眼就说壁画可能不是西周的,是因为壁画本身的矿物质颜料。西周时期的墓,却不是西周时期的壁画……这点怎么都说不通。还有,壁画上的那口白棺材是谁的?

到目前为止,我们连一件像样的陪葬品都还没见到。姚玉门一口断定这是比马王堆规格还高的国家级大地宫,还推测里面有不得了的镇国级文物,可……东西在哪儿?

"老三,快来!""一颗痣"忽然喊了一声。

几人忙跑过去看。只见在石墙的西北墙角处,又出现了一幅风格诡异的壁画……

等看清了壁画上的内容,包括我在内,所有人的脸色一下变得惨白。

我看到的是颜料有些脱落的壁画上有三男一女,画得惟妙惟肖,两名男人看起来是四十多岁,女人是三十多岁,最后一个男人的年龄明显小了很多。

这幅壁画中,这几个人都举着手电,围在一块儿,正照着一具白色棺材。

我惊恐地往自己身后看了一眼,后面空空的,并没有什么白色棺材……

这壁画上的四个人,分明画的就是我们这伙人……

"三……三哥……"我说话的声音都有些发颤,是被吓的。

"啪!"孙老三忽然使劲扇了自己一巴掌,说:"不可能,不可能,肯定是我眼花了。"

他脸色煞白,扭头看向"一颗痣",问:"小红,你看到的是什么?"

"一颗痣"颤着音说:"我……我看到了我们四个人,还……还有一个头上长角的怪物。"

"头上长角的怪物？"我使劲揉了揉眼，道，"没有啊，哪有什么头上长角的怪物？我看到的分明是一口白色棺材！"

孙老三深吸了一口气说："我看到的是我们四人围着两条缠在一起的毒蛇。"

孙老大也摇摇头说："我看到的和你们的也不一样，我看到的是一个蹲在地上埋头哭泣的孩子。"

话罢，几人互相对视，都从对方的眼中看到了不可思议。

一幅古怪的壁画，四个人同时看，结果看到了四种不同的图案：我看到的是棺材；"一颗痣"看到的是头上长角的怪物；孙老三看到的是两条缠绕在一起的毒蛇；孙老大看到的是一个埋头哭泣的小孩。

孙老三以前见过很多邪乎事，但眼前一画四景的情况显然超出了他的认知。

当下，我们唯一能得到的合理解释就是我们可能同时出现幻觉了。

"这事不对劲，都坐下来，先别走。"孙老三招呼我们原地坐下。

考虑了几分钟，孙老三从自己的背包中摸出了一个圆形小铁盒。

铁盒不大，是老白铜材质的，上面也没有什么图案、商标。

他拧开铁盒，很小心地往手掌心里倒了一点儿黄色粉末。

这黄色粉末气味刺鼻，有种雄黄的味道，但味道比雄黄还重。

孙老三让我们伸出右手，给我们几人的手掌心都倒了一点儿。

孙老三把手指放到自己的鼻子尖，开口说："一口气，用鼻子吸进去。"他率先示范，"阿嚏！妈呀，真够劲！"他连续吸了两下鼻子，使劲地摇晃着脑袋。

吸这玩意儿的一瞬间，我感觉脑袋突然一凉。这东西提神的劲头非常大，比清凉油、花露水之类的强太多了。

吸了这种黄色粉末，几人再定睛一看，壁画上没有哭泣的小孩了，也没有头上长角的怪物或者毒蛇了。现在我们看到的图案都一样：壁画上只有一些打扮另类的古代人，并没有什么动物和棺材。

"还好，来之前我多留了个心眼儿，找人买了点儿醒魂药。"

孙老三说完后直起身，扭头看着刚刚走过的地方说："楠香味，是刚才的楠香味——这也是古代的一种防盗手段，是当时的巫术方士们配制的。进来的那伙南边人应该和我们一样，出现了幻觉，使得他们自相残杀。还好，我准备得充分，我们发现得也早。"

说完孙老三抬头看着那些壁画，道："再晚五分钟，我们都不知道是怎么死的。这是借人杀人。"

"都清醒点儿了吧？等这药劲散了我们再走，大概也就半个小时。保险起见，还要稍等会儿。"说完话，孙老三小心地收回了药粉瓶子。

"三哥，这东西挺厉害，你说是从朋友那儿买来的，什么朋友？"我好奇地问。

孙老三摇了摇头说："这东西是从八大怪瘌子香那儿买的，还好我准备充分。"

民国之前，混江湖的"偏八门""正八门""阴七门"中又囊括了"天桥八大怪"。何谓"天桥八大怪"？就是"金皮彩挂，评团香柳"。

三哥说的"瘌子香"就是"八大怪"倒数第二名的那位，其地位排在柳门之上。

在原地等待药劲散去需要半个小时，我对他说的"八大怪"有些好奇，便趁机多了解了一点儿。

三哥说，"八大怪"现在有的还有传人在，有的已经消失了，就像已经消失的摸金、卸岭、搬山、发丘一样。

当年这类人在江湖上都有绰号，一炷迷魂瘌子香只是其中之一，另外还有很多奇人，如风流乞丐花剑刘、粘糖人张小红、苏秦背剑小绺头、梨花大鼓小宋蓉、奉天落子魏国通、津门说书白玉清、北平流星王少元、飞檐走壁燕子李等。这些无一不是身怀绝技之人。

我暗暗记下了这些人名，心想以后有机会了也见识一下这些江湖奇人。

"老三，你说这地宫到底有多大？飞蛾山才多大点儿？"觉得药劲散得差不多了，"一颗痣"心事重重地问了句。

孙老三无奈地摇摇头说："不知道，走一步看一步了。云峰、大哥，药劲应该过去了，咱们继续往前摸吧。要是不把这西周地宫摸个明白，咱们几个月的辛苦就全打水漂了。"

几人收整一番后，继续往前走。

往前走了大概十分钟，我们又发现了一处十分特殊的建筑物——在地宫的中心地带，出现了一个已经干涸的圆形凹坑，凹坑四周光滑，坑里立着三尊身穿长袍的人形石雕，石雕没有头，只有身子。

看石雕脖子上整齐的断口，我们猜测应该是当初做的时候就故意没做头。要是被人故意破坏的，脖子上的断口绝没有这么平整。这凹坑有点儿像蓄水池，一看就能看出这是有人特意挖出来的。

"咦，这边上怎么有这么多窟窿眼？干啥用的？""一颗痣"在凹坑边发现了一点儿东西。

我也看到了，的确如"一颗痣"所说，在凹坑边上有很多小洞，不知道是干什么用的。

三哥胆大，最先跳了下去。走到池子中间，他皱眉看着三个没有头的石雕。

"怎么了，老三，发现什么了？"我们几人也跳到了池子里。

"大哥，你看，看这地方。"孙老三指向了无头石雕的胸口处。

只见他用手指着的石人胸口处有些凹陷，虽然不太明显，但离得近了也能看清楚。

"老三，你先别动！"

这话还是晚了一步，孙老三已经用右手按了下去。

瞧见石人的胸口塌了下去，我们几人站在原地，大气都不敢出。

"嘎嘣……嘎嘣……"池子底下发出了阵阵声响，这声音就像大型铁锁链被拉紧的声音。

与此同时，我们脚下站着的地方突然开始往下沉。

"跑！"孙老三的反应速度非常快，才刚感觉到一点儿苗头，他就大踏步跳出了池子。孙老大也紧跟着跳出了池子。

"咔咔！咔咔！"铁索碰撞发出的声音越来越大。

此时，三个无头石人忽然转过了身子，变成了正对着我。

"云峰、小红，快跳上来！"三哥焦急地大喊。

整个凹坑下沉的速度很快，我一愣神的工夫，已经下陷了接近两米。此时凭我的弹跳力，想要上去已经来不及了。

"绳子，老大，快拿绳子！""一颗痣"神情焦急，大声地朝上喊。

突然，又是"嘎嘣"一声，像是铁索断掉的声音。

还没等大哥把登山绳放下来，凹坑下沉的速度又快了几分。

"过来，云峰！""一颗痣"额头上出了一层汗。

"来不及了！半蹲下身子，抱住石雕！"她率先示范给我看。

巨大的失重感充斥全身，往上看已经看不见孙家兄弟了，我吓得呆在了原地，不知所措。

见我发呆,"一颗痣"一咬嘴唇,三两步跑过来,把我拽了过去。

这时我才反应过来,连忙和"一颗痣"抱住同一个石头人。我学着"一颗痣"的样子,膝盖微微弯曲。

这时,我看到周围石墙上有很多非常粗的青铜锁链,数量足有上百根。

我和"一颗痣"彼此抓着对方的胳膊,现在我们什么也办不到,只能眼睁睁地看着自己和凹坑一块儿往下陷。

一阵巨大的入水声忽然响起。

很快就有冲击感传来。这股力量太大,我抱不住石头人了,直接被撞得向后仰去。先是后背感觉很凉,然后是整个身子感觉到很冷——身下是温度很低的地下河水。

水淹人的速度很快,我的头还是晕的,根本没反应过来。等我清醒了一点儿想要跑的时候,已经来不及了。

因为不会游泳,我接连呛了好几口水。我用尽力气大喊"救命",胡乱地蹬腿、挥手,乱喊乱叫。

身子开始往下沉,我感觉肺都快要憋炸了,整个人淹在水里,不停地吐泡泡。

意识模糊之际,我的脑海里就像在飞快地播放幻灯片,以前生活的画面一幕幕闪过……

我拼命地努力想抓住这些,却一个都抓不住。

我的意识一点点消散……

这时,我忽然感觉到有人从背后抱住了我。

第四章
山魈

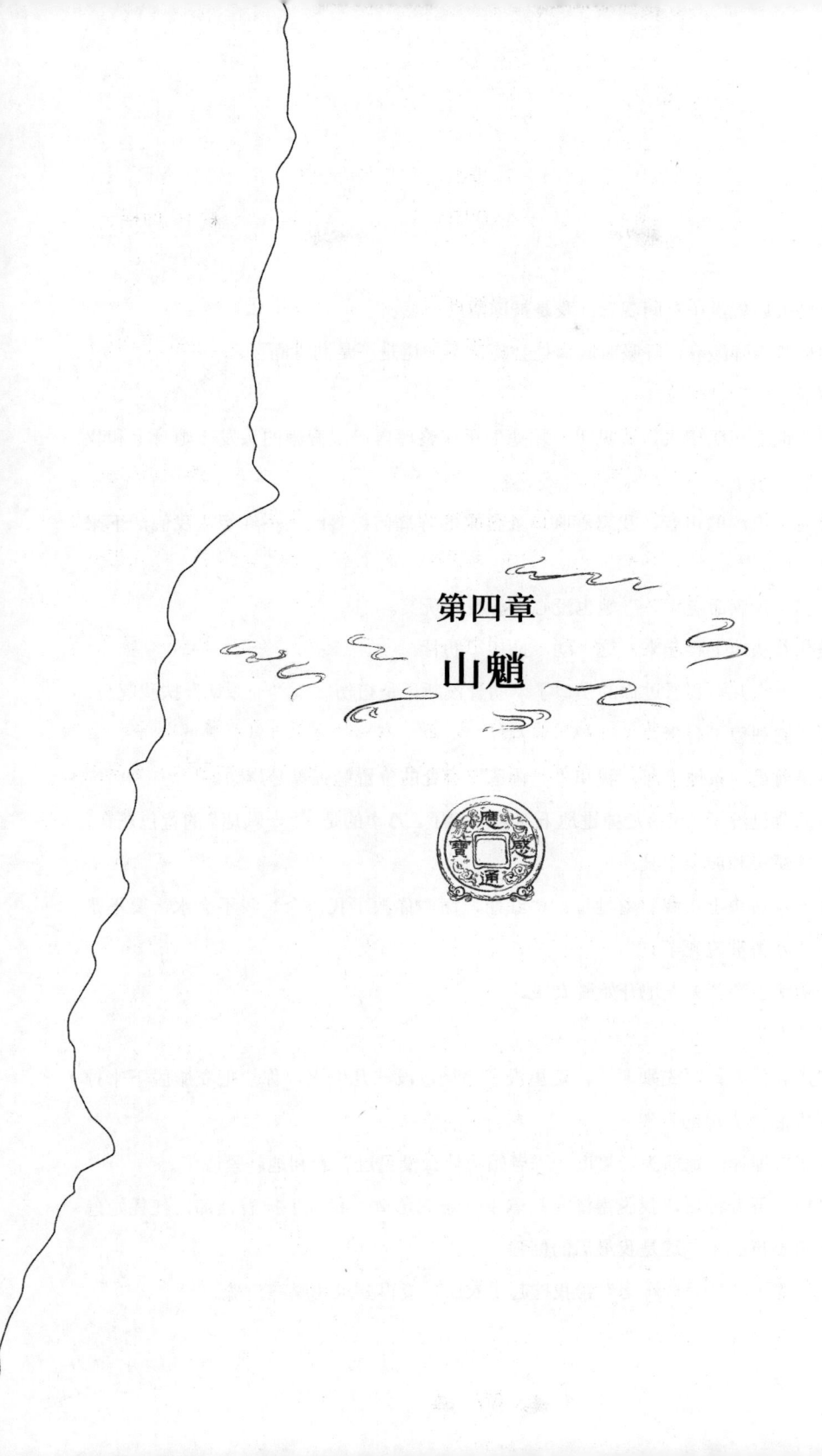

人昏过去后就没了时间观念，我是被冻醒的。

我的后背一阵酸麻，呼吸时胸口处会疼，不知道是不是肋骨断了。

"你醒了。"

我躺在地上扭头望去，看见"一颗痣"正在整理自己湿漉漉的头发。她身上和我一样，已经湿透了。

听到河水流淌的声音，我忍着胸口处传来的阵痛问："红……红姐，我们活下来了？"

"是啊，我俩命挺大。"她也没心思和我开玩笑。

我挣扎着从地上爬起来，这一动，扯疼了肋骨。

"动作小点儿。我看过你的伤口了，肋骨没断，是扭伤。""一颗痣"扶我起身。

我朝四周观望了起来。

我俩身前是一条地下河，我和"一颗痣"身处的位置勉强算是岸边。

我背的背包没了，应该是掉进地下河被冲走了。万幸的是，"一颗痣"的背包还在，包里有一些饼干和应急工具。

靠在一块石头上，我看着她道："红姐，谢谢你救了我一命！我不会水，要不是你救我，我就得被淹死了。"

"一颗痣"旁若无人地开始脱衣服。

我忙低下头。

她的声音传来："先别谢了，这里没东西烧，没法儿生火，你快把衣服脱下来拧干水，要不然会失温的。"

见我扭扭捏捏，她摇头轻笑道："老娘我什么没见过？麻利地赶紧脱了。"

就这样，五分钟后，我脱得浑身只剩下一条三角裤。我双手护着裆部，任凭她怎么说，我都不肯脱了。这是我最后的倔强。

"唉，算了。""一颗痣"帮我拧起了衣服，没再要求我脱三角裤。

这下面是洞穴构造，她包里的对讲机用不上，我们短时间内根本联系不到大哥和三哥。现在，我们只能靠自己了。

背包里的饼干被水泡发了，但为了补充体力，我们也只能吃这个。泡开的饼干又凉又松散，那真是入口即化，像是在喝汤。

休息了一个多小时，我们穿上衣服，"一颗痣"问我能不能走路，我强咬着牙说能走。二人结伴，开始步履蹒跚地顺着河岸向前走。

这条地下河的流向是自西向东，我们走的也是这个方向。那个像蓄水池一样的平台现在已经不见了，平台那么重，估计是沉到河底了。

一路上我仔细思考过，说实话，还是想不通。那些粗壮的青铜锁链给我留下了深刻的印象。

我知道，西周时期青铜器的铸造都是用的范线模具法，而失蜡法是后世才出现的。青铜锁链环环相扣，历经两千年不断，在我的认知中，西周时期因为工艺条件的限制，根本造不出这种长度的青铜锁链，还有靠青铜锁链牵动的石头人，这座大墓里的种种都超出了我的认知。

走着走着，水流越来越急，我们行走的河岸也越来越窄。开始我俩还能并排走，到后来，担心脚滑掉水里，我和"一颗痣"改为一前一后地走，她在前，我在后。

幸亏之前买的是高级的防水手电，这手电此时帮了大忙。

我感觉到前方有凉风吹来。

这是好事，我当时认为只要顺着地下河一直往前走，肯定能顺利找到出口。

"等等！""一颗痣"忽然停下了脚步。

"怎么了，红姐？"

"云峰，你看那是什么东西？"她侧过身子，用手电照着前方。

手电照明的范围有限，距离有些远，我看不清，只看到了一些模模糊糊的圆形黑影，就像是一些圆球挂在洞顶。

"这啥东西？我也看不清楚。"

"小心点儿，走过去看看。""一颗痣"扭头叮嘱了我一句。

随着距离缩短，我看清了，那是某种长条梯形的青铜器。

那些青铜器的前面还用细一点儿的铜锁链悬挂着很多圆泥球，我完全看不懂这些东西是干什么的。

"一颗痣"抬头皱眉道:"云峰,这些像不像编钟?"

"编钟?梯形的青铜编钟?"我吃了一惊。

听她这么一说,我越看越像。

古代青铜器种类繁多,有三四十种,编钟是其中之一,后世人又把编钟分为圆编钟、方编钟、帽子编钟、梯形编钟等。

飞蛾山下的地下岩洞里为何悬挂了这么一组数量庞大的青铜编钟?编钟前面的那些圆泥球是干什么用的?

"打一个下来看看。""一颗痣"捡起了一颗小石头,使劲一丢,就像打果子一样,可惜第一下落了空。紧接着她又尝试第二次,还是没能打到那些圆球。

"我来试试,红姐。"我从她手中接过一颗小石子。

我小时候爱用弹弓打鸟,所以手上还是有些准头的。

第一下我就打到了,那颗圆球像荡秋千一样来回晃了晃,但因为我的力度不够,圆球没有掉下来。

第二次,我用了全身力气。

"扑通!"圆泥球掉到了河里。

"打中了,红姐!"

"一颗痣"白了我一眼。

眼看着掉下来的圆球正向地下河中心飘去,"一颗痣"迅速脱掉上衣,转身道:"在这儿等我,我去捞上来。"

"扑通!"还没等我说"小心",她纵身一跃,跳进了河里。

两分钟后,水面平静,我还是没看到她的身影,那个掉下来的球也不见了。

"红姐!红姐!"我急得站在岸边大喊。

片刻后,一颗圆球被水推到了我的脚下,"一颗痣"却没了身影。我吓坏了,呆在原地不知所措。

"呼啦!"一个人的上半身从水下冒了出来。

看到这人后,我松了一口气,是"一颗痣"。

游上岸后,她脸上阴晴不定。

"是不是受伤了，红姐？怎么了？"看她脸色不好，我担心地问。

她缓了一会儿，转过头来看着我道："水下面有东西，我没看清楚，像是个人造的大转盘。"

"啊？大转盘？啥意思？"

"不知道。先别说这个，先看看这东西是个啥。"她指了指我脚下的球状物。

"好的。"

这玩意儿很硬，有足球那么大，我用尖石头砸了好几下才砸开一条小缝。我把手伸进去，想用力掰开这东西。

第一下没掰开，但是口子被撑大了，我就用手电照着看了一眼。

里面有一个白色的东西，我试着伸手去摸。摸着摸着，我脸色就变了，感觉我的手指头抠到了两个窟窿眼。

"怎么了？""一颗痣"问。

我忙收回手，坐在地上用手撑着倒退了好几步，说："人……人头！"

一摸到那俩窟窿眼，我就知道了，圆球里包的是骷髅头。

"一颗痣"脸色微变，不过她比我的反应要好些。

她强撑着说："云峰，亏你是一个大男人，骷髅头而已，怕什么！要是老二在这儿，还敢跟这玩意儿亲个嘴。起开，我来！"她柳眉微蹙，直接上手了。

因为圆球之前已经被我砸开了一条缝，她没费多大力气，用石头砸了几下就给整开了。

这次看得真真的，我之前的猜测没错，圆球里面确实包着一颗死人头骨。

头骨的部分区域已经风化。让人感到奇怪的是这颗骷髅头表面有一些鎏金层，这些鎏金层错落有致，看着不像文字，更像是某种图案或者符号。

古代工艺中，我听过铜鎏金、银鎏金、簪鎏金、错金银、金银累丝等，但把鎏金工艺用在死人头骨上的这种，我闻所未闻。

头骨眼眶周围的一圈鎏金层金灿灿的，和纯黑色的骷髅头搭配在一起，风格颇显诡异。

"一颗痣"皱眉道："早年我帮一个承德团队做后勤的时候，见过类似的东西，不过那东西不是头骨，是一小段指骨。当时那个团队的把头告诉我，说这东西是春秋战国时期的。"

她抬头看着洞顶上的那些梯形青铜器，对我说："云峰，你准头可以，这些东西粗看之下得有几十个，你砸一个下来，我们研究研究。"

"嗯。"我点头答应。

我特意挑了一块个头大点儿的石头。

"当！"

第一下我就砸到了，石头和青铜器撞击在一起，发出了悠扬清脆的声音。

听到这声音，我心里已经同意了"一颗痣"此前的猜想——这一排梯形青铜器，应该就是编钟，可能墓主人生前有什么特殊癖好，挂这么多人头编钟在这里听响玩儿。

"再加两把子力气。""一颗痣"抬头看着。

第二下结结实实地打到了，"扑通"一声，编钟掉到了河里。"一颗痣"早有准备，不到一分钟，她就把这东西捞上来了。

这件青铜器上窄下宽，表层有些红斑绿锈，此外，腰线、范线、云雷纹都做得很规矩，是西周老货。

我掂了掂分量，感觉分量过于轻了，轻轻一提就起来了。

"红姐，你试试。我怎么感觉分量不对劲？"

"一颗痣"伸手拿了拿，说："咦，怎么这么轻？这不是青铜的？"

"一颗痣"岁数比我大，又常年混迹于这一行，见识过的东西比我要多得多。她用指甲抠了抠编钟上的绿锈。绿锈很浮，轻轻一碰就掉了。绿锈一掉，梯形编钟就露出了灰黑色的底色。

"一颗痣"看了后皱眉道："不是青铜的。这是个好东西，如果我没猜错，应该是天铁的。"

"铁编钟？"我眼睛一瞪，不可思议道："红姐，你是不是认错了？"

她摇了摇头说："你没听明白，我说的是天铁，不是生铁。铁器出现在春秋时代。说白了，天铁就是陨铁，是陨石矿。怪不得一上手就感觉分量不对。"

"红姐，你说这东西这么珍贵，要不咱们把它背出去？"知道了这编钟的珍贵，我在心里嘀咕：与其被放在这暗无天日的地下河里，还不如让我带出去，再交给专家研究。

"一颗痣"看了眼地上的编钟,也有些想法。

"也没多沉,那咱们就带上吧,这地方估计几百年都下不来一个人。"她摇了摇头,示意我带上编钟。

我脱掉上衣拧成了一股绳子,也不嫌编钟凉,把编钟背到身后,再用衣服一捆,然后在胸前系个绳结,这就算完事了。我晃了晃,背后的编钟纹丝不动,稳当着呢。

"胸口不碍事了吧?"

"没事了,红姐。"我拍了拍自己的背后,说:"背着这么珍贵的东西,一点儿都不疼了,好着呢!"

"一颗痣"笑道:"别慌,等出去了我再找帮手来。到时候叫上老大和老三,咱们把这一套都拿出去。"

"配套啊,那敢情好!"我紧了紧胸前的衣服背带。

我们沿着地下河继续往前走。

走了大概两百米,我的鼻子一热,突然没来由地流鼻血了。

"等等,红姐。"我忙仰起头,向"一颗痣"喊道。

"一颗痣"这时还不忘调笑我:"小年轻就是火力旺盛啊,光着膀子都能流鼻血,你等等。"她从自己的衣服上撕下一段布条,"头抬高,别乱动。我给你擦擦血。"

"红姐,你怎么也流鼻血了?"我看到"一颗痣"突然也开始流鼻血。

她不帮我擦了,忙仰头用布条止血。

"当!"

就在这时,我们身后突然传来一声低沉的金属打击声,听起来和敲编钟发出的声音有些像。

我背着打下来的编钟,仰着脖子回头望去。

那一瞬间,我全身的汗毛都立了起来!

地下河的河面上开始不停冒泡,那些吊着泥球骷髅头的铜锁链也在快速地晃动。几十个圆泥球开始左右摇摆,很有节奏地一下一下撞击着陨铁编钟。

那些撞击的骷髅人头在某种水下机关术的控制下,能够自主运转,令这些编钟开始自行演奏三千年前的音律。

"当!"

低沉的编钟声越来越响，仿佛传到了人的灵魂深处，我直听得头皮发紧。

这声音隔着不到二百米，我听着听着，就开始感觉到眼睛发胀，心脏收紧，太阳穴两边的静脉血管都开始鼓起。

我的鼻血现在根本止不住，越流越多。

"一颗痣"和我的情况差不多，鼻血止不住。她眼睛发红，额头上青筋隐现，怒声大喊："云峰，快跑！我们要死了！"

"跑！跑！"

我和"一颗痣"互相搀扶着，步履蹒跚地沿着地下河岸向前跑。

身后，钟声悠扬。

地下河的水流暗潮涌动，水面上逐渐起了一个小漩涡。

正如"一颗痣"所言，水下有巨大的类似轮盘一样的机关，这水下轮盘带动了青铜锁链，青铜锁链拉动了镏金人头，最后人头撞响了编钟。

我用手捂着鼻子，殷红的鲜血还是透过了手指缝，滴滴答答地往下流。

就在这时，"一颗痣"突然想到了什么，她冲我大喊："堵住耳朵！往回跑！"

她吼完这句话，不由分说地拉着我往回跑。

往回跑不是送死吗？我搞不清她的用意，但还是被她带着往回跑。

尽管堵住了耳朵，但越往回走，越靠近声音源头，我的耳膜就越疼。

我们连跑带爬地回到了编钟那儿。

"丢……丢掉钟……""一颗痣"胸前的衣服已经被鼻血打湿了大半，她的说话声很虚弱。

我强忍着耳朵里的阵痛感，解开衣服，猛地把身后背着的编钟丢到了地下。

与此同时，编钟的声音戛然而止。

那些青铜锁链吊着的镏金骷髅头像是失去了动力来源，荡了几下后就不动了。

地下河重归平静，像是之前什么都没发生过。

我和"一颗痣"并排躺在地上，大口地喘气。

"红……红姐，你怎么知道我们要往回走？"

"一颗痣"脸色苍白，胸前的衣服已是一片殷红。她用虚弱的声音说了自己的猜想。

我听了她的说辞，觉得很有道理。还好她头脑冷静，要不然，我们若一直闷头往前跑，肯定活不下来。

这条地下河是密闭长筒形状的，由于这种构造，声音的传播速度很快，我们绝对跑不过声音。另外，她先前下过水，知道水下有机关。编钟之所以能响，全靠着轮盘和水流的动力。

至于为什么会触发编钟，是因为我砸下来了一个编钟——陨铁互相之间有吸力，这是重力平衡，若少了一个，就打破了重力平衡。这是一组很精密的机关组。

可是钟声怎么让人听了流鼻血，难受得想死，我想不通这其中原因。

我还暗自猜测，也许三千年前还没有这条地下河，那个大转盘或许是露在地面上的。这些编钟若被拿走其中任何一个，必会触发水下的大转盘，危及活人性命。

这组庞大的人头轮盘编钟机关组，就是姚玉门口中所言的镇国级文物。

"红姐你说，我们会不会走不出去，被困死在这地下河里啊？"我擦了擦鼻血。

"一颗痣"没有回话。

"红姐？红姐？"

我吃力地爬起身一看，就看到"一颗痣"眉头紧锁，脸色苍白，已经陷入了昏迷。

"红姐！红姐！你醒醒！快醒醒！"我拼命地摇晃她。

"一颗痣"被我晃得上半身摇摆，可她还是没有醒来。

"喝水，红姐，对，喝水。"我从包里翻出矿泉水喂她，可水喂不进去，都从她的嘴角流走了。

我手足无措，红着眼睛道："吃，红姐快吃点儿饼干。"

饼干被泡发了，变成了糊状，同样喂不进去。

"一颗痣"的呼吸很微弱。

"走，走，我们一定要走出去，我们还要去找大哥、二哥、三哥的，走！"

我咬着牙，吃力地背起了她。

手电的电量不足了，照明度已经弱了很多。我光着膀子，弯着腰，背着"一颗痣"，顺着地下河的河岸一直向前走。

汗水顺着我的额头流下，淌到了我的眼睛里，有点儿疼。

走走停停，停停走走，我渴了就喝河水，饿了就吃点儿泡发的饼干。我从未想过放弃"一颗痣"，我要救我的伙伴。

这里不见日月，也不知道外面是白天还是晚上。我背着"一颗痣"，又冷又饿，腿肚子打战。不知道走了多久，忽然，前方隐隐出现了一点儿火光。

双腿一软，我没支撑住，昏了过去……

身子有了些许暖意，我慢慢地睁开了眼睛。

耳旁，烧柴火的声音"噼里啪啦"响个不停，阵阵香味钻进了我的鼻子里。

突然有张满脸是毛的人脸探了过来，我被吓了一跳，以为是碰到吃人的野人了。我猛地坐起来，后退了两步。

"你……你是谁？"保持距离后，我心存警惕地问。

他学我说话："你……你是谁？"

我又后退了两步，指着他道："我问你是谁，你干吗学我说话。"

他同样后退了两步，也指着我道："我问你是谁，你干吗学我说话。"

我忍不住骂了一句："滚蛋！你是不是傻子？"

这满脸是毛的人又学我说话："滚蛋！你是不是傻子？"

我无语了，忙去看"一颗痣"怎么样了。

看到她的模样，我松了一口气。虽然"一颗痣"的脸色还是不好看，但相比之前，她的呼吸明显平稳了。这是好转的迹象。

我深吸一口气，扭头看向这人说："不管怎么样，还是谢谢你了，谢谢你救了我和我朋友！"

他还是学我说话。

现在还没走出地下暗河，也不知道这人是从哪里弄来的干柴。看着火堆上冒油的烤鱼，我下意识地吞了一大口口水。

"喂，我能吃点儿鱼吗？"我说。

"喂，我能吃点儿鱼吗？"他说。

这怪人老学我说话，于是我灵机一动道："你吃点儿吧，别客气！"

果然，他学我道："你吃点儿吧，别客气！"

我心里一喜，那我就不客气了。

有一两天没吃热乎东西了，我马上狼吞虎咽起来。说的是吃一点儿，但最后我把一整条烤鱼吃得只剩下骨头了。

"噗！"吃完最后一口，我吐出一根鱼刺道："你也吃点儿吧。"

我本以为这次他还会学我说话，不料这怪人先是发了一会儿呆，随后使劲晃了晃自己的脑袋。

我惊讶地发现，这人现在的眼神和之前有点儿不一样了，有种说不上来的感觉。

他低头看了看一地的鱼骨头，又慢慢地抬起头说："你小子是谁？我的烤鱼呢？"

我还没反应过来，只好看着一地的碎鱼骨头，小声道："实在对不住，大哥，我太饿了，一时没忍住，都吃了……"

他猛地站起来，动作很快，还带倒了一根正在燃烧的柴火。

我忙急声劝道："别动手！有话好好说！"

他握紧拳头，盯着我道："你知道我在这儿困了多久吗？我逮条鱼容易吗？"说着说着，他就蹲下开始哭。

我往前三步，走近他，也蹲下来，小心地拍了下他的肩膀："大哥，你说你被困在这儿很长时间了，那你之前是从哪儿来的？不会也是从上面掉下来的吧？"说着话，我指了指洞顶。

"少跟我套近乎！别以为我不知道，你小子肯定是北边的。大家都是钻洞老鼠，别把自己当成宠物猫！"这人说话直接，嗓门也很大，和刚才像傻子一样学话的模样完全判若两人。

我眼睛一眯，试探着说："一江水看两江景，山上砍柴，山下烧火。敢问元良，曾拆得几道丘门？"

我的话刚说完，他先是一愣，随即表情变得丰富起来："嘿，我说你这小子，毛都还没长齐呢，还敢跟我玩黑口？行，小子你听好了：一袋土装西南，一把铲挖东西，鹧鸪卸岭走水路，轻功水上漂，土里小地龙！"

听他说了这话，我松了一口气。这话也是行里的黑话切口，虽然我们的路子不对头，但眼下这种特殊情况还是保命要紧。

通过和这人的交谈，我逐渐理清了一点儿头绪。

原来，这人是南方派擅长摸水洞子的技术人员，姓陈，名建生。他在南方派团队中担任土工。照他的话说，他已经在这条地下暗河的山洞里待六七个月了，因为身手和水性都不错，平常就靠着抓一些河鱼、老鼠类的东西充饥。

我又问他："你们团队里的其他人呢？"

"死了。"他说得轻描淡写。

"死了！一整个团队的人都死了？怎么死的？"

一想到那种可能性，我立即对此人提高了警惕。"一颗痣"昏迷不醒，万一我被害了，她也是死路一条。

见我一副如临大敌的模样，这男人嘲讽道："看你小子这怂样，也不怕丢你们北方派的脸。他们怎么死的你不用知道，反正不是我害的。对了，小子，你的眼把头是谁？报个名号来听听。"

想了想，我小声回答道："我们眼把头姓王，叫王显生，大家都叫他'王把头'。"

"王显生？王把头？"他揉了揉头，"好像……好像听过这个人。"

"好了，我自报家门了，那你们这伙南方派的眼把头叫什么？等等，你先别说，我猜一猜。是不是一个叫'支锅陈'的男人？"

火堆还在燃烧，噼里啪啦地响个不停，地下暗河水流平缓，他低着头没说话，双方一时间都陷入了沉默。

过了五六分钟，他忽然抬起头看着我："你们见过老陈的尸体了？"

我点点头说："是的，见过了。他躺在棺材里，尸体已经腐烂了。"

听了我的话，这人红着眼睛说："陈把头，你都坚持这么久了，没想到最后还是……"

"节哀。"我随口应付了句，"哎，对了，你刚才说你已经在这里待了六七个月，怎么回事？难道是找不到出去的路？"

"呵呵，出去的路？"他看着我，冷笑道："你以为我没找？这西周大墓下的空间完全是墓主有意为之，就像墓主的私人后花园。行了，小子，走，带上这娘儿们，你要是不死心，我带你去看看，到那儿看看你就知道了。"

于是，我重新背上"一颗痣"，跟着这男的继续向前走。

有些问题这男人没正面回答我，我便一边走一边猜想。

黄檗老脸和那种奇楠香味都能让人产生幻觉，我们之所以没事，是因为醒得快，以及得益于孙老三从江湖朋友那儿求来的药粉。

若这么想，是不是这伙南方派的人也产生了幻觉，因为没有那种药粉，所以最后自相残杀了？这人有时疯癫痴傻，学人说话，有时又正常，是不是幻觉留下来的后遗症？

当然，这都是我的猜想，若当事人不愿告知，有些细节我是不可能完全猜到的。

顺着这条地下河往前走了一个多小时，河流忽然一分为二，一条小河向东流，一条小河向西流。

"怎么样，走到这儿看出来了吧？"他忽然转身问我。

我看着眼前的景象，皱眉道："这座西周大墓上面也是这个构造，整体来看就是个'T'字形状，和这条地下暗河的水流走向基本一致。"

他拍了拍手，称赞道："你小子还算有点儿眼力。没错，这上对下的墓葬风水布局其实是墓主故意设计的，这是飞蛾山下的隐龙脉。同时，山洞千百年来阴暗潮湿，不见天日，久而久之，就成了风水先生口中所说的湿荫地了。我看，八成是这墓主人想靠着龙脉湿荫地的滋养，重活一次啊！"他一边给我带路，一边自言自语地侃侃而谈。

我在他身后越听越吃惊，心脏"怦怦"直跳，生怕他说的是真的。

人死后，没下葬之前，毛发、指甲继续生长，这种情况比较常见，相信很多人也听说过。但有的人以讹传讹，久而久之就有了"僵尸"这个说法。但是，荫尸和僵尸完全不一样，那种蹦着走的僵尸都是早年电影乱拍的，相比之下，荫尸就比较邪门。

据我所知，"荫尸""湿荫地""尸不化"，说的是同一种东西，唐版和宋版的《葬经》上都有详细的记载。

"阴滋尸，分干分湿。其一，干者久滋则毛发重生。阴尸嘴张半寸，祸乱三代宗族。阴尸嘴张一寸，则祸乱六代宗亲。阴尸嘴张三寸，子孙死绝。其二，若湿阴滋背靠阴山，头枕阴向，脚踩阴地，则为大邪。一旦发现，生人勿近，先生勿管，望后代谨记于心。"这是老版《葬经》的原文。

"怎么，你小子怕了？"这男人斜着眼对我说。

"不怕！我怕什么？"我看着他，斩钉截铁道，"就是死人而已，都是古代人胡说乱编的，我根本不害怕！"

"嗯，行，小子胆儿挺大。"他说完继续带路，头都不回。

其实，有一个细节他没注意到——我背着"一颗痣"说话的时候，腿肚子都在打战。

眼前是岔路口，我们沿着岸边走的是左边那条路。这男人说要带我去一个地方。

"喂，小子，我说你快点儿，这么慢，天黑了都走不到。"他不时回头催促我一声。

我没回嘴，只敢在心里发牢骚：什么"天黑了都走不到"，这里还分白天、晚上吗？再说了，你没看我还背着个人吗？

"一颗痣"身材丰满，但个头不算高，我估摸着撑死也就一百一十斤。只是虽然她不算重，但是我要背着她走好几里地，还是在这种地下河的岸边上走，一不小心就会摔跤，所以我一直走不快。

"停，到这儿停一下。"身前的男人忽然停了下来。

他指着地下河的对岸让我看。

河对岸是岩壁，借着微弱的手电光，我发现河对岸的岩壁上有一条裂缝。这条缝隙大概几十公分宽，上下很长，但看不到裂缝有多深。

"怎么了？"看着河对岸，我不解地问。

"还能怎么，游过去，去对岸。"他眼睛半眯地看着那条石缝。

"我是旱鸭子，不会水。何况红姐还没醒，她怎么过去？我说你这不是玩吗？要过去也得等红姐醒了再过去。"

男人看了看我，又看了一眼趴在我背上昏迷不醒的"一颗痣"，最终叹了一口气，暗骂了声"懒驴上磨"。

把"一颗痣"轻轻放下来之后，我和这男人靠着岩壁闭目养神。我想等"一颗痣"醒过来再走，一切以安全为上。

我有些累，坐着坐着就迷糊地睡着了……

我来到了一座富丽堂皇的宫殿中，地上铺着毛皮地毯，两旁立着六根巨大的青铜宫灯，宫灯内烛火闪耀。

陆陆续续地，有很多衣着曼妙、杨柳细腰的轻纱舞女走入宫殿，她们三人为一组，开始翩翩起舞。

这些绝色的宫女眉如黛山，轻纱飞舞中，她们不约而同地向着大殿上方望去。

我也顺着望去，只见从下到上有二十九级台阶。台阶上，一张巨大的青铜床立在正中间的位置。

青铜床的四角铸有八条凶猛的螭龙。这些螭龙身子扭动，宛如弹簧，模样凶猛。每条螭龙对应的方向不同，各自望着东、南、西、北等各个方向。

青铜龙床上侧躺着一名衣着华贵、头戴冠冕的男人，他单手提着空了的青铜爵，看都不看背后那些舞女一眼。

由于这人是背对着我，所以我看不清他的正脸。我想走过去看看，却发现自己的身子不听使唤。

忽然，巨大的青铜宫灯内，那些燃烧的蜡烛的火光由淡黄色慢慢变成了淡绿色，最后变成了深绿色。

富丽堂皇的宫殿瞬间消失不见，绿光幽幽，像是来到了阴间。此时，舞女们绝美的脸庞也开始变得狰狞了起来。

这时，青铜龙床上躺着的那个男人缓缓地朝我转过头来。

这人青面塌鼻，脸上不停地滴落脓水，整张脸像泡发了，变得又大又圆，五官都挤在了中心，两颗长牙紧紧压着下嘴唇，额头前有几根头发自然垂落……

"啊！"我猛地惊醒过来，大汗淋漓，"呼哧呼哧"地大口喘气，惊魂不定。

"怎么？梦到鬼了？"那男的靠着石墙睁开眼睛，不咸不淡地问我。

"没……没什么，做了一个梦而已。"我慌乱地擦了擦额头上的冷汗。

这梦境，连那些青铜宫灯上的花纹都能看清楚，真是太有真实感了。

"一颗痣"还没醒，不过我看她脸上有了血色，想来要是没什么大问题，应该也快醒了。

果然，我猜得没错，"一颗痣"是这晚醒过来的。

她一醒来就张嘴要喝水。她现在身子虚，我怕她喝了河水会拉肚子，就把包里剩下的小半瓶矿泉水拿出来，喂她喝了。

"红姐，你终于醒了！"我帮她擦了擦嘴，十分高兴。

"唉，红姐我是差点儿折在这儿。"她抓着我的手，"谢了，云峰，你救了我一命啊！你没丢下我自己跑，把头说得没错，你是个重情义的男人。"

现在她不叫我"小屁孩"了，改叫我"男人"了。

"其实没什么的，互相帮助嘛，呵呵……"我不好意思地挠了挠头。

"你是……"她忽然发现了靠在西南角的正在闭目养神的毛脸男人。

男人睁开眼睛，见"一颗痣"醒了，便拱手道："南派土工'打金尖'陈建生。"

"一颗痣"的表情是六分凝重中带着四分不屑，不过她还是拱了拱手，回话道："北派后勤'一颗痣'陈红。"

二人隔空点了下头，算是同行打过招呼了，随后便不再和对方交谈。

本来南方派和北方派就一直不对付，像现在这样互相拱手报个姓名、打个招呼，已经算好的了。

毕竟一山不容二虎。

可他俩虽不对路子，但我不能拱火啊！我尽量让双方心平气和地交谈，毕竟现在就我们仨在这儿，都是一条绳上的蚂蚱，先想法子走出去才是最重要的。

我把要过河去对岸的事告诉了"一颗痣"。

她听后皱眉道："云峰，你怎么这么容易相信别人？万一某些人是心怀鬼胎要害你，你怎么办？"

"哼！"旁边的男人抱着双臂道，"小人之心度君子之腹，唯女子与小人难养也。"

"你……""一颗痣"一脸怒气地站了起来，"你再骂一句试试？"

"呵呵，"男人冷笑道，"唯女子与小人难养也。"

"别！别冲动，红姐！"我想伸手拉住她，但慢了一步，没拉住。完了，要坏事了！

"南边的老鼠，你给我起来！""一颗痣"气势汹汹地冲了过去。

这时，我注意到那男人的眼神有了变化，先是怒气冲冲，继而迷茫呆滞。

他比红姐要高一头，起身的时候还是有点儿气势的。

这时，男人挠头道："南边的老鼠，你给我起来！"

红姐面色一变，双手叉腰，怒声骂道："你再学老娘说话试试！"

男人立马也双手叉腰："你再学老娘说话试试！"

"南派臭老鼠！死老鼠！烂老鼠！"

"一颗痣"气得太阳穴的青筋暴起。

男人傻笑着学道："南派臭老鼠！死老鼠！烂老鼠！"

"一颗痣"和陈建生都是三四十岁的人了，说吵就吵，若外人见了，肯定会说这二人没有风度。

我接连解释了几次，"一颗痣"这才明白过来。

"呵呵，"红姐冷笑着讥讽道："我说呢，怪不得老学人说话，原来是个二百五。算了，老娘不跟这南派傻子一般见识。"

"这就对了嘛！"随后，我指着河对岸问："红姐你说，咱们怎么过去？"

"噢？"她皱眉道："过去干什么？你难道真信这傻子说的话？"

我想了想，点头道："红姐，你没注意到吗？那些干柴是从哪儿来的？我觉得这人说的可能是真的，这里可能还藏着别的秘密。"

陈建生还在发傻，还在学我们说话。

"一颗痣"转身看了他一眼，一咬牙，道："行，云峰，你信他，我信你，那咱们就游过去看看，看看里面是不是别有洞天。你水性不好是吧？"她问我。

"不是不好，是连狗刨都不会。"我苦着脸说。

她无奈道："不是我说你，要是咱们找到老三他们，顺利出去了，以后你可得练练水。干这行，如果不会水，迟早得吃大亏。你从后面抱紧我，我带你过去。"

我忙点头应下。

这段地下河不宽，但水很深，这个时节水温也很低。红姐水性是好，但她也不敢托大。

下水之前，我回头看了眼神志不清的陈建生，问道："红姐，那这男人怎么办？把他留在这儿？"

"咸吃萝卜淡操心。"她冷着脸说："南派的土工，不用管他。"

"噢。"我也不敢顶嘴，再次回头看了一眼陈建生，深吸一口气。

"扑通"一声，我抱着红姐，跟她一块儿跳进了地下河。河水比我想象中的还冷，不过几十秒的工夫，我就感觉自己的手脚冻得发麻。

"集中注意力，别松手，过去就好了。"

"一颗痣"就这么驮着我，缓缓地向河对岸游去。

我们的运气不错，这次没出什么岔子，不到十分钟，我们就平安上了岸。

拧干了衣服，我俩走到那条裂缝跟前。

这山缝有十几米高，从外面看非常深，宽度一次只能通过一人。

我检查了一下手电的电量，灯还能亮，但光已经变弱了。

我和"一颗痣"对视了一眼，我点点头，率先侧着身子钻了进去。

顺着山缝往里钻的时候，我一直收着肚子，因为这山缝里有一些凸出来的碎石，我碰到了几次，被硌得肉疼。走了三百多米，前方出现了一点儿光亮。我心下一喜，加快了速度。

出来后，我呆呆地看着眼前的一切，傻眼了。我本以为钻过这条山缝，对面可能是另外一处地下岩洞，但我猜错了。

我的眼前没有人，放眼望去，全是植物。有二十多米高的大树，有野草野花、青蔓枯藤。

这地方与世隔绝三千年，早已自成天地，目光所及之处一片翠绿盎然。

顺德已经到了春天，但飞蛾山上的草被植物的长势却远远比不过这里。这里有很多树木花草我都没见过，更叫不上来名字，怪不得之前南方派的陈建生会说这下面是墓主人的后花园。只是这后花园未免太大了，一眼望不到头，仿佛掏空了整座飞蛾山。

我和"一颗痣"都看呆了，不知道说什么好，只能感叹大自然的鬼斧神工。

陈建生能在这里生存半年，我想多半是靠着这片世外桃源。

我问："红姐，这是怎么个情况？"

她弯腰拔出一株野草看了看，随后环视四周，沉声道："秦始皇建十万兵马俑，用水银为湖海，用明珠化星辰，古人的格局，我们小看了……"

就在此时，我们身后突然传来鼓掌声。

"啪！啪！没错，是你们格局小了。在下赞同，赞同啊！"是南方派的陈建生。

他身上湿漉漉的，脸上不咸不淡，看不出是什么表情。

"陈……陈土工，你又好了？"我有些心虚，毕竟这地方是他告诉我和"一颗痣"的，但我俩之前把他丢下不管了。

"哼！""一颗痣"冷哼一声，没什么好脸色。

"喂，北边小子，刚才怎么了？怎么我一愣神的工夫，你们就丢下我，自己跑进来了？"

我心道：大哥，你快别说话了，你有精神病啊，得治。

"喀！"我故意干咳了一声掩饰尴尬，随后道："没事，没事，刚才发生了一点儿小状况，现在好了，我们仨又聚在一块儿了。咱们还是暂时合作，想想怎么出去才对。"

听了我的话，陈建生看着"一颗痣"道："北派的后勤陈红是吧？这小子说得没错，我在这里待了几个月，知道的东西比你们多点儿。我们最终的目的是走出去，至于江湖上的恩怨,以后江湖上再争,你可同意?"

"一颗痣"有些疲惫地揉了揉太阳穴,说:"可以,不过,我怕某些人会突然犯病,拖累了我和云峰。"

"犯病?谁有病?犯什么病?这里还有其他人?"陈建生疑惑地四处观望。

我忙站出来说:"没,没人生病,都好着呢!陈土工,这里这么大,既然你熟悉路,那你说说,我们下一步去哪儿?"

"行了,跟着我走吧。我之前发现了几处可疑的地方。多一个脑袋多一条路,我带你们去看看,你们也帮着给参谋参谋。"

他边带路边向我们介绍:"这里是不小,我来来回回摸了好几次,应该有三四公里,走到头是死路,不通。另外,我提醒你们,有些东西千万不能碰,要不然就等着受罪吧。"

"有些东西不能碰?什么东西?这里都是花草树木吧?"我问。

陈建生摇摇头说:"边走边说。"

走了十分钟左右,他在一棵大树前停了下来。这大树十几米高,样子很奇怪,有树干和树枝,但浑身上下没有一片树叶,光秃秃的。

他指着大树扭头说:"你们看。之前我把这树当作参照物地标,因为它很好认,我还给它起了个名,叫'光棍树'。这光棍树正对着山洞裂缝的出口,只要能看到它,就不会在里面迷路。"

"嗯,陈木工,这的确是个好办法。"我称赞了一句。

"一颗痣"抬头愣愣地看着大树,看了能有好几分钟,随后她沉声说:"我上大学时因为感兴趣,特意选修过植物学。这树我听老教授讲过,不叫什么'光棍树',它有名字,叫'云阳树'。"

"哟,没想到陈后勤你还是大学生啊!"陈建生笑道:"咱不知道什么云阳树。它一根毛也没有,我觉得还是叫'光棍树'比较贴切。"

"没文化就别乱说话!""一颗痣"瞪了他一眼,说:"'云阳树'是古代人的叫法。"

"那照你的意思,这光棍树,不,这云阳树还是人种的?肯定不对,我来这里好几次了,别说人了,连个鬼影子都没看到,你肯定是搞错了。"陈建生一听大树可能是人为嫁接的,不停地摇头否定。

"行了,陈土工,这树是野生的也好,嫁接的也罢,都不重要。我们还是赶紧走吧,去你说想带我们看的地方。"

"行,走吧,走左边,注意脚下的杂草——有些草可带着刺钩。"

他带着我们继续走。一路上,我见到了很多没见过的植物。

"一颗痣"时不时对我解释:"这株花叫草乌头,别碰,碰了身上会痒痒。这叫马钱子,那是红鸡冠花。这些都是很不常见的花草啊!"

忽然,我看到在一株红色的鸡冠花上,趴着一只通体暗黄色的虫子,这虫子和农村田边野地里的知了虫很像。

我伸手就捉到了那只虫子。捏着虫子,我仔细看了看,疑惑道:"这是啥?这不是知了啊。这东西怎么没腿?"难怪我一伸手就逮到它了,原来这东西没长腿,不会爬。

"陈土工,你知道这是啥虫子吗?"我好奇地问。

他看了看,挠头道:"不知道。你问我也是白搭,我也不是什么都见过。这里面稀奇古怪的小虫多了去了。"

这虫子好像不会叫,头上长着一对儿黑芝麻似的眼睛,长得很怪。

"一颗痣"也摇头说不认识,还说自己对植物比较了解,对昆虫则了解得很少。

我也没太在意,随手就把这虫子塞到了裤兜里,反正它也不会咬人,而且这虫子没长腿,也不会乱爬。我留着它纯粹是因为觉得它稀奇古怪,没见过。

"对了,你们现在饿不饿?"陈建生忽然转身问。

"还行吧,能继续走,不算很饿。"我如实道。

他眼皮子一翻,说:"你小子当然不饿!我抓的一条鱼都让你吃了!"

"这……"我有些不好意思,尴尬地搓了搓手。

"行了,正好走到这儿,干脆垫点儿吧。"他指着右手边的一棵小树说:"树上这种红色的果子能吃,我之前吃过,没事。这里也没什么好吃的,我去摘几个来充充饥。"说着话,他自顾自地向果树走去。

几分钟的工夫,他抻着上衣回来了。

"给你。"他递给"一颗痣"一个。

"谁知道能不能吃,不吃!"红姐没接。

"呵呵,那陈后勤你就饿着吧。"他拿起一颗果子朝衣服上抹了抹,随后送到自己嘴边,直接"咔嚓"咬了一大口。果子汁水四溢,看起来十分香甜。

我下意识地咽了咽唾沫。

注意到我的失态，他摇了摇头，扔给我两个果子。

我犹豫了一下，小心地咬了一口。这果子的口感有点儿像苹果，脆脆的，但吃起来比苹果更甜、更多汁。

"没事，红姐，你吃一个吧，还怪好吃的。你之前基本上没吃什么东西，我们等会儿还要走路，你吃一个，补充一下糖分也好。"说完，我递给她一个果子。

这次她吃了。

"嘿嘿，"男人笑道："怎么样，陈后勤，甜不甜？香不香？"

她冷着脸没回话。

吃了果子，我感觉喉咙里清爽了不少，没那么干了。

陈建生找了块儿空地，坐下来说："坐一会儿，休息休息，不急这一时半刻的。"

我疑惑地问："陈土工，咱们进来后也没走多远吧？"

"哎，"他摆摆手，"小子，有些东西你不知道。你听我的，在这儿坐一会儿就知道了——等会儿我让你看个好东西。"他这话说得没头没尾，神秘兮兮的。

没办法，既然带路的说休息一下，那就只能休息一下。我顺便也看看他说的"好东西"是个啥。

三人也不说话，就这么干坐着。陈建生时不时地抬头看向半空，不知道在看什么。

估摸着过了一个小时，我坐不住了，猛地从地上站起来，质问他还要休息多久，还干不干正事了。"一颗痣"也扭头看向他。

陈建生上半身向后仰着，用双手支撑着，嘴里还咬着一截杂草。

"呸！"他吐掉嘴里的杂草，"那一幕，我见过一次就忘不掉了。你们别着急，天马上就要黑了，很快，很快……"

"天黑？这里面？"我朝四周打量了一下。

眼前的景象就像是在傍晚，光线不太足，但能看到东西。

"哈哈，来了！你们快看！"陈建生忽然指向了我们刚才走过来的地方。

只见刚才我们走过的地方，正一点一点地陷入黑暗，就像是遭遇了月全食，从黄昏变成了晚上。而且，这乌云般的黑暗正向我们三人这里蔓延。

前后不过三分钟，这里整个暗了下来，而后变得伸手不见五指。

"陈土工！"我大喊道："你这是要让我们看什么？"

"带你们看夜景，你小子叫唤个什么劲！"

我看不见人，只能听见陈建生的抱怨声。

慌乱中，我寻找着手电，差一点儿就骂他了。

手电还没来得及打开，下一秒，我看着眼前发生的情景，惊得说不上话。

星星之火，可以燎原。我看到的不是普通的火，也不是萤火虫，而是散发着淡金色光芒的植被群。放眼看去，四周的花草树木都散发着点点黄光，如同一片星海……

这一幕，我永生不忘。

整个过程持续了不到三分钟。黑暗散去，我们又看到了彼此。

我和"一颗痣"都被刚才这短暂的一幕震撼到了。

陈建生一脸兴奋地说："怎么样，没骗你们吧？此等奇景，世上难寻。"

树木花草怎么会发黄光呢？

"一颗痣"告诉了我答案。

她从震惊中回过神，起身向前走去，摘了一朵小花，眉头紧锁，看着花发呆。随后，她把花递给我，让我看。

只见在这朵红色小花的边缘处，覆盖着一层淡淡的苔藓，苔藓很薄，要是不把小花摘下来细看，根本不容易发现。她用指甲刮下来一点儿苔藓，随后放在衣服里捂严实，低头去看。

看过后，"一颗痣"惊疑地说："它会发很淡的黄光。如果我没猜错，这很有可能是蔓金苔。"

何谓蔓金苔？

五代十国时，有人向后晋皇宫献过一种苔藓类植物，其色淡绿，夜如黄星，若将其投于水面之上，则波光粼粼，金光璀璨。这是《酉阳杂俎》中的记载。

古文献对这种苔藓还有很多记载，没见过的人可能会说古人是在吹牛皮，但是我见到了，"一颗痣"见到了，陈建生更是见了好几回。

"怎么样，是不是奇景？以前都没见过吧？"陈建生扬扬得意。

"一颗痣"擦了擦手，环视四周道："没想到当真有此奇物传世，开眼了。"

"呵呵，那还用说。别说你们，我第一次见时都吓了一跳。走吧，我带你们去看下一个好东西。"陈建生拍了拍衣服上的泥土，继续带路。

路上"一颗痣"眉头紧锁，显得心事重重，我就问她怎么了。她扭头看着我，低声道："云峰，有可能姚玉门和把头说得没错，我们来了不该来的地方……"

"唉，算了，事到如今，走一步看一步吧！"

两个小时后，陈建生领我们到了一处地方。这地方是个土坡，高不过一米，看着有点儿像乱葬岗上的那种小坟包。

"你们等着，我拿给你们看看。"说完，他就上前去刨土，是徒手挖的。

"咦？哪儿去了？我上次明明就藏在这儿了，哪儿去了？"他四处乱挖。

"陈土工，你这是在干什么？你藏了什么东西在这儿？"

他奋力地刨着土，回头看了我一眼，道："是一件玉制青钺，我无意中捡到的，还是错金银的，上面刻着一幅看不懂的小地图。这哪儿去了？还能自己长脚跑了不成？"

钺是流行在商代的一种礼器，大多是青铜制成的，极少数是玉质的，其地位相当于后来的虎符，是一种等级极高的器物。

天子九鼎、四马、一钺，这是一种制度，一般的诸侯绝不敢逾越，何况还是在国力强盛的西周中早期。

若陈建生所言为真，他发现了钺，那就只能说明一件事——墓主人不怕周天子。若墓主人是那位芥侯，简而言之，就是他不怕周天子，就要越级，就要用九鼎、四马、一钺。

可有一点我想不通：如此重要的东西，陈建生能随随便便地捡到？他还说钺上刻着一幅地图，是什么地图，会不会是能够帮他们走出去的地图？

这一切，在见到实物之前，尚不能定论。

"到底去哪儿了？我还特意做了记号，怎么就没了！"陈建生把小土堆翻了个遍，愣是没找到他所说的东西。

我疑惑道："陈土工，有没有可能是你记错了，把别的东西看成是钺了？如果墓主不是周天子，那么墓葬里就不可能有那种东西。"

他瞪着我："我好歹在行当里也混了十几年了，那种东西我还能认错不成！"

"一颗痣"也点头附和我："空口无凭。"

见我俩死活不信，他也生气了，道："拉倒吧，你们爱信不信，我还就不信找不到！"他又准备去刨土、翻土。

我摇摇头，扭头朝四周打量。现在光线不好，周围很昏暗。模模糊糊中，我看到在前方一百米左右的一棵大树下，好像有一个戴着帽子的矮个子黑影正藏在树后偷看我们。

"谁？谁在那儿？"慌乱中，我打开了手电。

"怎么了，云峰，你看到什么了？"

"一颗痣"被我这突然的一嗓子惊着了。

我再看过去，那棵树下却什么都没有了。

"红姐，我看到了一个戴帽子的黑影，个子很矮，不到一米五。"我着急地说。

"戴帽子的黑影？个子很矮？云峰，你是不是太累，眼花了？"

"一颗痣"朝树下看了一眼，摇摇头，显然不相信我。

我坚定地说自己刚才没有看错，我没有出现幻觉，刚才就是有一个戴帽子的小矮人在偷看我们。最后，我说服了"一颗痣"，我们决定去大树那边查探一番。

走到地方后，周围除了花草，什么也没有，更没有戴帽子的小矮人。

"小子，我看你就是眼花了。什么小矮人，是不是还有白雪公主啊？"陈建生出言打趣我。

我气得不行，刚想反驳他，红姐打断了我："等等，你……你们看，那是什么？是脚印？"

我们顺着"一颗痣"指的方向看去，只见土质松软的地面上有一对很小的脚印，比三寸金莲还要小一号，看着像是五六岁孩子的。

这双脚印只有四个脚趾，少了一个大脚趾。

看着地上的脚印，我紧张地咽了口唾沫，"一颗痣"和陈建生的脸色也不好看。

我们被偷窥了。更让人害怕的是，这东西不知道是人是鬼。也就是说，现在这里可能不止我们三人，还有别的东西。

恐惧来源于未知，我们越想越后怕，陈建生也不敢咋咋呼呼了。

"陈土工，有没有可能是你们团队里的人？你们团队里有没有侏儒类的残疾人？"

我问他。

"没有。"陈建生皱眉道:"先前除了我和支锅陈,其他兄弟都出了事,况且我们团队里也没有这种残疾人。"

突然发生了这档子事,我们也不敢贸然赶路,三人商量了一下,决定在原地休息一晚,恢复体力。

晚上睡觉时,我们三人轮流守夜。我守夜的时间段是从深夜一点到三点。

陈建生用火折子点燃了火堆。这里能烧的东西不少,我们收集了一些腐烂、干枯的树枝。

我们休息的地方就挨着那座小土堆,因为这块地方的植物相对比较少。

深夜两点多的时候,我守着火堆,眼皮打架,困得厉害。我一直对自己说"不能睡",实在顶不住了,我就使劲掐几下大腿肉。

我添了两根干柴,继续强撑着。

"啪!"突然,我后脑勺儿一痛,不知道是谁用小土块砸了我一下。

看着脚下滚落的小土块,我的睡意瞬间消失得无影无踪,后背出了一层冷汗。

火光映照中,我缓缓地扭头向后看去。

我看到在前方离我三十米处的地方站着一个小矮人。他戴着一顶硕大的折檐帽,身上罩着一层黑衣裳,黑衣裳上都是土,又破又旧,像是从死人身上扒下来的……

"做梦,在做梦,肯定是在做梦。"我使劲掐了下虎口,一阵痛感传来。

"啪!"小矮人又朝我丢了土块,这次因为准头不行,没砸到我。

我恐惧地向后退去,一点点儿地退到了陈建生那边。

我不敢说话,碰了碰陈建生,想叫醒他。

他一开始没反应,我心里一急,就掐了他一下。

"你小子干吗,有病啊你?"他被我掐醒了。

我脸色惨白地看着他,悄没声地指了指自己身后。

睡眼蒙眬中,陈建生朝我身后望了一眼。很快,他使劲揉了揉眼。

我们面对面,我看得很清楚,他的脸一下就白了。

陈建生低下头,嘴唇哆嗦着说:"别吭声,睡觉,装作什么都没看见。"说完他直接躺在地上,闭上了眼睛。

一夜无话。

第二天早上。

"你们昨晚没休息？脸色怎么这么难看？""一颗痣"问。

我现在脸色发白，陈建生也差不多，因为昨天晚上，我俩都看到了那东西。

我一直犹豫要不要把这件事情告诉"一颗痣"。

最后，这件事是陈建生说出来的。

听他说完昨晚的遭遇，"一颗痣"扭头看着我，皱眉问道："云峰,他说的是真的吗？"

我攥着拳头，点了点头。

陈建生脸色凝重地四处观望了下，压低声音说："我就说觉得奇怪，我之前埋的钱不可能自己长腿跑了，肯定是这东西捣的鬼。"

"你们有没有看到正脸？是人还是什么？""一颗痣"皱着眉头问。

"没，没看到。"

"那东西戴着一顶很大的折檐帽，身上也套着不知道从哪儿扒来的衣服，罩得严严实实的，什么都看不出来。"我仔细回忆了昨晚那幕，确定自己没有遗漏什么。

随后，我们仨密谋了一阵，制订了一个计划。

起初我很害怕，我跟"一颗痣"说："我们赶紧走吧，别管这东西是什么了，有点儿吓人。"

"一颗痣"摇头说："这里谜团重重，我的直觉告诉我，不应该就这么离开，要顺着这条线抓下去。"

白天的时候，我们三人都尽量不四处乱看，走路、说话的时候也都低着头，别的东西不敢乱吃，我们还是吃那种果子充饥。

另外，我在营地周围仔细看了地上有没有留下脚印，结果一无所获。

到了晚上，我们生了一堆火，没人守夜，三人围着火堆躺在地上，闭上了眼睛。不过，这次和昨晚不同的是我们都没睡，都在装睡。

今晚我们要看那东西还会不会来。

红姐握着一把小匕首，手掌朝下，用衣服袖子盖着。我和陈建生手里藏的是一小段削尖的木棍，我们用胳膊压着。若有人从远处看，也看不出来什么，只能看到我们仁在睡觉。

时间一分一秒地过去，到了后半夜，由于没有添柴，火堆已经烧得很小了。

"啪！"有东西朝我们这儿丢了一个小土块试探。

我们佯装睡觉，闭着眼，谁都没有动。

我攥紧胳膊下藏着的木棍，心里怕得要死。

过了几分钟。

"啪！"又有一个小土块被丢过来。

我们还是一动不动，谁都没有理会。

又过了大概一个小时，有轻微的脚步声传来。

我躺在地上，把眼睛眯成了一条缝，小心地偷看。

只见昨晚出现的那个小矮人举着小石块，正左扭右扭地一步步朝火堆这儿走来。

这东西行走的模样十分怪异，身体不协调，一扭一扭地，跟小老太婆一样。

他走得很慢、很小心，警惕心很重，一点点儿朝我们这里靠近。

怕被这东西发现，我忙闭上眼装睡，不再去看。

脚步声越来越近，我感觉这东西已经走到了我身边。

"动手！"陈建生暴喝一声，猛地从地上弹起来，拿出削尖的木棍，抬手就刺。

"一颗痣"也突然起身，对准小矮人，直接拿匕首捅去。

"吱吱！"这东西像老鼠一样怪叫一声，扭头就想跑。

我们费尽心机地埋伏了一整晚，等的就是现在，哪里会让他跑。我离得最近，一把就拽住了这东西的小腿，死死地拽着不放手。

顿时，这东西吱吱叫的声音更大了，它疯狂地想要挣脱开逃跑。

"快！快！我抓住了！"我拼命地大喊。

这东西被我拽住了腿，拼命地上蹿下跳，力道极大，我差点儿就抓不住。

"扑哧！"红姐的匕首扎到了小矮人的肚子上。

这东西流了不少血，血液呈红黑色。

这东西吃痛，横冲直撞地躲过了陈建生的一击。我感觉自己的手腕都要脱臼了。

不到一分钟，"扑通"一声，小矮人倒在了地上。他的肚子上插着匕首，还在一动一动地抽搐，血流了一地。

见状，我们仨脸色苍白地对视一眼。我们在用眼神交流，意思大概就是"谁去把这东西的帽子摘了，看看他是不是死了"。

火堆的火势渐小，陈建生踢过去两根干柴，火势变大了一些。

"云峰，你去，拿掉帽子。""一颗痣"吩咐我，还把匕首递了过来。

"好……"

我双手握着匕首，小心翼翼地一步步走近，深吸一口气，一脚踢开了这东西头上盖着的大折檐帽。

帽子下面，竟然是一张猴子脸。不，不，准确点儿说，不能说是猴子脸，只能说像是猴子脸。

我们三人互相对视一眼，都是一脸诧异。

这东西脸型尖长，鼻子突出，嘴巴两边的毛发是鲜红色的，额头上有一层白毛，眼睛很小，模样看着十分诡异。

现在，这东西眼睛闭着，嘴巴半张，已经死了。

"哎，这玩意儿是不是那东西啊？"陈建生忽然转头看向"一颗痣"。

"一颗痣"仔细看了看，皱眉道："不能确定，以前没见过。"

看他们俩打哑谜，我有点儿急了，便问"一颗痣"是不是知道什么。

"一颗痣"告诉我，这东西有可能是民间传说中的山魈，就是山精野怪。

关于山魈，"一颗痣"告诉我，以前在深山老林里，要是问经验丰富的老猎人，山里什么东西最厉害，什么东西最邪门，很多老猎人的回答都一致：不是老虎、豹子，而是山魈。

有的地方把这东西叫山鬼、山神。山魈分着公母。公山魈爱好吃人，性淫。母山魈则喜欢捉弄人，喜欢装扮成人类小孩儿的模样，混到人群中，和小孩子一块儿玩游戏，若是玩得高兴了，就会掳走小孩儿。

这东西身高一米多点儿，又喜欢用大帽子掩盖自己，远远一看，真和小孩儿一样。还有，关于山魈的帽子，一些老辈人说过，说山魈戴的帽子能隐身，若是人戴上了，就能隐藏自己的身形，让别人看不见。

当然，山魈的帽子能隐身这个说法应是无稽之谈了。我敢这么说，是因为我试了——当着"一颗痣"和陈建生的面，我壮着胆，把这帽子捡起来试戴了一下。

帽子有股臊臭味，我戴上后就问："红姐、陈土工，我现在是不是隐身了？你们能不能看见我？"

陈建生耷拉着眼皮看着我，不咸不淡道："没错，你小子隐身了，以后可以戴着这帽子去抢银行了，保证没人看见你。还有，你去女澡堂，摄像头都看不到你。"

我撇撇嘴，一把丢掉了破帽子。我哪能听不出他话里嘲笑的意思。

至于这帽子是从哪儿来的，我们不知道。不过这山魈身上套着的衣服，在我们翻找的时候，陈建生突然认出来了。

这件衣服是被反穿了，陈建生从衣服内衬的口袋里摸出一个塑料袋，塑料袋里面装着打火机和半盒"五朵金花"香烟。

他脸色铁青，连踹了这东西的尸体五六脚。

"这个畜生！这衣服是我们团队里的人穿的，这畜生扒下来套自己身上了。"他说完又怒从心起，接连踹了好几脚。

"行了，这东西都死了，你还发个什么疯。""一颗痣"摇头道："找找别的，看看你说的那件东西有没有被它藏在身上。"

我们又仔仔细细地翻了几遍，没找到陈建生所说的那件青玉礼器。

忽然，陈建生拍了下手，吓了我一跳。

"一颗痣"皱眉问他要干吗。

他捏着烟盒，指着上空兴奋地说："我这兄弟是在上面出的事，我亲眼看到的。这畜生扒了我兄弟的衣服自己套上了，又来到了这个墓主的后花园，陈后勤，你说，这说明了一件什么事？"

"一颗痣"想了想，沉吟道："有条路。"

"对了！"陈建生先指天，后指地，道，"没错，这上面和下面之间肯定有条通道，只要找到这条路，我们就能上去。"

我也很兴奋，因为若陈建生说的是真的，那我们就能离开这里，就能上去，就能找到大哥和三哥他们。

可眼下的问题是，山魈从上面下来的这条路在哪儿呢？

有些事现在已经有了初步的眉目。

眼前这个植被茂盛的地下空间，有可能就是墓主人的私人后花园。若墓主人是芥侯，凭借着诸侯王的号召力，或许有可能找来那么多珍稀的花草树木栽到自己建的后花园里，供自己死后欣赏。

这种手段，其实类似于秦始皇陵内的水银为海，夜明珠为日月星辰，不同之处在于前者耗费了无数人力财力，后者则借用了地理优势，如果不是无意中闯到这里，谁能想到在顺德飞蛾山下有这么一处古代秘境。

司马迁明确地在《史记》中记载了骊山秦始皇陵，而这个芥侯，正史和野史均只字未提，此人当年是什么身份？死后为何葬在了顺德这里，这些谜团目前尚不清楚。

关于如何找到这条上去的路，"一颗痣"想了一个办法。

山魈虽邪门，但仍保留着猴子的部分习性，"一颗痣"推测说它们是群居的。山魈族群中少了一个，这些东西会不会派其他山魈来找？

其实这也不能算计划，只是陈建生都被困在这儿半年了，人一旦被逼得没法了，任何有可能的办法都愿意尝试。

我们把这只死山魈扶起来，让它靠着一棵树，然后把帽子给它戴上，衣服给它穿好。然后，我们后撤一百米，藏在一棵大树后面，偷偷观察这边的风吹草动。

经过我们的精心布置，别说，老远看去，那山魈不像是死的，倒像是靠着树干在睡觉。

等了一个多小时，我们等到了想要的东西。

我正在打瞌睡，"一颗痣"拍了拍我，示意我别睡了，有情况，赶紧看看。

我藏在树后，只看了一眼，就吓着了。

不知道怎么回事，这里突然起了雾，前方三四百米的地方，白雾朦胧中，模模糊糊地出现了很多小个子黑影，看不清长相，只能看到很多帽子。

这些东西有十几个，而且身上披着的衣服也不一样，有黑有白，不知道是从哪儿搞来的。他们模仿着人走路的姿势，一扭一扭地。

我咽了好几口唾沫，心都提到了嗓子眼儿。

很快，这些东西就发现了死掉的同伙。

它们围着尸体转圈，互相看着对方，像老鼠一样吱吱地乱叫。

过了一会儿，这些东西像是达成了某种统一意见，四个一伙，直接抬起了死掉的那只，一扭一扭地就要离开。

"跟上。"陈建生率先猫着腰走了出去。

我们跟它们始终保持着一百多米的距离，再加上地理环境有利，到处都是花草树木，只要一发现前方有什么不对，我们就立马藏进旁边的草丛里。

走走停停，一路上，那些东西不时地回头观望，好几次我们差点儿就被发现了。

不知道走了多久，我们跟着这些东西七拐八拐，走到了一处很隐蔽的小山洞外面。

这小山洞外面杂草丛生，把洞口隐藏得很好，要不是亲眼看着这些东西一个个钻进去，我们都发现不了。

看着这些矮个子一个个钻进去，我压低声音说："陈土工，你在这儿待的时间不短了，以前有没有发现这里？"

陈建生藏在草丛中，闻言，他探出脑袋仔细看了看，低声说："这么小的一个老鼠洞，还用草盖着，我上哪儿发现去？"

第五章

祭台

眼看着最后一只山魈进去了，我们也开始行动。

起初，山洞里的空间很小，我们都得猫着腰走，要是直起了腰，就会碰到头。

直到已经看不到那些东西的身影了，我们加快速度往前走。

走着走着，空间渐大，前方出现了一个像门一样的出口，有微弱的光线透过来。

"这就到头了？"陈建生问。

"一颗痣"摇摇头说："不清楚。赶紧过去看看，别跟丢了。"

我灵活，跑得最快，结果到前面没刹住，差点儿掉下去。

碎石滚落，陈建生一下从后面拽住了我。

"你小子慌个什么劲，不要命了？"

我惊魂未定，后退了两步。

眼前，从这个山洞到下面的地面，中间最少有二十米的高度。有一条垂落的藤蔓编的绳子，很显然，要想下去，这是唯一的办法。

"陈后勤，你这细胳膊细腿的，能行吗？"陈建生扭头问。

"你自己别摔死就行了，别人还不用你操心。""一颗痣"顶了他一句。

"那行，"他抓住藤蔓说："那我先滑下去，帮你们探探路。"

从他往下滑的动作就能看出来，他是个老手，知道用腿蹬着墙，以此来调整自己下降的速度。二十多米的高度，前后不过五六分钟的时间，他就滑到了底。

陈建生在下面松开绳子，对着我和"一颗痣"晃了晃胳膊，示意我们下去。

"一颗痣"第二个下，她虽然没有陈建生下得那么快，但很稳当，能看出她也有底子。

相比他们二人，我就显得有些笨拙了，我没有技巧，下滑过程中被藤蔓勒得手很疼。下来后我一看，手掌心都磨破皮了。

看到我的惨样，陈建生笑话我道："小子，以后多练练，滑绳子的时候要用腿劲，别傻乎乎地抓那么紧。"

我们仨继续往前走。

下面的空间很大，墙壁上有人为开凿的痕迹，两根石柱立在中间，还有一条通往地下的台阶，地下很黑。

"手电还能亮吗，云峰？""一颗痣"问。

我打开手电试了试，说："还有一点儿电，但估计撑不过一个小时。"

"嗯。"她皱眉看着眼前通向地下的台阶，说，"下去看看。"

就这样，我们开始顺着台阶往下走。

下来后，起初我们是开着手电的，结果走着走着，前方出现了火把的亮光。

陈建生暗骂："真是邪门的东西，没想到还会用火，不知道会不会做饭。山魈做的饭，我还真想尝尝是啥滋味。"

他说完话，不知道怎么回事，有那么一瞬间，我突然把他看成了二哥。回过神来后，我心里有些难受，因为二哥也是这样嘴上没把门的，不分场合环境，想到什么就说什么。

顺着脚下的石板路，我们才走几分钟，"一颗痣"忽然出声提醒："先别走，听，你们听到了吗？"

前方是个拐弯，我竖着耳朵仔细一听，的确，前面有"吱吱"的声音传来。

是那些东西。

我们藏在拐角处，小心地探头朝里面看。

只见那些矮个子东西正吱吱乱叫，在它们面前有张圆形石台，那只死掉的山魈正躺在圆形石台上。

很快，它们不叫了，像是统一了意见。突然间，其中一只山魈跳上石台，在自己身上摸索了一阵，摸出一个青白色的像小斧头一样的东西。

陈建生眼睛一瞪，强压着激动说："快看，看到了吗，那就是我之前说的东西，真让这帮畜生偷了！那就是钺！这证明我没骗你们，你们快看！"

"啪！"只见那东西高高地举起青钺，抬手就砸，一下一下地砸。

画面很血腥，只几下子，死掉的那只山魈的脑袋就被砸烂了。其他的山魈一拥而上，跳上石台。

空气中弥漫着血腥味，我的胃里一阵翻涌，恶心得想吐。

"一颗痣"也好不到哪儿去。

我俩恶心得不行，忽然听到陈建生小声道："我去，它们这是在干啥呢？"

……

之后，那些东西陆陆续续地结伴向前，隐入了黑暗中。

它们走了，我们仨自然就出来了。

陈建生率先发现在这圆石台上有刻字的痕迹，看起来应该是鸟篆，但由于时间太过久远，有些字已经看不清了。强忍着恶心，我们把那具尸体推下去——这下面的一排鸟篆最清晰。

"红姐，你认识吗？"我问。

她摇摇头说："这几十个字，我只认得一个。"她指着其中一个鸟篆文字说："这个，以前我在别的青铜器上见到过，这应该是个'祭'字。"

"祭？"我好奇地问："是'祭祀'的'祭'？"

"是。"她脸色凝重地点点头。

"照这么看，那这里就是祭台了。"陈建生环视一周后，说了自己的想法。

祭祀这种文化自古有之，直到现在都还存在，清明烧纸、庙里烧香等都算祭祀的方式。

不过，在商代和西周早期，"祭祀"这个词代表的是鲜血和死亡。因为奴隶制度的盛行，商周时期很少祭祀六畜，反而是用活人祭祀十分流行。

奴隶会在祭祀台上被砍掉头，随后，头颅会被放到一种叫"庡"的青铜器里。在青铜庡里，负责主持祭祀的巫师会找来刀具，在头颅的天灵盖上戳一个小圆洞。

之所以开圆洞，是因为当时的人都认为天是圆的。此举意为奉上贡品，释放贡品的灵魂，献给上苍诸神。这只是商周祭祀台的一种用法，此外还有别的很多种，但归根结底，都是一些残忍歹毒的邪术。

在西周墓葬中往往有一个规律，就是一旦发现了祭祀台，在祭祀台前后左右五米范围里，必然有人头殉坑或者人骨殉坑。

我们的确发现了一个殉坑——就在圆祭台的西北方向。

祭祀坑呈长方形，坑里零零散散有一些人骨。光看表面就能看出来，这些白骨钙化严重，有一些还保持着死前的姿势，想来几千年来没有受过打扰。

"一颗痣"看着祭祀坑里的白骨，叹了一声。试想，两三千年前，这些也都是鲜活的生命。

一般来说，商周祭祀坑里不可能有陪葬品，毕竟坑里的人都是奴隶，没有资格享用陪葬品。但这里不一样——陈建生眼尖，发现坑里横躺着一件鸡头陶罐。这陶罐还有半个埋在土里。

陶器价值不大，"一颗痣"就说："走吧，去找出路，别在这儿逗留。"

陈建生摇头道："先别忙。陈后勤，你没仔细看吧？你再看看那个陶罐。"他指了指坑下。

这次我们看得很仔细。

"那是什么？不是鸡头陶罐？"我隐约看见陶罐表面上有一个泥塑小人，泥塑小人只有一小半露在地面上。

"傻了吧？没见过吧？"陈建生大大咧咧道，"是，陶器是没什么价值，可也要看等级。坑里的这个等级可不低，这可是陶魂仓，一级文物！"

汉代的魂仓是放在死人棺材板下的，仓里装着五谷杂粮的种子，寓意让死人到了下面还能自力更生，吃到阳间的食物，魂仓之后便开始流行魂瓶，造型也大都由方变圆。

古董市场里常见的就是这种，比如一些造型古拙的单色青釉褐釉瓶子上捏塑有梯子、小房子这类图案的都是魂瓶，不懂的人花高价买回去，天天摆在自己卧室里欣赏，这可不好，不吉利。

西周时期的魂仓不一样，因为年代太过久远，陶制品易碎，不好保存，所以西周魂仓很少，物以稀为贵，的确很珍贵。

这个祭坑不深，坑底离地面不到两米，陈建生来了劲，直接跳了下去，说要把魂仓挖出来看看。

我说："都什么时候了，快走吧！"

可他不听。

陈建生跳到祭祀坑里，看着那些白骨说："诸位，借点儿东西，勿怪勿怪啊！"说完，他一低头，摸到了埋着的魂仓罐。

"咦？这么重！"他提了提，神情诧异。

西周时期的魂仓罐里装的肯定不是五谷杂粮，至于里面装的是什么，没人知道。

"真够沉的，这里面不会塞着金砖吧？"他双手用力才提出来魂仓，"赶紧接我一下。我上不去。"

我忙爬到坑边，抓着他的手，把他拉上来。

魂仓的盖子被封死了，看样子是原装货，没有被打开过。

陈建生拍了拍膝盖上的土说："怎么样？要不现在给整开？这可是原装货，太少见了，行里的很多老把式可能都没见过。"

"一颗痣"撇嘴道："祭坑里能出来什么高等级的东西？没准里面塞满了三千年前的人粪，都干成球，变成化石了。"

自己费力摸上来的东西被"一颗痣"说成了这样，陈建生脸色有些尴尬，他说："陈后勤可真会开玩笑。跟陈后勤商量个事儿，你把你那小匕首借我用一下，我把这玩意儿撬开，看看里面有啥。"

听着陈建生的话，我摇摇头。我总感觉陈建生对"一颗痣"的态度比之前刚见面的时候好了很多。"一颗痣"一路上挖苦他，说他是南派老鼠，可就算这样，陈建生最多发几句牢骚而已。

人都有八卦心，我就猜想：这老小子是不是对红姐有什么非分之想？

接过小匕首，陈建生蹲下，扶正魂仓后，就开始用刀撬。

陶魂仓的边缘有一层淡黄色的东西，像是防水用的蜡油层。两三千年的时间过去了，这蜡油层干巴得像石块，十分坚硬，陈建生用匕首一戳，也只戳出来一个白点。

亏着匕首锋利，他鼓捣了十多分钟，又想撬开又怕撬坏，直到额头渗出了汗，终于撬开了一条小缝。

瞬间，一股酒香扑鼻而来。

陈建生眼睛瞪得滚圆，说："这……魂仓里装的竟然是酒，三千年前的酒！"

他后退一步，马上摇头否定："不对，那时候根本没有高度数的蒸馏酒，这酒味……"

"一颗痣"也生出了好奇心，她看着地上的魂仓说："大葆台汉墓出土过一件保存完好的青瓷梅瓶，瓶子里装的就是酒。这种事虽然罕见，但以前也有，只是没什么人见过。"

一听这话，陈建生不知是想装犊子还是怎么的，开口道："今儿个我陈建生有口福了。盖子一开，等会儿就得挥发完，不行，机会难得，我得尝一口这酒，品品看是什么滋味。"

"不会吧，陈土工，你要喝？"我没想到这人这么大胆。

他摸着下巴笑道："我可是个酒鬼，都半年没尝一滴了。这是千年美酒啊，想想都解馋。小子，我问你，你知道喝酒的最高境界是什么吗？"

我摇摇头说："不知道，我不喝酒。"

"一颗痣"骂了句："二百五！"

"嘿嘿，瞧着，我喝了。"他撬开陶魂仓的整个油封层，直接伸手进去舀了一点儿。他吧唧着嘴，眉头直皱，表情看起来不太好。

"怎么了，陈土工，什么滋味？"他不说话，我还以为他中毒了。

陈建生皱眉道："这啥酒？闻起来明明是酒味，怎么尝起来是这个怪味？甜得跟糖水一样。"

说话前后不过三分钟，我看到他的脸色开始发红，而且越来越红，跟脸上刷了红油漆差不多。

他使劲晃了晃脑袋说："怎么回事？这是假酒吧！"

按常识来看，若不是蒸馏酒，那么放的时间越长，酒精挥发得越厉害。米酒那类的就更不用说了，本来度数就低，就算盖着盖子，放到几十年后也会淡得跟水一样，啥味都没有了。

可魂仓里的那酒不一样，我甚至一度怀疑那根本就不是酒。

陈建生是老酒鬼，他用手舀着尝了一点儿，顿时就表现出了醉意，说话大舌头，脸上红得吓人。

"陈土工，你没事吧？还能走路吗？"我看他身子不稳，扶了他一下。

"能！怎么不能？好酒！真是好酒！够劲！"他红着脸，说话大舌头。

"真是个二百五！"红姐翻着白眼骂了一句。

陈建生双手抱着魂仓，一步三晃地向前走。

"走，走啊，我又没醉，这酒……这酒我要带出去！"

拗不过他，我说了句："那陈土工你注意路，别摔了。"

祭祀坑西北方向有条小路，小路通着山洞，这是唯一的路，一看就是人为修建的。我们都不知道这条小路会通到哪里，只是看见那些东西是从这儿进去的。

陈建生晃晃悠悠地抱着魂仓酒坛子走在前面，我和"一颗痣"跟在他后面。

这条小路从外面看是平的，走了几十米后，却突然开始有了坡度。

我心下一喜，觉得这是好现象，因为这是上坡路，我们有可能走到上面。

突然间，四面八方传来了很多类似猴子的叫声。

不知道它们是从哪儿跳出来的，我们面前出现了一堆戴着帽子的小矮个山魈。它们拦在路中央，吱吱地冲我们狂叫，手里还都拿着小孩儿拳头大小的石头。

我和"一颗痣"被眼前的阵仗惊住了，下意识地开始往后退。

有句话说得好，"敌不动，我不动"。说到底，这种动物是属于灵长类的，我们一动，在他们眼中就是露了怯。

"红姐小心！"

瞬间，一块石头朝她脑门儿上砸来。

"一颗痣"反应也快，电光石火间，她一扭脖子，拳头大的石头擦着她的头发划过，"啪"的一声砸到了墙上。石头一分为二，显示出这一下的力量很大。要是就这么被砸在脑袋上，脑浆都得当场溅出来！

"先退出去！""一颗痣"马上意识到了事情的危险程度。

"走啊！"我拽着发呆的陈建生往外跑。

与此同时，有很多石块铺天盖地地砸来。我的胳膊上挨了一下，疼得脑门儿上都出了汗。

我们退出来后，那些东西暂时没有跟出来。

看我的胳膊上流了血，"一颗痣"忙问我怎么样了，疼不疼。

肯定疼啊！不过我捂着胳膊，强撑着说："没事，皮外伤，骨头应该没事。"我试着抬了抬左胳膊，一点儿劲都使不上，一使劲就疼，可能是骨折了。

"都怨你！"红姐瞪着陈建生，"你说你没事拿那破尿罐子干吗？就这么一耽误，耽误出事了！"

陈建生的脸还红着，不知道是酒的作用，还是被"一颗痣"说得脸红了。

他摇头骂道："一……一堆毛猴子而已，你把刀给我，我全解决了……"

"别，陈土工，你别冲动，"我忍着疼说，"不能小看了这些畜生，那样干就是在送死。"

这条上坡的小道极有可能是上去的唯一通道，我们费了这么大劲找到了，却因为一群畜生的阻拦而上不去，别提心里有多憋屈了。

有枪就好了，直接一梭子打过去，保准能把它们全打成马蜂窝。

我们商量着怎么解决这些东西，以及怎么出去的办法。

"一颗痣"提出了一个想法。她说可以让一个人先进去，吸引这些东西的注意力，把它们引走，如此一来，只要不被发现，剩下的两人就能平安过去。

在不鱼死网破的情况下，这的确是个办法，可问题随后就来了：谁去干这件事？

"一颗痣"直接看向陈建生。

"你去，事情变成这样，你的责任最大。""一颗痣"冷着脸说。

我本以为陈建生会争辩一番，毕竟这事搞不好就会死人，没想到他点了点头说："好，那就我去吧，你们藏在后头。"

他没争辩，答应得这么快，"一颗痣"明显一愣。

像是酒醒了，陈建生拱手道："小子、陈后勤，跟你们说个事。出事原因在我，万一咱被石头砸死了，那也不冤。不过我还想让你们知道一件事——我啊，不光是个土工，我还是评门白春点的后人。"

红姐愣神道："白春点……你说你是'八小门'评门的传人？"

陈建生点点头说："是啊。没啥别的意思，就想报个家门。"

我得知这个信息，有些吃惊。

这"八小门"是啥，现在很多人都不知道。

清末民国时，民间江湖里还有"四大门"和"八小门"。

"四大门"是风、马、雁、雀；"八小门"是金、皮、彩、挂、评、团、调、柳，包括了卖膏药的、卖刀具的、卖包子的、变戏法的、说书的、相面的、卖虫子药和眼药的，还有赊刀人，以及胸口碎大石练气功的。现在比较有名的王麻子剪刀和庆丰包子铺，他们的传人就是"八小门"里的行内人。

陈建生说自己是"八小门"评门白春点老人的传人，那他就是说书的。关于白春点此人，行内传言较多，其中比较出名的一条就是说白老先生会说"鬼书"。

旧时，有人死了，家主往往会请人唱"鬼戏"、说"鬼书"，这事的性质和现在做白事请歌舞团一样。

民间的"鬼书"和唱"鬼戏"一样，听众都不是人，而是说给鬼听，唱给鬼听，结个阴间善缘。当然，这只是一种生者对死者寄托哀思的形式，白春点也就是这么一位说书人。

没想到，其貌不扬的陈建生竟然还有这层身份。

陈建生呵呵一笑道："对不起啊，陈后勤，毕竟咱们两派不对头，我不叫陈建生，我啊，其实叫白建生。我要是不说出我的身份，万一死了，那就惨得很。可就算混得再惨，我毕竟也是八门中人啊，还是传个消息出去比较好。"

"'春点评门白建生，死在了顺德飞蛾山里'，这消息传出去，咱也算死得有名有姓啊！"

我有些后悔同意这个计划了，于是我就说："陈土工，要不咱们再换个路子，想想别的办法也行。"

"不用了。"他摇头道，"陈后勤说得没错，这是最快的法子。况且，我也不一定会死，我们老白家可有绝活。"

"绝活？啥绝活啊，陈土工？"我有些好奇他口中说的绝活是什么。

他没有正面回答。

"走吧，你俩跟在我后面。"他随手捡起一块石头，沉声说，"石头当醒木，山洞当供桌，试上一试。"

果不其然，我们才刚进去，那些东西又跳出来了。它们高举着胳膊，手里拿着石头，就要准备砸。

陈建生怒目圆睁，用石头在墙壁上连续敲了两下，而后大声念："一块醒木下六分，上至君王下至臣。君王一块辖百官，百官一块辖万民！"他语气加快、加重，继续念："僧人一块说佛法，天师一块说鬼神。一块醒木走天下，说人说鬼说世人！"

这段词，听着像某一类咒语，就这么随耳一听，伴随着用石头代替的醒堂木落下，我就感觉大脑充血，整个人僵住了。

眼前那些山魈举着石头一动不动，同样在发呆。

"赶快走！离开这儿！"陈建生大声催促我和"一颗痣"。

他的声音宛如醍醐灌顶，我反应过来后，扶着受伤的胳膊，看了"一颗痣"一眼。

"一颗痣"冷着脸看了陈建生一眼，就说了一个字："走。"

就这样，我俩从这些山魈中间穿过。这些东西都发呆般地盯着陈建生看，没有攻击我俩。

穿过山魈群,我只听到身后传来陈建生的大笑声:"哈哈!诸位老少爷们儿,今儿个,咱们不说《三国演义》;今儿个,咱们不说《聊斋》《封神》;今儿个,咱们就说一场武松打虎!话说啊,清河县境内有一卖炊饼的……"

我和"一颗痣"越走越远,身后陈建生的声音也越来越小,到最后我们出了山洞,已经听不到他的声音了。

南方派和北方派的后人向来不对付,宿怨已深,没承想,最后是南方派的陈建生救了北方派的我们。

出来后,我和"一颗痣"在外面等了半个小时,不见陈建生。

"一颗痣"深深地看了一眼山洞,没再说话,也没再继续等候,而是扶着我离开了。

眼前是一个大斜坡,坡上没有路,野草丛生。

看清楚这里的地势后,我想明白了一件事。这个庞大的地宫,结构分上下两层,形状就像是一个斜放的沙漏漏斗,我们现在所处的地方就在漏斗中间的连接线上。

人站在斜坡下向上望去,一眼望不到头。

"一颗痣"帮忙扶着我的胳膊,开始一步一步地向上爬坡。

草不高,叶片上有些露水,露水打湿了我们的裤腿,鞋子基本也湿了。

顺着斜坡爬了半小时,前方升起了淡淡的雾气,顿时,周遭一切多了两分虚幻,宛如在梦境中。

"休息一下吧,云峰。"红姐扶着我坐在草皮上。

跟爬山一样,我也的确有些累了。就在这时,我肚子不听话,"咕噜咕噜"地响了两声。

"一颗痣"有些虚弱地说:"掉下来时,我们丢了一个背包,剩的一点儿饼干也消耗完了。"她看着望不到头的斜坡,皱眉道:"不知道爬上去还要多久,不行,得吃点儿东西,就是水果也好。云峰,你别动,就坐在这儿等着,我去附近找找看,看能不能找到吃的东西。"

"一颗痣"离开后,我一个人坐在草皮上。起初还好,我也没怎么担心,可慢慢地,雾气越来越大。刚才我还能看清自己走过的路,现在再往下看去,什么都看不到了,到处一片白茫茫。

时间一分一秒地过去，我害怕了。

现在突然起了这么大的雾，红姐肯定看不见我，我怕她万一踩空了出什么事。

每隔两三分钟，我就会在原地大声呼喊："红姐！红姐！我在这儿！我在这里！"

我盼着她能听到，能顺着我声音的方向找到我，可我失策了。

我在原地等了好久，嗓子都喊得冒了烟，也没听见红姐给我回话，更没见到她人。

我不敢轻易离开，因为我知道，两个人在这种情况下走散，最好的办法就是有一方留在原地，若两个人都乱跑，很可能彼此越走越远。

天色渐黑，大雾始终不散，我由坐着改成了躺着，肚子饿得直叫。

我想着要坚守，等到天亮了，雾散了，到时红姐肯定能找到我。

我又冷又饿，想着想着，就躺在草皮上睡着了。

夜色漆黑，大概到了后半夜，迷迷糊糊中，我好像听到红姐在叫我。

"云峰，云峰，过来啊，我在这儿。"

一激灵，我猛地坐起来。

这一下动作太大，碰到了我受伤的胳膊，我疼得倒吸了一口气。

周围黑咕隆咚，我坐在地上，竖着耳朵仔细听。

"云峰，云峰，过来啊，我在这儿。"

熟悉的声音从我背后传来，没错，是红姐的声音。

顺着声音传来的方向，摸着黑，我小心翼翼地朝那边走过去。

我边走边大喊："红姐！红姐！你在哪儿！我怎么看不见你！"

黑暗中有话音传来："云峰，云峰，过来啊，我在这儿。"

我停下脚步，皱着眉头，感觉事情有些蹊跷。

红姐喊了三遍，关键是，她每次喊话的内容都一样，语调和语速也一样！

咽了口唾沫，我不死心，又尝试着大喊了一声"红姐，你在哪儿"。

果然⋯⋯

"云峰，云峰，过来啊，我在这儿。"

四次！红姐每一次都说了一模一样的话！

我脸色发白，悄悄后退了一步。

伸手一摸，我摸到了裤兜里放着的小硬块。这是之前姚玉门送我的嘎乌盒护身符，她说能辟邪。之前因为碍事，我把这项链摘下来塞进裤兜了。

我紧攥着这条红绳嘎乌盒护身符，开始胡思乱想起来。

雾太大，地面湿，红姐是不是踩空了，摔死了？

这是不是她的鬼魂来找我了？

红姐的鬼魂是不是怕我一个人留在这儿孤单，所以想把我也带走？

黑暗中，红姐的声音又一次传来："云峰，你在哪儿？我在这儿。"

我脸色发白，不敢回话，只好在原地蹲下，把护身符紧紧攥在手里，头埋在膝盖中间。

地上潮湿，雾气茫茫，我感到的不只是寒冷和害怕，还有孤独。

我们团队走到现在，只剩下了我孤身一人。我后悔了，后悔没听姚玉门和把头的警示，这个地方就不该来，这个地方超出了我们认知。

我孤独而恐惧地坐在草皮上，饥寒交迫，不知不觉中，我想到了李静。

我在心里自嘲：我要是突然消失了，我要是死在这里了，多年以后，李静还会不会记得我这个人，还会不会记得我项云峰？

我想着这些事，天色微亮。

不知从哪儿吹来一丝风，吹散了浓雾。

这时，我一眼就看到两三百米开外的草皮上，红姐正躺在地上伸懒腰，像是刚睡醒。

"红姐！"我飞快地往下跑，中途脚滑了还摔了一跤。

她听到了，朝我看来。

"你没死！太好了！"

红姐看我一脸高兴，无语道："昨晚的雾大得简直寸步难行，根本就看不到路，只能确定大概位置。我也不敢乱走，怕和你走散。"

人没事就好。

我松了一口气，问她："红姐，昨晚我叫你，你听见了吗？有没有给我回话？"

她抬头看着我，讶异地说："没有，我什么都没有听到，更没有说话。怎么了？"

红姐没必要骗我，她说没有回我话，那就是没有回我话。

那昨晚大雾中的那个声音是谁的？

越想越后怕,我的手开始发抖。

"你的脸色怎么这么难看?"红姐皱眉问。

"没……没什么。"

我故意岔开话题道:"你去找能吃的东西,找到了吗?"

红姐有些失望地摇摇头说:"没有,附近都是草和树,我没找到什么吃的。"

"没事,人没事就好,一天两天的不吃也饿不死人。"

"嗯,尽量坚持吧。"

联想到昨晚那一幕,我对这地方越来越没有好感,感觉很邪门。恢复了一点儿体力,我们一合计,决定赶快离开这里,往上走。

我把嘎乌盒护身符挂在脖子上,对这护身符重视了几分。

人在碰到未知现象时,心里总会下意识地寻找寄托,寻求保护。姚玉门送我的护身符就充当着这个角色。

花了小半天,我和红姐终于走到了头。此刻居高临下看去,风景如画,宛如秘境。

这斜坡上面还是一个山洞,山洞的石墙上残存着一些石雕壁画,其中一幅壁画虽有破损,但依稀能看出壁画的主题图案是几匹骏马。

红姐指着这幅壁画告诉我,这应该是穆王八骏。据传,《八骏图》里的八匹马生前都有名字,就像李世民墓里的昭陵六骏一样。只是时间太过久远,《春秋左传》中虽然提到过穆王八骏,但这八骏的名字并未传世,无人知晓。

这一幅凹进石墙内的壁画,长约两米,宽度大概一米五,红姐感叹地说东西可惜了。

"红姐,这些都破了,你看,这两匹马的马头都掉了半个。"我指着掉了的马头说。

红姐摇头说:"云峰,你入行晚,有些东西还不清楚。这些有着特殊含义的石雕,就算碎成了一百块,拼起来后照样价值不可估量,尤其是红毛大鼻子——他们对我们高古类的石雕很着迷的。"

我咽了口唾沫,问:"红姐,这东西,咱们不拿走吧?"

"别想了,这东西需要用专业人士敲碎后才能带出去。"

我心想好歹我也见过,算是开眼了。

"咦?不对啊红姐,这是周穆王八骏,怎么会跑到一个南方诸侯王的墓葬里?这是什么情况?"

"别问我，我现在也不清楚，这地方到处都是谜"

红姐环顾着山洞，皱眉道："这里连钺那种高等级的东西都有，现在又出现了这幅石雕，可见这个什么芥侯的地位当时绝对凌驾于普通诸侯王之上。开山为墓，挖空飞蛾山；大量使用北方地区的青石做灌顶；黄肠题凑；活人殉葬；珍稀植物众多，后花园占地庞大；单独的祭祀坑……这些都远超一个小诸侯该有的墓葬规格了。"

红姐叹了一声。

"这是我打入行以来，见过最吓人的地宫墓葬群。墓主虽不是周天子，但，或许不弱于周天子。"

走到这里，墓主人的身份更加扑朔迷离。

历史是厚重、神秘、深邃的，就像我眼前的这幅石雕一样。

其实我有个猜测——这个山洞有可能是这位西周早期的诸侯王养马、存马的地方。

对着石雕欣赏了一段时间，我和云姐继续往上摸。

我左臂耷拉着不敢用力，时不时会感到疼痛，我咬牙强忍着。

走到山洞尽头是一汪水潭，水不清，很混浊，周围时不时有"滴答滴答"的落水声。四周完全封死，这是条死路。

我们之前满怀希望，在看到这处水潭的时候，心里凉了大半截。

我把小石头丢进去。

"扑通"，声音沉闷，光听声音就能听出来这水很深。

"红姐，完了，这怎么办？我们走到死胡同了，出不去了。"我心里难受，说话声音也显得丧气。

水面混浊，看不清下面的情况，红姐皱眉道："不一定，据我所知，有些地下河之间是互通的，也许三千年前，这里只是一个坑，并没有水。"

"我想下去看看，查探一番。"红姐对我说了自己的想法。

"别吧……"看着眼前的水潭，我没来由地开始慌张。

一来是因为我怕水，不会水；二来是因为这混浊的水潭不知道有多深，水里不知道有没有一些奇奇怪怪的东西，更不知道水下会通向哪里。

可能是猜出了我的担忧，红姐叹气道："唉，事到如今，我们都是摸着石头过河，要是没办法找到老大、老三他们，我们迟早得饿死在这里。"

红姐大大方方地解开自己的衣服,也不避讳我这个男人。

不过我也不敢看。

"我几分钟后就上来,云峰你待在这儿,帮我看着衣服。"红姐说着话,用脚试探了下水温。

说完话,她"扑通"一声直接跳了进去,溅起来不少水花。

水面上冒了点儿气泡,又很快重归平静。

我拿着红姐的衣服,趴在水潭边,眼睛一眨不眨地盯着水面,手心里都出了汗——是紧张的。

四周传来的滴水声就像是时钟在走。

时间一分一秒地过去,一分钟眨眼即到。

两分钟。

三分钟。

水面上还是没有一点儿波澜起伏。

就在我心急如焚的时候,水面上起了一层水泡。

伴随着一声出水声,红姐一下钻出了水面,大口大口地喘着气。

上岸后,红姐脸上的高兴不言而喻。

"没错……云峰,我们猜得没错!"红姐抹了把脸,兴奋地说,"下面其实是一条向上的石头通道,有台阶。三千年前,这里本来没有水,可能是地震导致了地下河水倒灌,把这里完全淹了。我预估过了,闭气四分钟左右就能游出去。"

"四分钟?"我皱眉道,"我不行,红姐,我憋气憋不了那么长时间,况且我的手使不上劲。"我指了下受伤的地方让她看。

红姐担忧地看了我的手臂一眼,最后咬牙道:"和之前一样,我抓着你,带你过去。现在我们还有力气,再过一两天,我们连下水的力气都没有了。到那时,我们就只能困在这儿等死了!"

"先休息一下,恢复一下,"她用双手捧着我的脸,一脸认真地看着我的眼睛,道,"云峰,你行的,相信自己。你不会死在这儿,我也不会。"

随后我们在这儿休息。有些事红姐没说,但我心里很清楚,机会只有一次,我们要是没出去,也就上不来了。

我心里很紧张,便躺在地上闭着眼睛,不断深呼吸,做着入水前最后的准备。

过了一两炷香的时间,这里面的光线暗了下来。

"好了吗?"

闻言,我睁开眼看了看四周。

红姐正靠在墙上闭目养神,并没有说话。

我以为是自己害怕入水,太紧张导致出现了幻听,也就没放在心上,继续闭上眼睛恢复体力。

"好了吗?"

结果我刚闭上眼睛没多久,红姐的声音再次传来。

睁眼一看,红姐还是老样子,并没有说话。

"啪。"我使劲扇了自己一巴掌。

对面的红姐听到了响声。

"怎么了?云峰,你打自己干什么?"

我不敢说自己可能出现了幻听,便准备说"我没事",可话到嘴边,我不受控制地就说:"怎么了?云峰,你打自己干什么?"

我竟然在学红姐说话!

红姐联想到了什么,她脸色一白,沉声说了三个字。

"你是谁?"

此刻我意识清醒,想说"我是云峰啊",可话到嘴边,我不受控制地就说成了:"你是谁?"

我很害怕,因为我联想到了陈土工。先前的陈土工不也是这样吗?我和红姐还把陈土工当作笑话来看,说他精神出了问题,是精神病。

怎么我也成这样了!

难道我也成精神病了?

这是我闻了黄肠题凑上那些黄檗老脸香味后留下的后遗症?可我记得红姐明明也闻了,她怎么没事?

而且这个声音,昨晚我在大雾中就听到过。

红姐脸色苍白地看着我,做了个噤声的手势。

起身后，她皱着眉头，绕着我转了一圈。

红姐说："云峰，你别说话，你听我说。"

我单手捂住嘴巴，点了点头，就听她道："我问你，你有没有出现过什么幻觉，或者是幻听？"

我点点头，指了指自己的耳朵，表示我有听到过。

"你听到的声音，最先是从哪儿传来的？不要乱，你仔细想想。"

仔细回想过后，我想到了一件很奇怪的事——昨晚那个声音，我最初听到的时候，感觉离我很近，听得很清楚，随后就感觉声音变远了。而这声音，最初传来的地方就在我身边。

嘎乌盒护身符还挂在脖子上，我摸了摸裤兜，干瘪的，什么也没有。

忽然间，我脸色大变！

我想起来一件事。

上次我随手抓来一只像知了虫的没腿虫子，我没当回事，随手就塞到了裤兜里。

可……现在怎么没了？

那知了虫没有腿，难道还能自己跑了？

越想越心惊，我当着红姐的面，一点一点地褪下了外面的裤子。

我褪下裤子，露出大腿的一侧。

下一秒，我和红姐都吓着了——我的大腿外侧，靠近裤兜的地方，竟然有一处指甲盖大小的伤口！伤口皮肉外翻，呈紫红色，有些化脓了。

关键是，我竟然一点儿都没感到疼！

我用手轻轻一按，那一处根本什么知觉都没有，只是流出了一些脓水。

同时，红姐明明没说话，我却听到了一个声音。

"云峰，云峰，过来啊，我在这儿。"

这是起雾那晚我听过的话。

看红姐的表情就知道，这声音只有我自己能听见，她听不见。

"等等！云峰，你先别动！"红姐大喊了一声。

她眼神惊恐，死死地盯着我的伤口。只见我大腿内侧的皮肉肉眼可见地不断起伏，里面分明有活物在蠕动！

"别动！忍着！"红姐直接摸出匕首来。

自己的大腿成了这样，我吓着了，紧紧地咬住衣服，惊恐地注视着这一切。

红姐咬着牙，看准了我大腿上轻微蠕动的那块地方，直接下了刀子。

匕首很锋利，一割肉就流血。我紧咬着衣服，本以为会很疼，没想到一点儿疼都感觉不到，只是感觉有阵酸麻感。

割开皮肉后，我看得很清楚，里面有一只黄褐色的虫子——就是我之前因为好奇揣兜里的那只没腿知了虫。

红姐小心翼翼地用刀尖把虫子剜了出来。

知了虫被剜出来后就死了。

虫子一死，我就开始感觉到大腿外侧的伤口很疼，是钻心的那种疼。

红姐用匕首划破了自己的衣服，用布条帮我绑着止了下血。

她擦了擦汗，松了一口气道："好了，应该没事了。"

说来也奇，这虫子一剜出来，我就不再学她说话，先前的幻听也没了，一切仿佛回归正常，只是我脑袋还有些昏昏沉沉的。

红姐看着地上已经死去的虫子，皱眉道："好邪门的东西。之前我没想起来，现在我突然想到了一种东西，一种传说中叫'应声虫'的小虫。"

红姐用了十多分钟，把她想到的内容都说给了我。

我听后也觉得不可思议。

古书里对这种虫儿有过很多次记载，起初古人认识不足，把这种由它引起的病归为奇难杂症。《本草纲目》中有过记载。

具体李时珍是怎么治这种病的，后世人是这么解读的：当时，李时珍拿药材目录给患怪病的人看，让这人大声朗读药材名，起初患者并无异样，直到朗诵到"雷丸"这个名字的时候，患者开始手脚发抖、头上冒汗，看起来很害怕。后来李时珍用雷丸入药，煎服后让其喝下，果然，病人的怪病隔日便好了。

这是后世的一种说法。

这种虫子是我在花园秘境里发现的，我仔细回想了事情的前因后果。

陈建生被困在这里有些时日，我们没到之前，他曾数次进过里面。有没有一种可能——他之所以学人说话，也是因为和我一样，皮肉里钻进了这种怪虫子？

可能是时间久了,陈建生的情况比我严重,所以他在发作前会眼神涣散,神思恍惚。而我因为病情还未加重,所以发作起来时,还有自己的意识。

陈建生开始时根本没碰到过人,所以这东西一直潜伏着。

这么一想,这件事好像就能解释通了。

发生了这档子事,不是什么好事,虽然处理得早,但对我们即将实行的下水计划来说,肯定产生了影响,事情变得更加困难了。

这里处处透着诡异——山魈、蔓金苔、不知名的花草树木,还有应声虫、殉葬坑、祭祀台、石雕八骏图,再到眼前这个小水潭。

红姐的意思是事不宜迟。等我腿上的伤口不再流血的时候,红姐起身说:"准备吧,我们下水,游出去。"

我们手拉着手站在水潭边。她深吸一口气,转身叮嘱我:"临门一脚了,云峰,你自己要争气,不要害怕。还记得我先前说过的话吧?我们都能活着出去。"

我咬牙点头道:"知道了,红姐,拼了!"

"吸气,深呼吸。"

我大口地吸气,深呼吸。

"我从'一'数到'三',数到'三'就跳,动作保持同步。路程不远,一口气憋到底,你要紧抓着我。"

"一。"

"二。"

"三。"

"跳!"

没人犹豫,伴随着话音落下,我和她几乎同步地跳进了水里。

水温没有地下暗河里那么凉,但水里的能见度不高,我鼓着腮帮子,憋着一口气,双腿乱蹬,两只手紧抓着红姐,让她带我游。

有几条很小的鱼从我身边游过。下潜了不到一分钟,隐约中,我在水里看到了很多石台阶,一段一段的。

我们游的方向,就是跟随台阶的方向。

水下没有水草，不用担心被水草缠住脚，但还是发生了一件意料之外的事——由于我在水下蹬腿，大腿伤口包扎的地方裂开了，不少血顺着伤口源源不断地流出。

血腥味引来了一条尺把长的黑鱼。黑鱼个头不大，但是看着好像有牙。

红姐回头一看，看到了这条鱼。

她眼神惊恐，拼命地拽着我往前游，力气极大。

如此剧烈的动作，伴随着的就是肺里氧气的大量消耗。

很快我就感觉到自己到了极限，肺部憋得难受。

鲜血不断渗出，随后，我看到了周围不断有长着牙的黑鱼聚拢过来。

它们聚在一起，跟随着血的味道，最后把目标锁定在了我和红姐身上。鱼越聚越多，开始朝我们这边追来！

我们顺着水下的这些台阶游，千钧一发之际，前方的水面上出现了红色的点点亮光，看着像是火把。

"咕嘟——"我的肺活量到了极限，憋不住气，喝了一大口水。

忽然有一阵疼痛感传来——有一条黑鱼咬在了我的大腿上。

然后，两条……

离水面越来越近，红姐也受到了攻击，她像发了疯，拖着我冲出了水面。

"救……救命！"

一露头，我就大口吸气，喊道："救命，有食人鱼咬我！"

岸边，火光映照，孙老大和孙老三举着火把，同时看着我和红姐发呆。

"小红！"

"云峰！"

大哥、三哥放下火把，衣服都没脱，就直接"扑通"一声跳到水里，连拉带扯地把我拖上了岸。

我腿上还挂着好几条黑鱼，红姐也差不多，她的手臂被好几条黑鱼死死咬住，看着就疼。

三哥猛地拍了下大腿，一脸兴奋地说："太好了！"

"好什么好！老三，你没看我们俩都成什么样了！"连拍带打地处理好了身上的几条黑鱼，红姐看着孙老三。

几日不见，孙老三一脸风尘仆仆，人也瘦了一点儿。他叹气道："我们能再见面，也算是老天爷开眼了。小红，你不知道，为了找你和云峰，我和大哥吃了多少苦。"

"老三，别说那些没用的，只要人没事就行。"老大轻声道，"云峰，小红，你们在下面有什么发现？我们交换一下信息。"

此时我眼皮沉重，有气无力地说："大哥，你们能不能先管管我？我快扛不住了。"

"嗐，你看我。赶紧的，老三过来帮忙。"

他们的背包没丢，包里还有之前准备的应急绷带。我简单地处理了伤口，又吃了几口干粮，肚子里进了点儿东西，这才感到好受了些。

红姐断断续续地把我们这几天的经历说了一下，并无隐瞒。

孙老三听后，不住地摇头说："天下之大，无奇不有。一生能摸进一次这样的墓，就是开眼了。另外，小红，其实我最在意的是你说那个叫陈建生的。这人真是南派土工？还主动救了你们？"

我纠正他道："不是，三哥，这人应该叫白建生才对。据他自己所说，他是白春点老人的后人。"

"那就更不对劲了！"孙老三看着我，眉头紧锁，"南派里有名的土工不多，我多少听说过一些，毕竟我本身也是干土工的，可我对这个叫陈建生的人完全没有一点儿印象。你呢，大哥？"

"也没有。"孙老大仔细想了想道，"支锅陈我倒是略有耳闻，应该是跟赵洪水那帮人混的，可这个陈建生嘛……的确闻所未闻。"

红姐整理了一下头发，淡淡地说："那就先别想了，反正人估计也死了，死无对证，想那么多干吗。"

听了这话，我心里有些不舒服。先不管陈建生的身份真假，可这人救了我们俩，滴水之恩还当涌泉相报，何况是这种救命之恩呢？我们是不是过于不懂知恩图报，太过冷血了？

看我低着头闷闷不乐，老大像是猜出了我的小心思，他笑道："云峰，你不要觉得我们不懂知恩图报，我们混迹江湖，也信奉'道义'二字。只是小红不喜欢南派的人，也是事出有因——小红的父亲陈志勇，当年就是被南派的人害死在西藏的探险路上的。"

我听后脑袋发蒙，竟然还有这档子事！这事要是真的，对于红姐来说，那可是杀父之仇啊……

怪不得，自始至终，红姐都没给陈建生一个好脸色看，就算他救了我们，她也还是这样冷冰冰的。

"对不起，红姐。"我说着话，低下了头。

红姐深吸一口气，说："冤有头，债有主，我的仇，迟早有一天会连本带利地讨回来。等我攒够了钱，攒够了足够多的人脉，到时候，我会让我的父亲在九泉之下瞑目。"

红姐语气平静，但从这平静的语气中，我能听出她的决心。

"我知道劝你多少次都没用，但是小红，我还是想劝你看开点儿吧。有时候就算我们自身拼了命，也不一定能得偿所愿，这就是命数。"老大说这话的语气有些落寞。

"什么命！什么是命数！老大，你告诉我！我父亲的命难道就不是命吗？啊？你说啊！"红姐突然大喊大叫，变得歇斯底里起来。

我根本不了解这其中的恩怨，但是，这是我第一次看见红姐这样。说实话，有点儿吓人。

孙家兄弟见状后沉默不语，气氛有些异样。

我小心翼翼地尝试着问："大哥，红姐说的害死她父亲的人是谁啊？"

大哥和三哥意味深长地对视了一眼。

"不，不是一个人，而是一个组织，一群处在江湖上层的奇人。"

"奇人？那是什么人？"我有些不解。

"唉，"老大拍了拍我的肩膀，"云峰，你现在还小，不用知道得太多，小红我们还会再劝，等你入行久了，接触的江湖人多了。有些事情自然就清楚了。"

我似懂非懂地点点头，没再多嘴问话。

要是真像老大说的这样，那么有些事，我迟早会了解清楚。

"算了，晦气，不谈这个事了。云峰、小红，我和老三在上面摸得也差不多了，我们发现有处地方很古怪，搞不好就是藏着墓主棺椁的主墓室。"

老大蹲下来，随手捡起来一块石头，他边写边画，继续说道："你们看，这好比是飞蛾山，我们走了这么多天，再往前走，有两种可能。"

"第一种,这座大地宫横跨两座大山,就是从飞蛾山到九龙山。就像乾陵横跨梁山和乳山一样。第二种,我们绕了个圈,现在我们是在往回走,只是地理结构特殊,导致我们分辨不清方向,其实我们还在飞蛾山下。"

这两种可能,思来想去,我觉得哪一种猜想都有可能,这也正是我现在的猜想。

"云峰、小红,你们有什么看法也可以说说看,我们争取把这事搞明白,要是再这样两眼一抹黑,太丢人了……"

众人听后沉默不语,红姐也陷入了沉思。

"大哥。"我颤颤巍巍地举起手来。

"哦,云峰,你有什么看法?说出来听听吧,别急。"

"是这样的,大哥,"我整理了一下脑中的思路,道,"我们先前发现了钺,还发现了周穆王的石雕八骏图,虽然没发现天子专用的九鼎七簋,但我觉得这是迟早的事。"

"停,容我说一句。"红姐似乎已经从刚才的情绪中走出来了,看着我们道,"你们几个在这儿写写画画的没什么用。老大,我问你,我们这趟下来的目的是什么?"

"找老二。"老大回答得很干脆。

"那找到了吗?"

老大落寞地摇摇头。

不过他马上神情一变,开口道:"是没找到老二,不过我们发现了这个。"

"你们看。"老大从裤兜里掏出半个烟头。

烟头破败不堪,依稀能看到烟头上的商标牌子。

"五朵金花。"这是五朵金花牌香烟。

老大指着自己手中的烟头说:"老二只抽这种牌子的烟。我之前就了解过,顺德本地根本就没有这种香烟卖,这种五朵金花香烟流行在北京、河北一带,南方基本上见不到,属于地区性香烟。"

这事我知道。

那时候,北方地区很流行地区性香烟,比如官厅烟、四七烟、迎宾烟、白石林、红钻二代、猴王牌香烟、茉莉花牌香烟、小熊猫香烟,等等。基本上是一个地区流行一种。

我感到奇怪的是，之前矮个子山魈扒来的那件衣服里，有半包五朵金花香烟，被陈建生收走了。

那烟和二哥常抽的烟一样，可那件衣服肯定不是孙老二的，因为那件衣服很肥大，孙老二身材精瘦，完全不配套。

陈建生先前就说过，他们的团队里，有一个人生前也爱抽这种烟。

若是巧合，那此处最少有两个人抽这种烟。也就是说，老大捡来的这个烟头并不能证明是老二留下来的，更不能证明他还活着。

看着老大满怀希望的眼神，我几次欲言又止，不忍心告诉他真相。

若最后没找到二哥，那在这之前，这个烂烟头就是他们兄弟俩精神上的支撑、寄托。

于是我装作高兴的模样，故作吃惊道："是啊大哥！我知道，这就是二哥平常抽的烟！他肯定来过这儿，并且还活着，要不然，也抽不了烟啊。"

"没错，是这个理，我也觉得老二还活着。"老大收回烟头，眼神中又有了希望。

红姐也是看破没说破。

她转移话题问："我们的遭遇讲了，你们的呢？"

"别提了，一想起这个就来气。我之前告诉过你们吧？为了应对特殊情况，下来之前，我特意带了四根雷管。"

红姐是团队后勤，对这些东西比较熟悉，便点头说："火雷管，九点五号的，我手下人帮忙准备的，这事我当然知道。怎么，你们用过了？用了几根？"

"嗯，没错，"老三点点头，道："用了一根。多亏了这东西，要不然，我和老大就得完蛋！这事说来话长，一句两句根本解释不清楚，等有空了我再和你们讲。现在嘛，我带你们去一个地儿。那地方，我觉得和主墓室有关系。"

"云峰，你腿上的伤怎么样？能走路吗？用不用我背你？"

我忍着痛，咬牙站了起来。

"不用了，大哥，我能行。"

"行，是个男人。我走慢点，你要是跟不上了，记得随时开口，别硬撑。"

我点点头。

飞蛾山下的这个大墓，上层完全是石墙地宫式结构，下层是地下岩洞结构。山下布满地下河和一些隐蔽山洞，构造不可谓不复杂。

孙家兄弟的火把是他们自己做的，烧的主要是一些衣服和干树枝，持续不久，火把燃烧的势头已经变小了。

举着火把，顺着水潭边上这条路，孙家兄弟把我和红姐带到了一个地方。

到了地方后一看，我们眼前是一堵用六合土封死的金刚墙，墙上没门也没窗，就是一堵实心墙。

六合土和金刚墙是现代人的叫法，就和白膏泥、青膏泥一样，古代人没这个叫法。

行里有切口："青带白，发财来。三合土，埋青天。金刚墙，打不开。"

三合土的颜色是奶白色，配料是糯米汁、黏土，再加上大粪汁。这种土千年不散，硬度和稳定性都很高，还能防水。

再往上还有四合土、五合土，据说最高的有七合土，但谁也没有见过。

老大一眼认出这墙是六合土，其实是有说的——

"三白，四青，五黑，六黄"，说的就是这些混合土凝固后的颜色。

至于六合土里的原料，老大只能猜出来五种：童子尿、铜水、黏土、桑叶粉、糯米汁。此外，还有另外一种不知名的材料。凑齐这些材料，经过反复锤炼、精炼，混合起来风干后就是六合土。

以前别说是六合土，就是三合土的成本都很高，多一合则硬度高一分，所以自古就有"一碗三合土能换一碗肉"的说法。

五合土、六合土铸起来的墙就叫金刚墙。

红姐敲了敲暗黄色的石墙，皱眉道："老三，碰上这东西没办法，六合黄的金刚墙，行里就没听说有人遇到过。一般情况下，行里若有人遇到三合土，都是用矾面加醋泡的，可这两样东西，你们也没有准备吧？"

"你们该不会是……"红姐忽然眉头一挑。

老大脸色阴沉地道："咱们都走到这儿了，要是不看一看这里的正主，岂能甘心？"

红姐抬头看了一眼，眉头紧皱道："说到底还是在地宫内，两根九点五的火雷管威力不小，你们就不怕把地宫炸塌了，我们都被活埋在这里？"

"这点我们当然也考虑过，但是小红你这样看，这地宫两千多年都没塌，说明质量还是很可靠的。我和老三还是有信心的。"

"那随你们吧。"见老大执意如此，红姐最终点了点头，没再劝阻。

遇到六合土金刚墙，几乎只能选择绕道而行，包括拐子针在内，任何奇技淫巧都没用。

擅长分金定穴的高手来了也没用——要想进去，谁来都不好使，只能暴力破开。

就说当年定陵的五合土金刚墙，那是怎么开的？那是考古队花钱雇了十六个身强体壮的村民，给每人发一把大锤和一把尖头凿，每两个小时轮一班。十六个大老爷们儿，硬生生敲了二十多天，才在墙上敲出一个窟窿。

怕威力太大，一下把地宫给炸塌，我们商量了下，还是决定先用一根试试看。

在墙角固定好雷管，拖出引线，老大一个人留在原地点火。安全起见，我们其他人都退到了五十米开外。

引线不长，只有不到三十公分，老大点着后就得赶紧跑，要是跑慢了或者摔倒了，那可不是闹着玩的，要是真那样，炸条胳膊、炸条腿都算幸运的了。

火折子不是防风的，我能看出他很紧张，点了几次才点着。

一点燃引线，老大就玩命地往我们这里跑。

不长的引线转瞬即逝。

"轰隆"一声！

尘土滚滚，碎石飞溅，地面都震了一下。雷管没哑火，威力很大，震得人耳膜生疼。

烟一小下来，我们就赶紧跑过去看。

预想中金刚墙被整个炸开的情况并没有发生，暗黄色的泥墙在雷管的冲击下，一米范围内布满了细小裂缝，其他地方却完好如初。

"这可是雷管啊！知道墙硬，没想到这么硬！这要是用手挖，挖到猴年马月的也整不开！"这一幕看得老大目瞪口呆。

"大哥，直接把两根雷管绑一块儿炸！"见一根不顶事，老三也发了狠。

这就不是简单的一加一等于二了——两根雷管串联在一起，威力成倍增加，这是开山才用的法子。

如法炮制，还是由老大冒着风险留下来点火。

我们离得远远的。

一开始可能是紧张，老大手抖了好几次，火折子晃晃悠悠地点偏了。

引线好不容易冒了烟，老大喊了一嗓子就开始跑，跟后面有老虎撵他似的。

红姐扶着我蹲下，我们用手捂住了耳朵。

又是"轰隆"一声！

第一次的动静就够大了，这次的动静声比第一次还要大得多！

头顶上落了不少碎石泥土，都是被震下来的。

空气中到处弥漫着一股火药味，足足过了十分钟，尘土、烟雾才散去。

地面被炸出了一个坑。

我们的努力没有白费，眼前的六合土金刚墙并没有整个倒塌，而是被九五雷管炸开了一个六七十公分宽的窟窿。

窟窿里很黑，老三蹲下来，趴那儿用手电照了照，隐约中好像照到了什么东西——墙后果然有密室空间。

"棺椁！是棺椁！我看到棺椁了！"老三忽然兴奋地大喊，"主墓室原来躲在这乌龟壳里，之前的东、西耳室都是假象！"

"我先钻进去看看，你们跟在后面。"老三身形灵活，便一马当先，第一个钻了进去。

我胳膊使不上劲，腿上也受了伤，是红姐推着我的屁股，硬生生把我推进去的。

"冷……好冷啊，三哥，这里面怎么这么冷？"刚进来，我就发现了不对劲。没想到就只隔着一堵金刚墙，里外的温差竟然这么大。

"阿嚏！"

这种冷是冷到骨子里的，冻得红姐都打了个喷嚏。

随后，我们的目光都被密室中央横放着的东西吸引住了。

那是一副巨大的白色棺椁。

竟然是白色的棺椁……

棺椁左右两旁，各立着一个一米八左右高的青铜将军像。铜像身披锁子甲，头戴青铜头盔，手持青铜长剑。他们的面部被雕刻得惟妙惟肖，宛如真人。青铜剑有些锈蚀，剑身上长了一层绿锈。

一左一右的两个青铜人，高大威猛，就像两位持剑的护卫，千百年来保持着举剑的姿势，仿佛在守护着眼前的棺椁，让人看了不敢靠近。

棺椁棺椁，有棺有椁。

棺材不大，可要是有棺椁的话，那就大了，基本上长、宽都在五六米，只有椁中间最核心的部位,才会用来存放墓主人的棺材。

让我感到震惊的除了青铜人像,就属眼前的白色棺椁了。

还好我们走过去的时候,铜人没动静,看来应该是和镇墓兽一样,只起着威慑作用。

老三摸了摸棺材外面的白椁,忽然惊呼出声:"大哥!这棺椁从外面看,这颜色怎么那么像白砗磲!"

"白砗磲?怎么可能!白砗磲能做棺材?!"这种事别说没见过了,我连听都没听过。

在古代,这工艺究竟是怎么做的?棺材里躺的人究竟是出于什么目的,竟会用这种材料来制作自己的棺椁……

孙老大也惊到了,随即像是想到了什么,他眼睛大睁,颤声道:"老……老三,我忽然想起来一件事,是东汉人扶胜在《尚书大传》中提过的一件事,记载的事情是周文王姬昌被商纣王囚禁后,有一位商代贵族为了救姬昌,特意献给了纣王一件砗磲之宝,不承想纣王收到宝贝后立马反悔,还派人炮烙了此人。这是东汉人扶胜的记载。"

红姐听了后皱眉说:"老大,你的意思是说,这个商代贵族为了救姬昌而献给纣王的所谓砗磲之宝,就是眼前这个白棺椁?"

老大脸色发白,咬着牙说:"无从考证,都只是猜想。但这个地宫是西周早期的,姬昌也生活在那个时代,别的暂且不说,这时间线却是对得上的。"

看着前方庞大的白色棺椁,我又联想到一幕——刚进来碰到黄肠题凑时,我曾在石墙壁画上看到过类似的白棺材。

在那幅壁画中,棺材周围还跪着很多古代人,像是在搞某种祭祀活动。不过我当时只以为那是闻了黄檗老脸的味道后,自己出现的幻觉。

"不对,这肯定不对。"红姐连声否认道:"白砗磲、蜻蜓眼、花琉璃、猫眼石、绿松石、白水晶、蓝宝石,这是以前的佛家八宝,其中的白砗磲是有机物,最是难以保存,别说是西周的,就是明代的都很罕见,除非是用了什么特殊方法,否则根本放不了这么长时间!"

听了红姐的话,老大点点头说:"小红,你说得没错,不过咱们入这行也有些年头了,见过的反常事还少吗?"

第六章

算计

墓室幽暗，巨大的白色棺材边上立着两个铜人，这一幕风格诡异，谁看了心里都不舒服。

此时老大惊疑道："这墓主人还真是不按常理出牌，好好的主墓室不待，非把自己藏在这犄角旮旯的，这是要干啥？关键还没什么陪葬品，就这两个铜人，我猛一看还以为是兵马俑。"他用手电照了一下铜人。

"有可能这块犄角旮旯是什么风水宝地吧。砗磲做的椁，啧啧。"三哥沉声道，"这墓主人也太有钱了。看我的，我给他整开。"

说完话，他从包里拿出一把折叠起来的小钢铲。这铲子体积不大，类似于工兵铲，不光能挖土，还能撬棺材板用。

大哥用手电帮忙照明，三哥则拎着铲子绕着棺椁转了一圈。我知道他这是在找天井。

古代做墓葬的时候，不管是平民还是贵族，都会故意在墓葬内留一个小口，棺椁也一样。这口子留得很小，其寓意是让棺材里的人能灵魂升天。这个小口子就叫"天井"。

再往下到了唐宋时期，天井又改名成了"木井"，最后到了明清时期，又改叫"活口"，其实都是换汤不换药的一个性质。

不知道是什么原因，这间放着墓主棺椁的密室的温度很低，非常冷，直逼零下。

"找到了！"三哥眼神一亮，停在了棺椁的西北角。棺椁这处有个长方形的小洞，老三说这口子就是所谓的天井。

椁的原理其实很好理解，就是现在人常说的套娃，大的套小的，一层套一层，要撬开的话也只能一层一层来。

椁的层数也有规矩：天子四重椁，诸侯王三重椁，士大夫一层椁，再往下的阶层的人死后，只准用棺，不准用椁。椁与椁之间用的都是榫卯结构，一根钉子也没有。

历经三千年，榫卯结构变得很脆弱，老三用铲子使劲撬了撬，果然，最外面这层椁有所松动了。

只要开了缝，下一步就简单了，扒皮就行了。

老大也上去帮忙。他们二人是多年老手，配合默契，不到半个小时就开了第一层椁。

这往下一看不要紧，所有人大吃一惊。

白砟碟的这层椁之下，竟然是一层黑色的金属椁！

红姐看后惊呼道："氧化了，这是银的！"

银椁！

西周时期有银器吗？

有！但数量极少！

可我们眼前的，竟然是一件长、宽数米的银椁板！

仔细一看，氧化成黑色的银椁板上似乎还刻着一些图案。

三哥神情激动道："开眼了，开眼了！这真是开眼了，光这两层椁板就这么厉害，那最里面的棺材里到底放了什么？"

尽管有天井这处弱点，但开这层银椁还是费了我们不少力气。

"快掉了！小心点儿，别砸脚，这玩意儿不轻！"

"等等！三哥，你们快看！前面流水了！"

只见银椁板的缝隙处，流出了很多黑色的黏稠状液体，而且越流越多，一股腥臭味扑面而来！

"退后！"孙家兄弟闪身退后。

银椁板里的这些黑水源源不断，越流越多，淌了一地。

红姐捂着鼻子道："这些黑水……是不是从棺材里流出来的防腐液？"

大哥点头道："看着像。等它流干净了咱们再看看。照着之前的情况看，里面最少还有一层椁才对。"

"咦？不太对劲啊，大哥。"这时我发现了一件怪事。

"怎么了，云峰？"

我指着那两个像兵马俑一样的青铜像说："这两尊铜像下面是不是有坑？你们看看，怎么这些棺材液都渗下去了——顺着铜像脚那块儿。"

大哥看到后，眉头直皱。

走近了点儿，我们用手电仔细一照，这才发现了其中的猫腻。

原来，围着青铜像脚下一圈的这个位置，有很多小眼，银椁板里流出来的防腐棺材液都顺着铜像脚边的这些小眼漏下去了。

老大抬头打量着主墓室四周，随后道："可能这是以前墓主人故意设计的，目的是防水，怕雨水泡坏了这里。行了，先别管这个了，我看棺材液也流得差不多了，老三，咱俩上，把最后一层椁板给撬开！"

"小心点儿。"红姐皱着眉头，环顾四周道，"我心里突突跳，感觉不太好。"

"哎，没什么事，小红，你那就是因为这里太冷了，给冻的。"

孙家兄弟前后上铲，不大会儿就撬开了这层椁板。

伴随着银椁板脱落，刹那间，我眼前晃过一道金色。

最里面这层椁板……是纯金的……

竟然是金棺银椁！

手电打在那上面，金灿灿的反光直晃人眼。

金子不会像银子那样氧化，历经千年仍光亮如新。这层金椁上刻着大量图案，图案都栩栩如生，有羽人、飞天等。其中一幕图案最为奇怪——那是一排身穿盔甲的士兵，奇怪的是，他们头上都盘着一条类似蛇一样的动物。

不，用手电照着仔细一看，那还不能叫蛇，只能说像，因为那些动物都长着脚。

看着这幅图案，红姐表情凝重，低头沉思。

忽然间，她猛地抬头，大惊失色道："老大、老三！头上盘着四脚蛇的军队！这不是古越国那个传说吗！"

金黄的光芒划过人眼，老大摸着金椁板，沉声道："那只是个传说，当不得真。没想到这墓主人还是古越黑巫的信徒。"

我听不懂这是什么意思，便问了问。

红姐解释说："以前南蛮地带有个小国叫古越，这古越不是后来春秋战国时期的那个越国，远比那个越国早。南蛮古越是楚巫文化的鼻祖，同时也是苗疆蛊毒的起源地。"

"传说当年古越有一支四脚蛇巫军，攻城克地，战无不胜，更有甚者，说只要士兵头上盘着的四脚蛇不死，那这些士兵就不会死，就算中箭、中刀了，依旧能活蹦乱跳地杀敌。"

"不会吧……红姐，这怎么听都不靠谱。"我有些不相信。

红姐点点头说："别说你不信，我也不信，不过……"她指着那些四脚蛇图案说："这四脚蛇的确是存在的，而且还不少。我小时候还打死过一只，喂给了我家的猫。"

三哥也点头附和道："小红说得对，这玩意儿没什么可怕的，在我们那儿，它叫'狗婆子'，村里小孩儿都抓来甩着玩儿。"

我从小生活在漠河，那里常年温度很低，我压根儿就没见过这种叫石龙子的爬虫。

腥臭的棺材液越流越少，孙家兄弟对视一眼后，默契地点了点头。

黑色棺材液流淌过金棺板，黄黑色的颜色交织，让人看了心里不舒服。

"整吧，老三。金棺银椁啊，这么牛，我倒要看看这东家究竟长个什么模样。"

三哥点点头，二人同时上工兵铲。

"椁板和棺材贴得很紧，得下力！"

随后，一阵刺耳难听的金属摩擦声响起，金椁板在工兵铲的撬动下，开始和最里层的棺材一点点分离。

费了一番工夫后，金椁脱落，终于露出了被包裹在里面的棺材。

这副棺材通体漆黑，由于外层金棺银椁的良好密封性，棺材本身保存得非常好，整个棺材没有发生一点儿塌陷、变形。

打造这副黑棺本身的材料是阴沉木。老大是我们团队里眼力最好的人，一眼就认出来了。老大表情凝重地说："如果我没看错，这是一具老槐木的阴沉棺材。"

"阴沉槐木？"我咽了口唾沫，小声说，"不能吧大哥，不是金丝楠阴沉木？怎么以前还有用槐木做棺材的？"

"云峰，你话只说对了一半。阴沉木种类很多，不单有金丝楠阴沉，还有红椿、青杠、柏树、麻柳、红豆杉、麻桑。"

"按照一般常识，人们认为金丝楠阴沉木最为稀少珍贵，其实这不对。真正稀少的是阴沉槐木，这种木头千年不烂，鼠虫不咬。除此之外，从风水学上看，槐木性凉，属阴，最适合用来保存尸体。"

红姐看着棺材，也点了点头，显然是同意老大的看法。

这具漆黑的阴沉木棺材上有五支青铜棺钉，三哥数了两遍，最后确认了，的确是五颗棺材钉。

"起钉子吗，大哥？"老三的脸色有些不好看。

"起！"

可是，就在工兵铲刚碰到棺材钉时，忽然发生了一件事——老槐木阴沉棺突然抖动了一下，棺材里传出一声闷响。

我以为自己听错了，正想问我身边的红姐有没有听到棺材里传出的声响，可就在这时，棺材又抖了一下！

不是听错了，也不是我看错了！这一次我听得清楚。

这棺材里分明有什么活物！

我吓着了，不由自主地向后退了几步，颤声道："有……有东西，棺材里有东西！"

孙家兄弟飞快地后退两步，老三脸色苍白地喊道："不可能！金棺银椁的密封性这么好，怎么可能跑进去东西！"

他的意思是有老鼠什么的跑进棺材里了。

"不是，三哥，可能不是老鼠……"

他立马瞪了我一眼："别说不吉利的，云峰！什么'不是老鼠'，就是老鼠！我们别自己吓自己！"

挨了骂，我也急了，脱口而出道："三哥，我们快跑吧！万一是粽子僵尸怎么办！"说完这话，我就觉得自己后背发凉，浑身起了鸡皮疙瘩。

"什么粽子不粽子！我跟着王把头下过那么多大墓，根本就没有那种东西。云峰，你别一惊一乍地说胡话！"

"开！现在就开！"老三说完话，咋咋呼呼地拿起工兵铲，直接两步上前，将工兵铲对准了棺材钉。

我们站在原地，大气都不敢出，生怕影响了他。

起掉第三根棺材钉的时候，老三靠近了点儿，趴在棺材盖上仔细听里面的动静。

两三分钟后，他忽然转过身来，睁大眼睛道："里……里面好像有呼吸声！"

此时我忽然想起了自己之前昏迷时做的那个噩梦。联想到梦里的主人公，我颤抖着手，指着棺材说："三哥，千万别开！"

可我的话说晚了。

他大喝一声，手背上青筋暴起，怒骂道："北派的没有孬种！想吓唬你老子？门儿都没有！"

随着"咔咔"两声！最后两根棺材钉也掉了……

他双手扶着棺材盖，猛地用力一推。

红姐紧握着小匕首，严阵以待。

老大高举着工兵铲，只要棺材里的东西敢露头，没说的，工兵铲直接就拍下去了。

推开棺材盖后，三哥背对着我们，一动不动地呆在原地，仿佛被施了定身术。

"怎么了，老三！棺材里有什么玩意儿！"

像是没听到大哥的话，三哥还是保持着推棺材盖的姿势，一动不动。

"老三！"大哥大叫一声，高举着工兵铲直接冲了过去。

我和红姐也马上跑过去查看情况。

跑到棺材前定睛一看，不单单是三哥，包括我在内，所有人都看愣了，看傻了！

棺材里躺着的人，有着一张我们很熟悉的面孔。

是二哥。

是我们团队里失踪了半年之久的孙老二——孙连福！

这一幕太过诡异。

周遭阴冷，阴沉槐木的棺材里，孙老二原本的衣服早就不见了，他此刻穿着一身宽大的灰色长袍，整个身子看上去胖了一大圈，衣服里鼓鼓囊囊的。

孙老二脸色发青，嘴唇发红，眉头紧皱地躺在棺材里，双手保持着交叉横放在胸前的姿势，表情看起来很痛苦。

"二哥！"

"老二！"

反应过来后，孙家兄弟急声大喊。

谁能想到，消失了六个月的孙老二，此刻突然出现在了高过诸侯王规格的金棺银椁里！

此事太过离奇，太过诡异！若不是亲眼所见，这事说出来我们肯定不会相信。

现在孙老二躺在棺材里，脸色发青，嘴唇发红。我们仔细一听，还能听到他轻微的呼吸声。再看一眼他的胸口处，同样也在轻微地上下起伏。

三哥眼眶通红，他捧着孙老二的脸颊道："二哥，你……你到底是怎么了？你怎么跑到棺材里了？到底是谁把你害成这样了？二哥……"

数月的辛苦，半年的心酸，还有之前所有的恐惧，都在兄弟相见这一刻化成了两行清泪。

一时间，三哥伏在棺材边上，泣不成声。

"别哭了！"红姐见状呵斥道，"一个大男人哭成这样像什么话！还不快把老二弄出来！"

"对，对，"三哥恍然大悟，手忙脚乱道，"弄出来，弄出来。"

我们都凑上前去，想搭把手，把二哥从棺材里抬出来。

就在这时，我不小心碰到了二哥身上穿着的灰色长袍。

我低头一看，看得很清楚——二哥的衣服下，像是有条蛇在不停蠕动，一扭一扭的。随后不经意间，一条细长的暗黄色尾巴从他的衣服下钻了出来。

这条尾巴左右摇摆，碰了我一下。

那一瞬间给我的感觉就是凉凉的，滑滑的，没有温度。

"老二醒醒！醒醒！"大哥神情焦急地不断摇晃二哥，试图叫醒他。

我强忍着恐惧，把二哥身上套着的灰袍子一点点地褪了上去。

看清了状况后，我们所有人的瞳孔瞬间放大！

只见在二哥的肚皮上，正趴着一只通体黄褐色的四脚小蛇。

"畜生！"

三哥最先回过神，他神情暴怒，一把就抓住了这条四脚蛇。

这东西看起来完全不怕人，被抓住后，身子还在不停地蠕动。

"等等，老三！"红姐脸色阴沉，指着昏迷中的二哥说，"你先别动，你看看老二的肚子。"

"这是什么？青铜管？"

我注意到了，只见在二哥小肚子右侧，大概离肚脐五公分的位置，有一根直径不到半公分的绿锈青铜管。这根生锈的青铜管一头连着二哥的肚子，另外一头则连接着那只黄褐色的四脚蛇。

这一幕好像是在输血一样。包括我在内，所有人都吓着了，完全搞不清楚眼前的状况。

忍无可忍，孙老三终于忍不下去了，他抓起这条石龙子，瞬间手起刀落，一刀将这畜生一分为二。

这一下溅出来不少血，就像在杀黄鳝。

这畜生死后，那根铜管还插在二哥的肚子上，看起来插得很深。这次三哥不敢直接动手，因为不知道二哥的伤势、情况如何，他不敢硬拔。

我们的心思都放在救人上，至于二哥究竟是怎么跑到棺材里的，这事我们没来得及问，先救人再说。

"老三，你注意那根管子，尽量别碰着。"

孙老三点点头，他弯腰抄手，一把抱起来了昏迷中的二哥。

"先从这里出去。这附近肯定有别的路，要不然老二他从哪儿下来的！我们赶快离开这里，去医院！"

金棺银椁里除了二哥和那条畜生，别的什么都没有，更别提什么陪葬品了。

尽管心中有千般不明，万般不解，但若当事人不亲自开口，我们只能胡乱猜想，永远也不会知道当时到底发生了什么事。

"咔嗒"，不经意间，红姐的右脚突然踩在了一块石板上。这块石板被她这么一踩，直接陷下去了三公分！

"别动！"见出了状况，大哥立马大声喝止。

"老三，你看着点儿老二，都待在原地别动！别乱走！"他神情凝重地说。

红姐的脸色很不好看，她保持着姿势，一动也不敢动。

我和红姐之前都见识过人头编钟机关组。三千年前的古人，就已经学会利用重力和陨铁之间的吸引力来设计机关了。

就在此时，原先流棺材液的地方，就是铜人脚下的那些小眼，忽然没来由地开始往上冒白气。

前后不过几十秒的工夫，阵阵白气升腾，像是地下有个大蒸笼！

从地下冒上来的这些白气有股药草味，我只不过吸入了一点儿，阵阵眩晕感立马传来，我腿脚发软，直接瘫倒了。其他人和我情况类似，三哥抱不住二哥，也瘫在了地上。

随后，主墓室入口——就是我们用雷管炸出来的地方，有几束手电光打来。

几束手电光越来越近，我趴在地上，脑袋昏昏沉沉的，努力地看了一眼。

进来的有四五个人，走在最前面的那人……是陈建生。

嘴巴动了动，我张口想喊话，但没能喊出来。

随后我失去意识，昏了过去。

不知道过了多久，我一醒来就感到头疼。

我想活动一下，却发现自己动弹不了，我的双脚和双手都被人用绳子捆上了。

"红姐！大哥！三哥！"我奋力挣扎，拼命地大喊大叫。

"哟，年轻就是好，身子骨不错，就你醒得最快。"陈建生提着手电筒晃了晃我，一脸戏谑之色地看着我。

我被强光手电晃得闭上双眼，大声喊道："陈土工，你没死！你绑着我干什么？赶紧给我解开！"

"呵呵，"他收回手电，莞尔一笑道，"大人们，出来看看吧，看看这小子适不适合当祭品。那孙老二真不行，都五六个月了吧？芥侯的尸身还是没什么反应。"

他话音刚落，从黑暗中走出几道身影。

我定睛一看，来的总共是三个人，两名中年男子和一名老人。老人头发花白，惹人注意的是他的身高，目测绝不超过一米五，看着又瘦又小，跟个小孩儿差不多，就是个老侏儒。

"建生啊，怎么，这就是你说的那个年轻人？"侏儒老头上下打量了我一眼。

"没错。"陈建生瞥了我一眼道，"大人，应声虫在这人身上起作用了。"

"哦？是吗？"侏儒老头显得很意外。

听不懂这几人之间的对话，我就大声说："陈土工，你这是在干什么？"

"干什么？哈哈。"

陈建生指着我，摇头笑道："你叫云峰是吧？果然是涉世未深啊。正好，陈后勤你醒了，你说说看嘛，没事，可以畅所欲言。"

我扭头一看，发现红姐手脚被绑，靠着石墙，也已经醒过来了。她正一脸愤怒地死盯着陈建生看。

"别啊,陈后勤,你这眼神,不知道的还以为你要吃人呢!"陈建生耸耸肩,一脸的轻松。

红姐深吸一口气,开口道:"你之前装作精神病,故意装疯卖傻地学我说话,是为了接近我和云峰,打消我们的顾虑?"

陈建生打了个响指,说:"没错。"

红姐冷声道:"云峰抓的那只应声虫,是你故意放的。"

陈建生大大方方地点头道:"没错,应声虫对这小子有反应。不过很可惜,还是被你们提前发现了。"

"我再问你,你其实知道那个洞口,是不是?换而言之,那群山魈也是你训练的,它们身上的帽子、衣服,也都是你故意给的?"

"没错,为了训练这些畜生,我是天天说书给它们听啊,就是为了锻炼它们。当然,这一切的最终目的,就是引你们到这里,引你们见棺材。"

红姐胸口起伏,显然是气到了极点。我们被人算计了。

我也明白了一点,立即怒声道:"陈土工,我们与你往日无冤,近日无仇,你为什么要这么干?"

"哦?你问为什么?"那名身高不足一米五的侏儒老人缓缓走过来,他边走边说,"你们不用知道为什么了,也没必要都知道。"

"建生,动手吧。"侏儒老头从怀中摸出一把红色线香递给了陈建生,随后他退后了几步。

"嗯,这就动手,大人。"陈建生抽出三根线香点上。

他手握三炷香,对着我和红姐拜道:"北派的二位,对不起了。"

把三炷香插在我们面前后,陈建生蹲下来,用手捋了捋红姐的头发。

"等等!"红姐一咬牙,厉声说,"我想知道一件事。"

陈建生摸着红姐的额头笑了笑,说:"大人不是说了吗,你们已经没有知道的必要了。"

"毕竟相识一场,其实我还有点儿喜欢你,但没办法,你是北边的,我是南边的,道不同不相为谋。"说着话,陈建生一把撕开红姐的上身衣服,露出了她里面穿着的黑色内衣。

陈建生掏出一把锋利的小匕首，用刀尖轻划过红姐的皮肤。

鲜血流出，红姐闷哼一声。

侏儒老头和那两个中年男人站在一旁，神情冷漠，也不说话，就这么看着。

"别动红姐！你们冲着我来！"我奋力地向前挣扎。

"呵呵，"陈建生收回匕首，看了我一眼，道，"你小子还挺重情重义的，怎么，你是这女人的相好？"

"嘴放干净点！"

"啪！"

"让你小子嘴多！"他狠狠扇了我一巴掌。

"呸！"我吐出一口血唾沫，眼神狠厉地盯着陈建生。

这时红姐冷笑道："八小门白春点的后人，竟是如此小人行径。还有，"红姐扭头看着那矮个的侏儒老人，一字一句道："如果我陈红没猜错，你是苏秦背剑小绺头吧？阁下是长春会的人，怎么和南派的人混在一块儿了？阁下也不怕掉了身份！"

侏儒老人眼睛微眯地看着手脚被绑的红姐，摇头说："女娃眼力不低，竟然知道长春会，还知道老夫年轻时的名号。苏秦背剑小绺头……都过去三十年了，我都快忘记这个名号了。"小老头抬头自言自语，仿佛陷入了回忆。

红姐又道："明洪武年间，长春会成立，会内精通风水、千门、医门，传武者过千。民国时，地支炮拳常巴巴老人接任会长一职，统领四大门、八小门。当时派内的江湖人士已经渗入了各行各业，规模庞大，实力雄厚。"

"再后来，道上有消息传出，说长春会已经解散。嗬。"红姐冷笑道，"我就知道，如此庞然大物，只是隐了下去，怎么可能解散！"

听红姐说了有关长春会的事，侏儒老头的表情很意外，他惊讶道："没想到你这年轻的女娃知道得还不少。"

"岂止知道！我父亲的死，也和长春会脱不掉干系！"红姐怒目圆睁，表情狰狞地咆哮。

"大人，别和她废话了，赶快动手吧。"陈建生催促了一句。

侏儒老头摆手制止了陈建生，他不紧不慢地看着红姐问："女娃，我问你，你父亲是谁？"

看老头轻描淡写的样子，红姐咬得牙齿直响。

"陈小黑！我父亲是陈小黑！"

"陈小黑？"老头皱眉想了半天才道，"天桥八大怪……你父亲是陈小黑，你爷爷难道是北平洋桥的煤马眼镜陈？"

红姐低头不语，陷入了短暂的沉默。

侏儒老头背着双手来回踱步，像是在考虑着什么。

三分钟后，他转身吩咐道："建生，这女娃不能动，暂时控制起来，等我们办完事出去了，就把这女娃放了吧。"

"放了？"陈建生急声道，"老大人！你什么意思！这女人叫'一颗痣'，在北派还挺有名！如果放了她，她把消息传出去了，那不是给我们南派招惹麻烦吗？！"

老人看着陈建生，语气冰冷："那是你们自己的事。建生，你记住了，这次我们联手只是各取所需，不代表我们就是一路人。我说不能碰，那就是不能碰。建生，你还要我再说一次吗？"

明明他看着是个身高不足一米五的侏儒老头，但听了他的话，陈建生脸色发白，额头上都冒了汗。

"砰"的一声，陈建生双膝跪地。

"建生莽撞了，大人不要生气。等我们办完事了，我就放这女人离开。"

"嗯……"小老头满意地点了点头。

"大人，那这小子呢？"陈建生指了指我。

老头不耐烦道："你先前不是说应声虫对这小子有反应吗？"

陈建生抱拳道："没错。"

"那就卸掉他的胳膊，丢到那边看看。"

"是。"

话音刚落，一直未曾开口的两名中年男人立马两步上前，从地上把我拽了起来。

"干什么？你们要干什么？"

我怎么挣扎都无济于事。这两名中年男人就像捉小鸡一样把我架了起来。

红姐急声说："不行！你们不但要放了我，也要放了他！"

老人摇摇头说："女娃，我放过你，是看在煤马眼镜陈的面子上。当年在长春会，煤马眼镜陈只身赴会，实乃奇人。你父亲陈小黑没传到眼镜陈的本事，到了女娃你这一代，"老人看着红姐，摇头道，"更是弱不禁风。"

"动手吧。"老人淡淡地说。

两名中年人捏着我的手臂，力道越来越大。我疼得大叫了出来。

"咔"，是骨头脱臼的声音。

红姐脸色惨白地闭上了眼睛。

他们一松手，我就像一摊烂泥一样倒在了地上，而且我的两条胳膊也不受控制了。

我的左臂本来就有伤，现在更加严重，双臂脱臼。

得了吩咐，那两个男人把我架起来，拖着就走，任凭身后的红姐怎么求情都没用。

路程不过五分钟，这二人把我带到了一处大坑前。

大坑前横放着一张石头贡桌，贡桌上光秃秃的，什么都没有。

他们掏出绳子，左一道右一道地把我捆在了石桌上。

他们检查了下，确保我挣不开后，其中一人随手掏出一个小包。

打开小包，他站在坑边，朝坑里倒了一点儿粉末状的东西，随后二人快速离开了这里。

见他们走了，我强忍着疼痛想要自救，但没成功。我的双臂使不上力气，还被绑着，我接连尝试了几次都不行。

孙家兄弟昏迷过去后不知所终，而我心灰意冷，不知道该怎么办。我身上很疼，肚子又饿，逐渐陷入了绝望。

大概过了二十分钟，我忽然听到坑里传来一阵窸窸窣窣的动静。

由于我被绑在石桌上，正面朝上，所以看不到坑里到底有什么东西，只能看到自己身子两侧的情形。

随后，我看到了可怕的一幕——石桌左右两边的地面上，突然爬过来很多四脚蛇，不知道是不是从坑里爬上来的。

这些四脚蛇有的大，有的小，大的有半米多长，小的只有十几公分长。

就几个呼吸的工夫，腿上传来阵阵冰凉之感，我惊恐地低头一看，发现有两条黄褐色的四脚蛇顺着石台爬到了我的腿上。

这两条四脚蛇嘴里吐着蛇信子,眼睛小到几乎没有,浑身滑溜得像抹了油。

它们正往我的上半身爬来。

一条四脚蛇扭动着身子,爬到了我的胸口处。

隔着不到二十公分,我鼻子能清楚地闻到这畜生身上的腥臭味。

我用力晃动身子,想把四脚蛇甩下去。但是没用,非但没有把身上的四脚蛇甩下去,反倒是把我脖子上戴着的嘎乌盒护身符甩到了自己脸上。

小嘎乌盒是金属质地的,这一下砸到自己脸上,很疼。

嘎乌盒"啪"地一下摔开了。

姚玉门送我这东西后,我一直随身携带。盒子里有一个黄纸团,上面隐约有字迹露出。

用牙咬住纸团一角,我使劲晃了晃。

很快,黄纸团被我咬开,里面掉出一些淡黄色的粉末。

说来奇怪,纸团里包着的黄色粉末无色无味,但我身上趴着的那几条四脚蛇一闻到这黄色粉末,顿时就像长虫见到了雄黄,飞快地后退。

不消两分钟,我身上干干净净,一条四脚蛇都没有了。

我低头一看,黄纸团上还写着两行小字,起初看不清,我用牙咬着来回甩了甩,调整好角度后,这才能看清。

黄纸上用红毛笔写着:生死有命,富贵在天,暗防小人,明防小虫,地宫阴曹,当心当心。

看完这话,我心中掀起了滔天大浪!

姚玉门送我的护身符里有二十四字批言!这女人仿佛早就知道了我和大哥、三哥的秘密计划!

难道这女人会算命不成!

不光如此,我还发现,在嘎乌盒的盒底嵌着一片很薄的刀片,有点儿像刮胡子用的那种刀片,但实物比那种刀片更薄,更锋利。

冒着嘴被割伤的风险,我连续尝试了十几次,终于成功把嘎乌盒扣了过来,我直接用牙咬住了薄刀片。

用刀片割断了上半身离我最近的绳子后,我直接坐起来,然后用牙咬着刀片,又割断了脚上的绳子。

地上还爬着很多四脚蛇，但由于我的衣服上沾着嘎乌盒里的药粉，那些四脚蛇都不敢离我太近，我一动，它们就钻到了黑暗里，也有的直接爬回了深坑。

我在电视上看过别人怎么治手臂脱臼，但隔行如隔山，我不是医生，电视里的人都是"咔"地一下就能接好骨头，而我只能对着墙撞，每撞一下都很疼。

或许是护身符庇佑，又或者说我是瞎猫碰上了死耗子，总之，尝试了几次过后，只听见骨头"咔嗒"一声，我竟然自己把骨头接上了！

这是纯粹乱蒙的，我又试着去接左胳膊，但不行，接不上。

我往大坑里看了看，很深，黑咕隆咚的，有凉风从坑底吹来，吹得人后背发凉。

扶着受伤的左臂，把小刀片藏在手掌心，我踮着脚，尽量让自己走路时不发出声音，小心翼翼地摸了出去。

从周围环境的地理结构来看，我现在所处的地方还在飞蛾山下，应该是在某一处地下岩洞中。

我紧贴着墙壁，让自己隐藏在黑暗中。顺着路走了几分钟，我忽然看到前面有火光，好像还能听到人的谈话声。

我悄悄地靠近。

"陈哥，你说咱们这次把事办得这么漂亮，要是那具干尸真能靠着吸人血复活，那咱们就立大功了！陈哥，你知道吧，听说长春会的副会长快死了，全靠几十万一针的营养针吊命。咱们把那干尸给他，这样一来，说不定陈哥你就能从八小门晋升到四大门！我也能加入长春会！想想都激动——以后都能横着走了，什么样的女人娶不到？！"

"你这小子！难道你进长春会，就只为了娶个好老婆？你是大男人！能不能志向大点儿！"

"呵呵……"猥琐的笑声传来，"我的志向可比不上陈哥你啊。你本事大，我不一样，我这辈子最大的愿望就是娶个大美女！"

……

这二人的对话听得我气血上涌，我恨不得现在就冲过去用刀片给他们放放血！不要脸的陈建生，之前伪装得太好了，这演技都能去拿个影帝了。

我又听这两人谈论起了我和红姐。

"老海狗的混合迷魂香还真管用。陈哥，你刚才也看见了吧？好家伙，那迷魂烟蹿得快，效果杠杠的！"

陈建生笑道："老海狗的东西确实不错。之前我故意让陈红和那小子吃了果子，再配合这迷魂香一催晕，效果才能这么好！"

"厉害啊陈哥，我们都是提前三天吃了解药，陈哥你昨天才到，那你这解药是……"

陈建生单手打了个响指，得意道："小子，学着点儿，这就是你陈哥我的高明之处了。我提前做好了局，把解药混合进了酒里，然后把那些酒装在祭祀坑的魂仓罐里，又提前表明了我爱喝酒，如此一来，一切看起来不就是水到渠成、天衣无缝吗？哈哈。"

我在心里把这老小子的祖宗十八代都问候了一遍，要不是我偷听，我恐怕永远也不知道自己和红姐是怎么被人下的套。

江湖险恶，知人知面不知心。

虽然有些事我还没理清头绪，但我知道的是，我们被人做局了。我们，还有和陈建生搭伙下墓的那帮人，包括已经死了的支锅陈，都让陈建生害死了。

而这人背后的人又是什么长春会，对这些人，我并没有什么概念，也不了解。红姐倒是清楚，所以我打算去救人，先救了红姐，再想办法找到大哥、三哥，把他们也救出来。

知道自己势单力薄，所以他们谈完话离开后，我一直远远地跟着，没有冲动行事。

这里要是没生火、没打手电，能见度就很低，这也方便了我隐藏。我偷偷摸摸地跟了一路，那两人都没有发现我。

我估计他们是以为我已经死了，或者说已经让四脚蛇分食了，所以放下了戒备心。

想到这里，我又想到了姚玉门。

我脑海中浮现出了姚玉门的面容，直觉告诉我，这事可能远远不止我想象中的那么简单。

跟了一路，约莫着有半个小时，陈建生和那个男人停了下来。

我看到前方有个很隐蔽的石洞入口，洞口用一些干草掩盖着。

扒开干草，这二人相继钻了进去。

在原地等了三分钟，我也猫腰跟着钻了进去。

对方人多势众,所以我很小心,前方一有个什么风吹草动,我都会藏起来。

因为我知道,我现在是我们团队里最后的希望,我不能再被抓到。

现在唯一对我有利的,就是敌在明,我在暗。

山洞里火光映照。

"哎,皮三儿,哥问你个事,你说人真能死而复生吗?"

"不知道啊陈哥,不过我看这事有点儿邪,你就说之前,咱们从金棺银椁里把这东西弄出来了,当时咱们都看见了吧?那具尸体只是瘦了点儿,牙都露在外面了,跟兔子牙似的,还有,那脸上的肉都还有弹性呢,真是瘆人。"

我藏在山洞口,悄悄地打量,偷听他们说话。

陈建生和叫"皮三儿"的男人正在攀谈,在他们面前,横放着一个巨大的半透明塑料筐,塑料筐里盛满了液体,那些液体看着像牛奶,具体是什么我不知道。

我还发现了一件事——在塑料筐内的液体中,有个黑影泡在里面,从外面映照的轮廓看,这黑影像是个人……

"别动!你小子不要命了?还敢碰这些水!"只听陈建生突然厉声呵斥。

"嘿嘿……"叫皮三儿的男人挠挠头,"咱这不是好奇嘛。对了,还有一件事我得告诉陈哥你,这次出去后,毕竟就剩咱们两个人了。我也不贪心,这趟活的提成给我三成就行!"男人伸出三根手指头。

陈建生脸上挂着笑,说:"自然,这事你也出力了,我答应你,三成就三成。"

"太好了!仗义!"皮三儿眼里的兴奋怎么都隐藏不住。

"三儿啊,你不是对这东西好奇吗?你真想看看也行,但要站在边上,小心点儿。说好了,只许看一眼啊。"陈建生笑着指了指塑料筐。

"真的?我能去看一眼?"

陈建生点了点头说:"去吧,不要碰水就行了。"

得了准许,男人踮着脚,小心翼翼地走了过去。

走到塑料筐前,他低头看了看,头也不回地说:"陈哥,这水白花花的,像牛奶,我看不清啊。尸体在哪儿呢?"

"在中间位置,你再仔细看看。"陈建生低沉的声音传来。

"中间？好像也没有啊。"

接下来发生的一幕，我全在暗地看进了眼中。

只见陈建生悄无声息地捡起地上的一块圆石头，他脚步很轻地凑过去。

"三儿！"陈建生忽然大喝一声。

"啊？什么？"皮三儿直接转过头来。

"砰！"

刹那间！陈建生高举着石头，不偏不倚，一下子砸到了皮三儿的额头上！

一秒钟后，两行殷红的鲜血顺着石头流下。

皮三儿张了张嘴，"扑通"一声倒在了地上。

"呸！"陈建生丢掉沾了鲜血的石头，他看着地上躺着的脑袋开瓢的皮三儿道："三成？你敢跟我要三成？你算个什么东西！半成都没有！那都是我陈建生应得的！呸！"

踢了踢皮三儿，见他没什么反应了，陈建生扭头朝四周观望了起来。

我忙缩回去藏好。

好险，差点儿就被发现。

随后只见陈建生拖着皮三儿的双脚，把他拖到了塑料筐前。

"三儿，安心点儿走吧，你的那份，陈哥我先替你留着，你放心吧。等你到底下见到咱们的支锅和后勤了，你也替我带句话，就说逢年过节的，我都会给他们烧点儿洋房、美女的。"话罢，陈建生抬起了他的上半身，看那架势，摆明了是要往塑料筐里丢！

亲眼看见这样的场面，我顿时有些慌神。

皮三儿身高一米七五左右，但他的身子壮实得很，陈建生可能是一时手滑，这一下没把人整进去，反倒是"砰"的一声，把皮三儿又放倒了。

这一下让皮三儿的后脑勺着了地。

没承想，皮三儿被磕醒了——他没死！

皮三儿满脸是血，骂了句脏话，挣扎着想要站起来。

陈建生慌了神，连忙压住皮三儿，直接用双手死死地掐住了他的脖子！

不过一两分钟，皮三儿的脸色就由红变成了紫，随着陈建生手上的力气不断加大，他的脸色又变成了猪肝色。

就在这时，皮三儿的头一点点地转了过来。

视线不偏不倚，和我正对着了。

他看着我，我也看着他。

刹那间，皮三儿的眼神里仿佛充满了惊恐、愤怒与害怕，他高高举起左臂，指向了我藏身的地方。

"死吧！死吧！"陈建生仿佛走火入魔了一般，丝毫没有在意皮三儿的举动。

三分钟后，皮三儿双腿一松，不再挣扎。

陈建生从尸体身上翻下来，他擦了擦脸上的汗，不断喘着粗气。

休息了一会儿，他把尸体搬进了塑料筐里。

"扑通"一声。

随后我就看见，不过几秒钟的工夫，那些乳白色的液体就变得像烧开了的水一样，不断地沸腾冒泡。

整个过程前后持续的时间不到十分钟，一个大活人，最后连渣子都没有剩下！

那些液体还是像牛奶一样白。不知道是不是我眼花了，有一瞬间，我仿佛看见里面泡着的黑影的头好像动了一下！

看着眼前自己的杰作，陈建生的嘴角露出一丝笑容，随后，这抹笑容又被他隐藏了起来。

陈建生用布把塑料筐盖住，一拍双手，嘴里吹着口哨，一脸轻松地向我这边走来。

他要出山洞！

我立即后退几步，藏在了一块凸出来的石头后面。我比较瘦，加上我一个劲地往回缩肚子，他刚出来，我刚藏好。

很险，没有被看到。

陈建生一边走，一边哼着小曲。

声音渐行渐远，我暗骂了一声"死变态"，出去一定报警抓你，随后我贴着石壁，猫着腰跟了过去。

我很好奇山洞里的那个塑料筐，我知道那里肯定藏着什么秘密，但我现在没有时间去看那东西,我必须要跟着陈建生。跟着他,我才有机会找到红姐和孙家兄弟,我猜想他们昏迷后肯定是被分开关起来了。

"陈土工。"前方忽然有人说话。

悄悄一看,我发现说话的人是侏儒老头身边的那两个中年人之一。

"剑哥。"陈建生连忙弯腰。

"陈土工,你身边的那个小兄弟呢?刚才你们不是一块儿走的吗?"

陈建生表情自然,拍了拍自己的额头,笑道:"剑哥,你说三儿啊。懒驴上磨屎尿多,他突然肚疼,在上大号呢。看他那样,估计一时半会儿的好不了,应该是吃坏了肚子。剑哥,我们别等他了。"

听了陈建生的解释,中年男人点点头。

"怎么了剑哥,你看什么呢?"说着话,陈建生也扭头看了过来。

我紧贴着石墙,都不敢呼气,脑门儿上都出了汗!

"没什么,可能是我的错觉吧,最近我变得有些疑神疑鬼。"中年男人道。

陈建生心里有鬼,便假笑着催促说:"我也觉得没啥事,赶紧走吧,剑哥,咱们去准备下一步。"

"剑哥,后面有什么东西?"刚走没几分钟,陈建生见中年男人不时回头观看,便疑惑地问了句。

被唤作"剑哥"的男人没说话。

走到一处空旷的地方,他们停了下来。

我一看,这里平地而起搭着一顶很大的军绿色帐篷,我目测了下,这顶帐篷的长度在十米开外,拱形圆顶,中间留着门,从外形上看,非常像内蒙古那边的蒙古包。

他们撩开门帘,直接进去了。我在原地等了三五分钟,觉得时间差不多了才猫着腰跟了过去。

门帘那块儿有条缝,我偷偷往里一看,里面有三个人,都戴着面罩,还有几台我见都没见过的仪器放在桌上,此外,还有一个小型的柴油发电机正在工作。

我十分疑惑,心想:"乖乖,这是在干什么,怎么把柴油发电机都整来了。"

"进行得怎么样了?"中年男人进去后便问。

其中一位穿白大褂的人开口说话了。这声音一听,竟是清丽的女声,应该是个年轻女人。

女人抱怨说:"这里的条件太艰苦了,不知道老师收了多少费用才派我们来这儿,这里的条件,还不如我们实验室的百分之一!"

抱怨了几句后,她继续说:"你给我们的样本,我们已经看过了。"她指着一台仪器说:"很奇怪——这份生物样本体内几乎没有水分,但部分细胞似乎依然有活性,除此之外,样本内有一种类似玮氨基酸的物质,这种物质成分以现在的条件来看都极难提炼。你实话告诉我们,把我们请来到底让我们研究的是什么?"

"你的话太多了,"中年男人冷声说,"完成你们的本职工作,然后拿钱走人,不该问的,一句都不要多问。"

那女人也来了脾气,一把摘下面罩。

她是个很好看的女孩,五官立体,皮肤白皙,眼睛很大,年龄约莫才二十岁,是个大美女,长得很像混血儿,能说一口流利的普通话。

"喂,你这是什么态度!"女人气势汹汹地发脾气。

一个男人马上拉住她,劝道:"小安,别冲动,老师让我看着点儿你,让你别犯傻。"他的言下之意再明白不过,意思就是这些人我们惹不起,姑娘你给我收敛点儿。

马上,劝架的男人又笑着说:"老板放心吧,我们的进度很快,再有两三天就能提炼出你们想要的东西。毕竟咱们这儿条件艰苦,缺少设备,您多担待点儿。"

"一天,我们最多再给你们一天的时间。"中年男人看了下手表,道,"明天这个时间点,我必须要见到最后的成果。"

说完这话,男人直接扭头向外走来。

情急之下,我藏在了帐篷后面。

陈建生出来送男人,他拍着胸脯说:"剑哥,您先去,这里我帮你催着点儿,小绺头大人那儿还得麻烦您多美言几句,呵呵。"陈建生不停地来回搓手。

男人走后,陈建生大大咧咧地坐在椅子上,他点着一根烟,跷起二郎腿道:"美女,我不像刚才那人那样,我这人比较好说话。听说从那具古尸上提炼出来的东西能让人返老还童,长生不老?这是真的还是假的?"

叫小安的女人摇摇头说:"离那步还差得很远。说实话,我不认为凭借我们现在的技术能做到那一步,我们提炼出来的东西充其量只能算是一种试验品。"

说着话，女人拿出一个小玻璃瓶，玻璃瓶里装着一种淡蓝色的半透明液体。

"就是这东西。"女人晃了晃透明的玻璃瓶。

陈建生咽了口唾沫，眼神直勾勾地盯着小玻璃瓶里的淡蓝色液体。

陈建生深吸一口烟，烟雾从鼻孔中缓缓冒出，他笑着说："你们继续，只当我不存在。"说完话，他弹掉了手中的烟头，开始闭目养神。

"你们两个继续，我去方便一下。"女人将小玻璃瓶随手放进了白大褂的口袋里，突然交代了一句，转身便出了帐篷。

飞蛾山下的这件事，到现在为止，我还有很多地方搞不清楚，包括突然出现的这伙人，眼见对方落单了，偏偏还是个女的，机不可失，我知道眼前是个好机会。

这女的同伙叫她"小安"，我则称呼她为"安研究员"。

一路小步快走，安研究员最终把方便的地方选在了一处石头后面。

"不要动！"我瞅准机会，一步上前，从背后钳制住了她，并且用随身小刀片贴住了她的脖子。

"不要喊，敢喊我就割破你的脖子……"

"你……你是谁？"她眼神惊恐，说话的声音都变了。

这女的问我是干什么的，如果我想要钱的话，她有。

我怎么会要钱……

要钱会跑到这鬼地方来？

知道她是从什么天麟医药公司来的，我便编造身份，说自己是警察，来这里就是追着他们来的。

"警察？"她表情意外。

这年头到处在放警匪片，这女人年纪不大，我只是随口一说，没想到她竟然有几分相信了。

她尝试说："你能不能带我离开？他们想要的那种东西根本做不出来，我怕对方一旦知道真相会认为我们没用了，会将我们灭口。"

她又解释了一遍，我仍觉得不可思议，因为正常人都不会想着在古墓里做研究。

似乎察觉到了我表情不对劲，安研究员苦笑说："我们几个也是被老师骗了，本来说好的是去广东一家药厂协助研发新药，结果被人莫名其妙被人带到了这里，那个姓陈的，还有几个看着我们的人自称是什么长春会的。"

结合之前偷听到的那个叫剑哥的人和陈建生的对话，我大致理清了思路，那位所谓的长春会高层人物是想靠这蓝药水续命。但那怎么可能？

"求求你，我都告诉你了，你带我走吧，我一刻都不想留在这破山洞里了。"

我随手将小玻璃瓶装进裤兜，问："你知道自己在哪儿吗？"

她点头，又摇头："我只知道我们在顺德，其他的我都不清楚，我们上车前被蒙了眼，等我们再睁开眼就到这儿了。"

我想了想道："我跟你没仇，不会平白无故害你，不过……眼下情况特殊，若你和你那两个同伴还想出去，还想顺利离开顺德，就必须答应我的条件。"

她连连点头说："什么条件，你说。"

我说："让我混进你们的队伍，同时你来做我的内应。"

他们这几人，平时都用面罩、防护服捂得严实，我之前有注意过，其中一个男人的身高、体形和我很像，只要我戴上面罩，穿上防护服，不说话，估计不会被发现是冒充的。

这是我临时想出来的计划，不知道能不能行得通。

常言说"灯下黑"，要想有收获，不冒险不行。

我一再保证自己说话算数，只要她不反悔，不暴露我，那我就不会伤害她。

我说："就现在，你喊你那个男同伴出来，来这里。"

安研究员不解，问我要干什么。

"你别管那么多，照我说的做，赶快。"

她犹豫片刻，向前走了一段距离后，冲帐篷的方向喊道："许哥！许哥，我忘带纸了！你帮我送点儿纸来。"

我藏起来，伸手从地上捡起一块稍微光滑点的石头。

"哈哈，来了。小安你可真是，出来解手都不带纸啊。"

这男人慢慢走过来。

我瞅准时机，快步跑到他身后，用石头砸他的后脑勺儿。

这一下我已经收了力气，这男人还想回头，结果脚下晃了晃，昏了过去。

"许哥！"

"你干吗？"安研究员质问我。

我快速脱掉男人的防护服和面罩，直接套到了自己身上。

我边穿边说："你放心，他只是暂时晕过去了，人没事。如果你还想离开这里，就来帮我。"

戴好面罩，我摇身一变，变成了陈建生那伙人找来的研究人员。

安研究员看了看许哥的伤，咬牙说："你别骗我。"

我们结伴回去，走到门口时，我正了正脸上的面罩，压低声音说："记住我之前的话，咱们各取所需，相安无事，事后咱们天南地北，再不相见，你明白吧？"

她驻足了两三分钟，随后深吸一口气带头进去了

"美女啊，你这哪是去上厕所了？你们俩……该不会是一对吧……哈哈。"陈建生笑着看了我一眼，对我露出一个男人都懂的表情。

安研究员说："你别瞎说，就是去解个手而已。"

"老许回来了，你帮我把U形管拿过来。"突然，另一名白大褂男人冲我喊。

"U形管……"

我手忙脚乱地在架子上乱找，玻璃器皿碰撞，发出了响声。

这时除了安研究员，陈建生和那个白大褂男人都转过头看着我。

安研究院帮我解围说："东西在我这儿。你看我这记性，早上用过，忘放回去了。"

我隐晦地对安研究员使了个眼色。

她点点头，随后看向陈建生说道："喂，最后关头，我们这儿还需要一样东西——为了保证结果的准确性，我们要活体，年龄最好在三十岁左右，是女人最好。"

"啥玩意儿？你的意思是说，要拿活人做试验？还得是三十多岁的女人？这事你之前怎么没说过？"陈建生脸色诧异地问。

安研究员看了我一眼，厉声说："反正交代给你了，这是关键一步，你自己看着办吧，要是那伙人最后问起来为什么没成功，你别说我没告诉你。"

陈建生脸色微变。

几分钟后，他沉声道："等着，我去找人问问，看看能不能满足你们的条件。"

留下这话，他急匆匆地出去了。

"小安……你这是？"此时，那个白大褂男人显然不知道情况。

"师兄,你别管了,这是为咱们好。"安研究员找了个借口,应付了过去。

等待的时间过得很慢。

安研究员说的话都是我之前特意交代的。我也是在赌,赌这里符合条件的只有红姐一人,赌那帮人发现不了其中的问题,赌那位长春会大人物对这件事的重视程度。

随着时间的推移,大概过去了一个小时,我听到了脚步声,我就知道,我赌对了。

"我说陈后勤,你能不能老实点儿?进去!再不老实,陈后勤你可别怪我不留情面了啊。"门帘打开,红姐被人一把推了进来。

看到红姐完好无损地站在我面前,我心里很激动,没想到,我误打误撞的计划竟然成功了!

"好了,你出去等吧。"安研究员瞥了一眼陈建生。

"那可不行,我有任务,得看着你们几个。"陈建生摇头。

"那你在外头不能看着?我们还能跑啊?怎么,女人脱衣服你也死皮赖脸地要看?"安研究员大声说。

陈建生回道:"别和我耍花样!出结果了一定要第一时间通知我!"话罢,他气冲冲地转头走了出去。

"呸!"红姐双手被反绑,听到我们说要脱她的衣服,她朝我吐了口唾沫,脸上挂着轻蔑的笑容。

"嘿,你这女人,干什么呢?"男研究员问。

"呵呵。"红姐头发散乱,她嘴角勾起,回以冷笑道,"一帮小鸡仔。"

"你这女人嘴真臭!你骂谁是小鸡仔呢!"

"别,李哥,你别和这女人吵架。"安研究员插话。

"小安,我怎么觉得你今天好像变了个人一样,说的话没头没尾的,我都听不懂。还有你,"李争转而看着我说,"还有老许你,往常就你话多,今天这是怎么了?转性了?出去一趟,你是丢魂了还是咋的!"

我看着安研究员,和她四目相对。

她对我点了点头。

"你俩到底在干什么?打什么哑谜?"李争后退一步问。

深吸一口气,我目不转睛地看着他,缓缓地解开了自己的面罩。

李争见我不是老许，双眼大睁，正要发作，安研究员立即对他做了个噤声的手势。

她同时指了指门外，示意陈建生在外面。

红姐瞪大眼睛看着我，表情不可思议，她咬着牙，嘴里蹦出两个字。

"云峰？"

"嘘！是我，红姐，别出声！"我指了指帐篷外。

红姐还在愣着，只听男人说："你是谁？老许呢？"

我悄悄往外看了一眼。

陈建生正在不远处来回踱步。

转过身，我看着李争小声说："你不用问我是谁，我就说一件事，你和她，想不想出去？"

李争皱眉："你先回答我，老许呢？"

"李哥，老许没事，这人可能是……"安研究员小声地在李争耳边说了几句话。

李争狐疑地打量我，问我有什么计划。

这个叫李争的人是国内某所著名医科大学毕业的高才生，因为家里关系硬，毕业后这几年他一直和安研究员一样受雇于一家私人药企。这家药企很有名，在电视广告中经常出现。

至于骗他们过来的那名所谓的老师，安研究员避重就轻，没有明说。

红姐理清了来龙去脉，小声说："云峰，接下来你准备怎么办？我知道老大他们一伙人被关在哪儿了，你准备怎么救？"

一听这话，我松了一口气。

红姐说她知道老大他们被关的地方，这省了很多事。

"过来，我们这样干……"

"这能行？万一被发现了怎么办？"听了我的计划，李争眉头一挑，继续道，"先不说别人，就那个身高不足一米五的小老头，你之前见过吧？"

我点头说见过一次。

李争压低声音说："那小老头，啧……之前我们刚到这里时，碰到了几条四脚蛇，结果你猜怎么着，那小老头随手扔出三把飞刀，每一把都准确无误地扎穿了四脚蛇的蛇头！"

"什么东西？飞刀？"我眼睛一瞪，说，"你不是瞎说吧？现在都什么年代了，还有人用那种东西？"

"我骗你干什么，我说的句句属实，要不是亲眼所见，我能跟你瞎说？"李争的样子不像在说谎。

"你想想，万一我们被发现了，那人不得一下把我们扎透？"

听到这里，红姐轻叹了声："云峰，他说得没错，我小时候听父亲提起过此人。父亲说，苏秦背剑小绺头是长春会内的前辈，资历虽然不是最老的，但也排得靠前。在长春会内，我爷爷煤马眼镜陈和这人平级。"

"这人惯用三寸半飞刀，父亲生前曾调侃说，小绺头身上总有甩不完的飞刀，寻常人根本近身不得。我们的计划要是被他发现了，确实会凶多吉少。"

听了红姐的话，我在帐篷里来回踱步。我不相信李争，但我相信红姐的话。

我想的事儿很多。不单单是那个小老头很难解决，还有一件事摆在众人面前——就算我们和安研究员一起躲过了那伙人，但是，出去的路在哪儿？对方连柴油发电机都能整下来，那肯定这周围有出去的路！

"轰隆！轰隆！"

红姐刚说完话，就在这时，头顶上突然传来了阵阵打雷声，我们都听得很清楚。

南方多雨少雪，顺德此时正在春夏交替之际，打雷下雨是常有的事。听着头顶传来的阵阵雷声，我把注意力放到了墙角的一口大缸上。

大缸里有半缸水，水很清，是安研究员这伙人平时洗漱用的。

看我眼睛一眨不眨地盯着水缸发呆，红姐小声道："云峰，你是想……"

我看着红姐，点点头，指着头顶上说："正好打雷了，死马当活马医，我想试试。万一这办法有效果，我们或许能找到出去的路。"

"可是……"红姐欲言又止。

我懂红姐的想法，她可能想的是我不会这种本事，毕竟我看着年轻，之前我也没说过自己有这方面的经验。

我说的办法，寻常人可能没听说过，但在过去有很多实例。

过去行里说，北边的讲究望闻问切，南边的讲究嗅查探打。这二者之间有些许共同之处，但细究起来，还是有区别的。

看山不喜平，"望"的意思就是看，看整座山峰的山峦走势。古人比现代人更讲究阴宅风水，行内人看特别好的风水宝地，一眼就能看出来。

关于看，还有别的一些小技巧，单举一个例子，就说有人到农村去，看到了一片庄稼地，地里别的庄稼长势都很好，唯独中间有一块地方的庄稼长势不好，那么行家到这儿其实一看就知道了，说明这地底下有七成的概率有古墓。

古墓中有膏泥夯土层，这就影响了庄稼对雨水的吸收，所以庄稼长势就不好，这就叫"望"。

先不说闻，先说问和切。

"问"就是打听，为啥打听村子里那些上了年纪，家里祖祖辈辈都居住在村子里的老人，撒上几根好烟，听这些老人讲讲本地的故事、传说，往往就能得到很有用的消息。

明代洪熙皇帝的第九个儿子梁状王的墓葬的位置，就是从梁村里一位老人的口中打听出来的。

"切"就是把脉，在北派里又分着上切和下切，上切的意思是切入口，就是研究从哪个位置下铲能直接打到地下的主墓室，其暗合了直达病灶的意思。

下切的意思是指开墓里的棺材，这是有规矩的，若墓主人的尸骨还在，摸冥器时应从头开始摸，直到双脚。

最后就是这个闻。"闻"的意思就是听，听声音，这也是我想用来找出口的办法。

我想用这个法子，是因为数月之前的某一日，我和把头闲聊，把头跟我说起过这件事。我当时听了很心动，但因为入行时间还短，所以没机会尝试。把头说自己老了，用这法子不太行了，要想提高这法子的准确性，耳朵一定得好使，这也是看天分的。

把头告诉我，有的人能让自己的耳朵上上下下来回动，若有人指点训练，这类人就适合"听雷"。相反，还有人不管怎么学，自己的耳朵就是动不了，把头说这类人就是没有天赋，可能用不了"听雷"这一招儿。

当时听了把头这话，我很高兴，因为我的耳朵就能动。

我小时候经常这么干，只要我皱着眉稍一用力，就能控制自己的耳朵来回动，而且能分开控制，想让左耳动左耳就动，想让右耳动右耳就动。

不知道这是不是所谓的天赋。

这里没有卫生间，但有个后门，能一直通到山洞另一头，平常他们都在那边儿方便上厕所。

制订好计划之后，安研究员故意把柴油发电机的功率开到了最大，以此来掩盖我们挪动大缸的杂音。

"开那么大声？好了没，我能不能进去了？"听到发电机的轰鸣声，陈建生在外面喊道。

"别！还没！"安研究员大声喊，"进行到一半了，我们弄好了就喊你。"

随后陈建生在外面嘀咕了一句什么，我没听清楚。

就在这时，不知道从哪儿传来了两声怪叫声。

"咕……咕……"这声音听着像是某种鸟类发出的，也有点儿像鸡叫声。

我疑惑道："怎么下面还养着鸡？"

红姐愣了愣，没回答我。

"红姐？红姐？"看红姐愣神，我连叫了两声。

"估计是山鸡之类的吧，没什么。"红姐岔开话题，指着水缸道，"别管这些没用的，我们开始吧。"

我们开始行动，先合力倒掉了水缸里存着的水，然后在水缸里放上一把铲子，最后将水缸放倒地，小心翼翼地推着往外走。

因为大水缸很沉，搬起来比较吃力，所以我们只能一点点儿转着滚出去。

刚出来不久便闻到有股味，李争小声说："都注意点儿脚下，看到有卫生纸团的地方就绕着点儿走，别不小心踩到了。"

安研究员听了这话，有些不好意思，讪讪地笑了笑。

打雷声还在继续，就是不知道外面有没有下雨。我心里祈祷着雷声千万别停，万一停了，我的办法就不灵了。

大水缸很沉，几人转着走了没多久，李争就吃不消了，他喘着气抱怨："带着这么个大家伙，我们要走哪儿去！要是还得走上一两个小时，别说被那伙人抓到了，我们几个都得先累死在这儿！"

我打量了一下周围，觉得这里的条件还可以，便说不用走了，就在这儿干。说完，我指了指中间的一块空地。

我们简单清理了碎石，看准位置，我直接下铲子开挖。也是运气不错，土下面没什么大石头，泥也不硬。挖坑是个力气活，自然是男人干的，我和李争交替作业，用了十多分钟便挖了一个土坑。

　　这坑不大不小，刚好能容下我们一路滚过来的大水缸。

　　几人合力把水缸推到挖好的坑里，安研究员抹了抹汗，小声说："这法子真有用吗？别到头来我们白忙活一场，最后还是被人抓回去了。"

　　红姐听到这话，不高兴了，皱眉道："隔行如隔山，不懂不要瞎说，实在不会说话就说点儿吉利的。"

　　红姐性格开放泼辣，安研究员胆子小，她只想逃离这里，被红姐说了两句也没发作，只见她俏脸涨红，不敢还嘴。

　　"云峰，上吧，把头教过你，我信你。"红姐向我投来了鼓励的目光。

　　点点头，我深吸一口气，叮嘱了一句"你们千万别说话，会影响到我"，然后直接跳进了水缸里。

　　土里刨个坑，水缸埋地下。

　　这口缸可以理解成回声收集器，其原理有些类似于那种简陋的竹筒传声装置，区别是竹筒传声的介质是一根线，而水缸收集回音的介质是地面。

　　打雷声越大，地下传来的各路回音就越清晰，这就好比一个人在山洞里放炮仗，炮仗声扩散到死路和活路后再传回来，那回音肯定不一样。

　　在行里，这法子叫"听雷"。

　　传闻以前厉害的师傅还能听风和听物，要想达到听风、听物，没有后天大量的训练是做不到的。

　　周围寂静无声。

　　"轰隆！"春雷响起。

　　"不行，还不够，求老天爷给个面儿，多来几下。"我蹲在缸里，仔细听着地下传来的雷声回音，心里祈求着老天爷能多打几个雷。

　　"轰隆轰隆！"

　　安研究员他们在上面可能没什么感觉，可我耳朵前后一动，听出了不对劲儿。

　　看我睁开眼了，红姐期盼地看着我，问怎么样了。

我从水缸里爬出来，努力回忆着其中一道雷声传来的方向。随后我弯腰用小木棍在地下摆了个三角形，三角形的尖头冲着西南方向，呈现四十五度角。

我看着自己用小木棍摆的三角形，指着一处地儿说："那个方向回音不一样，很有可能通向地面。"

红姐点头说："这样一来，我们心里就有个大概的前进方向了，不至于像无头苍蝇一样到处碰。"

她转头看着安研究员问道："既然已经知道路了，你俩是要自己走还是跟我们一块儿走？不过我可事先说好，我和云峰还要去找人、救人。"

安研究员陷入了沉思，反倒是李争很快做了决定。

"我和小安还要回去一趟，我们要找老许。既然知道了大概方向，那我们就不跟你们一道了。另外，我说点儿吉利话——如果我们都平安出去了，以后欢迎你们来玩，到时代广场的85号就能找到我。"

就这样，我们互相说了几句客套话，李争留给我和红姐一支手电，说让我们照明用，随后我们四人在此分开。

他俩要回去找同伴老许，我和红姐也要去找大哥他们。我在心里叹了一声：但愿双方都能活着出去。

"红姐，你确定是这里？怎么没人看守？大哥他们被小老头那伙人关在这儿了？"我看着眼前问。

地上有张圆形石盖，移开石盖能看到一架梯子，看来之前来这儿的人是顺着梯子爬下去的。让我感到奇怪的是，这周围并无人看守，没看到一个身影，可以说是毫无防备，怎么看都不太像是个秘密关人的地点，说得不好听点儿，这里就像是个大点儿的老鼠洞。

"没错，就是这儿，先前和老大分开的时候，我留意过，当时他们就停在这儿。"红姐看起来很相信自己的记忆力。

我说："那好吧，既然现在没人看守，那咱们就下去看看。"说完话，我咬着手电，率先爬下了梯子，红姐紧跟在我后面。

踩实地面下来后，我抬头用手电筒往上照了照，这梯子能有七八米高，地洞墙壁的岩石看起来不像是新开采的，那些露在外面的石头棱角大都已经风化磨平了。

我问红姐该往哪个方向走，红姐看过四周后，坚定地指着左边的方向说往那边走。

看她毫不犹豫，如此笃定，我有些意外，便问："红姐，你是怎么知道的，难道你之前来过这里？"

她摇摇头说："没来过，只是猜的，反正总要选一个方向。我这叫'女人的第六感'，有时还真的很准呢。"

我心想：那好吧，至于你这所谓的"女人的第六感"到底准还是不准，走到头看看就清楚了。

第七章
局中局

顺着红姐指的路，用手电照明走了几十米，我在地上发现了一个薄膜塑料袋，袋子上有商标，是超市货架上那种装速食面包用的。

我头也没回，皱眉说："小心点儿啊红姐，这附近可能有人。"

红姐并没有答话。

"红姐？"我转过头一看，周围光线黑暗，我的身后空荡荡的，连红姐的半个影子都没有！

她不见了！明明刚才还跟在我身后的！

我跑前跑后找了一圈，越找越心惊。我想大声喊红姐的名字，但是不敢，因为我怕这附近有那伙人，山洞空间传音效果很好，我不敢大喊大叫。

紧张到额头出汗，我不断小声呼喊红姐的名字，始终没人回应。

忽然间，我用手电一照，看到西北角方向有个人背对着我。这背影一动不动，看衣服应该是红姐。

"吓死我了，我叫你，你怎么不回话呢？"

她还是站在那儿一动不动，仿佛没听见我说话。

快步走到她面前，我举着手电筒一照。

红姐此时脸色苍白，眼神呆滞，对手电光都没什么反应！我用手电照她，她连眼睛都不带眨的！

"咕……咕……"身前黑暗处突然传来了几声鸟叫，这叫声和我之前听过的一模一样，红姐当时还说可能是山鸡之类的，让我别太在意。

此时，前方黑暗处浮现出几点火光，这些火光忽大忽小，忽远忽近，宛如从地狱里飘上来的鬼火。

我拉了拉红姐，下意识地后退两步想要跑，可她站得很稳，我都拉不动她……

那几点火光离我越来越近，黑暗中逐渐浮现出几张面孔。

看着这些人，我心里万念俱灰，心道：这次算是完了，我得交待在这儿了，我们这个团队要全军覆没了。

对方一共五个人，其中三人举着燃烧着的火把。

小绺头、高个子中年男人剑哥、陈建生，还有两人，一男一女，我并不认识这二人。

小绺头背着双手，面无表情。陈建生则举着火把，嘴角挂着笑，像看猎物一样盯着我。

那女人身材高挑，一身黑衣，眼睛瞳孔呈淡黄色，更引人注意的是，她左边肩膀上立着一只没拴绳的纯白色猫头鹰。

猫头鹰的瞳孔呈现一条淡黄色的竖线，和女人的眼睛十分相似。我和那女人对视了一眼，只觉得心底发怵。

她的眼神太冷了。

陈建生举着火把看着我，笑道："你小子还挺能耐，之前是我们小看你了。你竟然能从蛇坑里跑出来，看着年纪轻轻，还是有点儿手段的啊，也不枉我们费尽心机地来逮你。"

看着陈建生，我深吸了一口气问："红姐是怎么回事？你们是怎么回事？你们是怎么发现我的踪迹的？"

"咕……"站在黄眼睛女人肩膀上的猫头鹰发出一声低鸣。

红姐听到这畜生的叫声，身子竟然动了一下！

小绺头看着我说："小娃娃，我帮你介绍一下，这位是八小门鸟口金传人温云姑娘，鸟口金擅长训练猫头鹰和野鹳，只要让人吞下指儿金，温云姑娘便能通过鸟叫声控制住这人的基本行动，这也算是旧时的奇门技巧的一种，和老海狗的迷魂香如出一辙。"

我心里又惊又怒！如此看来，陈建生和这伙人早就知道了我的计划！

陈建生之前故意装作不知情，任凭我假扮老许，还任凭我索要红姐当试验品，就是在借坡下驴，耍着我玩！

换句话说，从红姐第一次进帐篷开始，她就已经被人强行喂了那什么指儿金，被玩猫头鹰的这女人控制了……

怪不得，红姐故意说知道大哥、三哥他们被关在哪儿，而且刚下来时，红姐很坚定地指了左边那条路，最终才把我引到了这里，引到了这伙人面前。

这是瓮中捉鳖。

看来安研究员那伙人也危险了。

我以为自己是孙猴子，想翻天，还幻想着凭借一己之力救出所有人，结果最后才发现自己江湖经验不足，被对方拿来当猴耍。

我唯一搞不明白的是，对方既然早就发现了我的计划，凭他们的人力，大可直接把我抓住，可为何他们这伙人要费这么大劲儿，把我引到这里来？难道是这个地方有什么说法？

我看着眼前背着双手的小绺头，咬牙问道："为什么？我相信你们如此费心地在暗中做局，不单单是想耍着我玩儿吧？"

"耍你玩儿？"小绺头摇头笑道："小子，你太高看自己了，你不过是只小鱼儿。我们不过是在钓鱼而已——把你挂在钩上当我们的鱼饵，钓你背后的大鱼。"

"什么小鱼、钓鱼的，我根本听不懂你在说什么，事已至此，要杀要剐随你们的便！"心里有种不好的感觉，我隐隐猜到了一点儿他说的大鱼是什么。

"呵，"陈建生笑道，"小子还挺有种。不过，我看嘛……就是在装模作样而已啊。"

话罢，他转头看着小绺头，一脸谄媚地道："大人，大鱼儿什么时候咬钩？不知大鱼现在是在水面下还是在水面上？依我看，凭大人您神出鬼没的四寸飞刀，这些大鱼只要敢从水面冒头，肯定是死无全尸啊！"

"不用拍马屁。"小绺头皱眉说，"如果我猜得没错，对面至少有一位不弱于我的人物，希望不是魏文通和乞丐刘吧……"

陈建生惊呼："大人，魏文通不是十几年前就得癌症死了吗？乞丐刘听说也有些老年痴呆，早就半身不遂，坐轮椅了！"

小绺头苦笑着摇头说："十三年前，自副会长掌握实权以来，偌大的长春会几近分崩离析，其中有些人或隐入民间，或借着生病的借口脱离组织，告老还乡了。建生你虽是白春点的后人，但有些事，你知道得还是太少了……"

陈建生听后陷入了沉默，不再言语，脸上的表情有几分凝重。

小绺头抬头看着黑暗处，喃喃自语："希望地宫里的东西有用，能让副会长大人再多活几年，否则的话，江湖上……又要不太平了。"

看眼前几人在那儿感慨，瞅准了机会，我突地掉头逃跑，开始一路狂奔！

看也不看身后一眼，我甩开膀子玩命地跑！

我很清楚，只要我先这些人一步爬上梯子，然后把上面的盖子反盖住，我就可能有一线生机！

三十米！十米！五米！

眼看着就要摸到梯子了，忽然间，我听到自己身后传来了猫头鹰的咕咕叫声，还有扑棱翅膀的声音。

人就算跑得再快，终究是跑不过长着翅膀的鸟的。

那只猫头鹰准确无误地落在了我的左肩上。

我回头一看……黑暗中，那女人的眼睛好像在发黄光。

那只猫头鹰扭头盯着我看，它淡黄色的竖线瞳孔里，映照出了我的整张脸。

而我一动不动。

这岩洞就像地牢，上面的盖子一盖，下面的光线瞬间暗了下来。

刚才我有一种很强的感觉——只要我敢稍一乱动，那只猫头鹰就会立刻啄瞎我的眼。

……

小绺头一伙人走后，这下面只剩下我和红姐，我们被关在了这里。

大概两个小时后，红姐的神志才恢复正常。她告诉我，她对之前的事还有印象，她也想过反抗，但身子不听使唤。

我和红姐坐在地上背靠着背，她告诉了我一些事，是关于那猫头鹰女人的。

她说她之前被人强行逼着吞了一小包东西，那包东西就是所谓的指儿金。

我的胳膊疼，还又冷又饿，我强忍着问道："指儿金里包着的是什么东西，怎么好端端地就能控制住一个人？是不是比那个老海狗的迷魂香还厉害？"

黑暗中，红姐无力地说："你听说过一个叫'鹧鸪哨'的男人吗？"

"鹧鸪哨？就是那个能学天下所有鸟叫的人？"

"没错，就是那个人。这种职业都是以前的皮行，男的叫'鹧鸪哨'，女的叫'鹧鸪婆'，这行本就人少，女的鹧鸪婆就更少了，屈指可数。我们刚才见到的那女人，就是真正的鹧鸪婆。我之前也没想到，竟然还有这么年轻的鹧鸪婆。"

皮行就是以前变戏法的，据红姐说，过去皮行里有很多人都有真本事。

现在人接触过的比较熟悉的皮行，像三仙归洞、吞宝剑、吞铁球、喉咙顶枪尖，这些手段在以前的皮行里都只能算下等。

鹩鸪哨和鹩鸪婆一个会学鸟，一个会驱鸟，这里面有很多不传之秘，是寻常人根本理解不了的。

我又问："红姐，你之前吃下了鹩鸪婆的秘方指儿金，会不会以后还受那女人控制？"

红姐拍拍我的肩膀，叹了口气道："会是会，但不是现在。鹩鸪婆想要控制我，就必须和上一次的控制时间有间隔。指儿金里包的不是真金子，而是一种药。我在外面道上认识几位南苗疆的黑苗，他们能帮我解决肚子里的指儿金，但前提是我们还能出去。"

"能出去！我们肯定能出去的，红姐，你要对自己有信心！"

可能是太累了，红姐心情低落，她叹气说："这么多年来，我混迹在不同的团队里，虽然心里不想承认，但其实我也知道自己不够强。"

"我父亲没把爷爷的本事传给我，他说女孩子家不能成天舞刀弄枪，父亲说现在日子好过了，以前的那些旁门左道已经没用了，我应该找个好人家，相夫教子才对。"

说到这儿，红姐突然神情激动起来。

她把牙齿咬得"咯咯"直响。

"若父亲将爷爷的煤马刀传给我，他就不会死得那么惨！没错！我只是一个女人！但若是我有爷爷的本事，若我会用煤马刀，我必提刀北上，杀上东北！杀上长春会！为我们陈家报仇雪恨！"

激动过后，红姐已经泣不成声。

我认识她这一年来，从没有见她哭过。

黑暗中，红姐埋头哭泣，她的上半身微微颤抖着，起伏不定。

这一刻，她不再是道上臭名昭著、风流成性的"一颗痣"陈红，她只是一个受伤的女人。

而我只是一个比她小十多岁的少年郎。我没什么本事，少年入行，我也从未接触过她口中所谓的江湖。

黑暗中，我轻轻抱住红姐，希望能给她些许安慰。

红姐的爷爷是煤马眼镜陈，我在脑中想，这人到底长什么样？是不是一个戴着圆边眼镜，手提煤马大刀的人？

按照时间算，若此人还在世，年龄应该比小绺头还要大上不少。

若这位高手还在世……我想，他应不会让自己的小辈被人囚禁，受此委屈。

到目前为止，这件事牵扯进来很多人，小绺头介绍时说过，说猫头鹰女人是什么小口金传人，并不是姓朱，而是姓温，叫温云。

二十多岁的鹩鸪婆，放到以前那也是惊才绝艳之辈，看来这次小绺头身边集结了不少的高手。

正在此时，地牢盖被人从上面掀开了。

"下去！老实点儿，要是还敢跑，嘿嘿，看见你朋友刚才的下场了吧？"

安研究员披头散发，被人从梯子上推了下来。随后，上面那人又扔下来一个麻袋。

麻袋形状滚圆，不知里头装了什么东西，落地后还滚了几下，滚到了安研究员身边。

"呸。"那人朝我们这边唾了口痰，重新盖上了盖子。

"你怎么样，有没有受伤？"她被人从那么高的梯子上推下来，我有些担心，忙跑过去搀扶她。

安研究员不停重复着一句话："不该跑的，不该跑的，我们不该跑的。"

"云峰你跟她说说话，她这是吓着了。"红姐看了安研究员的模样后直摇头。

我知道这女人胆子小，所以轻声安慰她："你看看，是我啊，别怕。你那两个同伴去哪儿了？"

五分钟后，她的眼神才清醒了几分。

她颤抖着手，指向了那个被人从上面扔下来的麻袋。

疑惑地看了眼麻袋，我小心翼翼地走过去解开。

一见其中之物，我后退两步，惊恐地大喊道："是那个老许的人头！"

可能是我的话刺激了安研究员，她此刻不住地摇头念叨："马上该我们了，马上该我们了，下一个就轮到我们了……"

"李争呢！"

"死了，死了，都死了。"安研究员痛苦地盘腿坐在地上，她眼神惊恐，像看到了什么吓人的东西。

"活生生的一个人，几小时前还好好的……"我脑海中浮现出李争穿白大褂的样子。这人还和我约定过，说要是我们都活着出去了，让我去时代广场找他玩。

没想到，几个小时候后，他竟然……

红姐沉声问安研究员："我问你，这两个人是谁杀的，是小绺头？他费那么大力气找你们过来，还费财费力地运过来那么多设备，你们是因为害怕而逃跑了，可就算这样，你们也对他有大用，他们怎么会杀人？"

"难道……"红姐看着安研究员，狐疑地问，"难道他们的死另有隐情？你肯定知道什么！快说！"

"我不知道，我不知道，我什么都不知道，我什么都没看见，我求求你不要问了……"安研究员不停地薅自己的头发，一薅一大把。

黑暗中，红姐起身走到安研究员身前蹲下。

"抬头看着我。"

安研究员眼神迷茫地抬起了头。

"啪！啪！啪！"红姐使足了力气，连续扇了她三个响亮的耳光。

耳光声音响亮，我听着都觉得疼。安研究员的嘴角都被打出血来了。

红姐冷声说："清醒点儿了没？要是还不够，我不介意帮忙多来几下。"

被打得嘴角流血，安研究员哭哭啼啼地说："是药，是尸体！尸体咬死了老许，是泡在水里的尸体。"

"说清楚点儿！什么药！什么尸体！是谁的尸体！"红姐不依不饶地厉声呵斥。

我下意识地往裤兜一摸，冰凉的触感传来。我把东西掏出来，是一个装着淡蓝色液体的玻璃瓶。

"药？是这种药？这药是你给我的啊。"我举着瓶子问。

看到小玻璃瓶内的淡蓝色液体，安研究员瞳孔瞬间放大，她身子发抖，不停地点头。

我皱眉问："你不是说这东西没用吗？说它还只是个半成品，还说什么以现在的技术，根本不可能实现提炼。"

"不，不是的，我们错了！"她指着我手中的玻璃瓶，颤声道："那……那不是人世上的东西，那是妖怪的！"

"什么东西？妖怪？"同伴死在她面前，我以为她受了刺激开始说胡话了。

见我和红姐不以为意,安研究员突然像发了疯,她趁我不注意,猛地把玻璃瓶从我手中抢了过去!

"别过来!"她举着玻璃瓶大喊。

伴随着她的动作起伏,玻璃瓶内的那些淡蓝色液体左右摇晃,感觉随时有可能洒出来。

"退后!我说的都是真话!你们要相信我!"

"信了!我们信了!你冷静!"

看她情绪稍微平复了些,我又问:"还有呢?我记得你刚才还说过什么尸体,那是怎么回事?"

"不,不是尸体。"她眼神惊慌地四处乱看,恐惧地说道,"不是尸体,是妖怪,浑身流脓水,头发很长,个子很矮,没穿衣服,像个小老太婆。"

我联想到了之前见过的一幕——之前,陈建生用石头砸死了想要分钱的皮三儿,我亲眼看到皮三儿的尸体在塑料筐内腐蚀殆尽。

我留意过,塑料筐内的白色液体里泡着一个黑影,看轮廓有四肢,像是一个人。

我一头疑惑,心想:"先前的金棺银椁里躺着的是二哥,没看到墓主人的尸体。会不会是那伙人把尸体弄了出来,泡到塑料筐的白色液体里了?"

二哥失踪了一段时间,我们发现他时,他肚子上还趴着四脚蛇。陈建生那伙人说二哥的血不行,这事导致二哥现在生死不明。

越想越后怕,我额头上开始冒冷汗。安研究员说不是尸体,是个头发很长,个子很矮,浑身流脓水的老太婆……

我冒汗是因为我突然回想起一个人。

没下墓前,我在星星大饭店陪李静过生日的那天,我碰到了姚玉门和几个西装男。姚玉门当时把我叫到二楼一块儿吃饭,吃着吃着,她随手拿出了一张罗盘。

我记得很清楚,当时那张罗盘上的银针不停地摇晃,指针一直指着我的身后。

我还记得她说过一句话。

姚玉门当时笑着说:"云峰啊,你身后正站着一个饿死的没牙老太婆。"

当初发生的这件事,我没敢告诉红姐。

我暗自摇头否定,这不可能。姚玉门当时说这句话应该只是开玩笑,并没有什么其他的含义，可能是我想多了。

几人休息了一段时间，安研究员也许是因为同伴的死神经绷得太紧了，没多久，她就靠着墙睡了过去。

对于外面的世界，我不知道现在是白天还是黑夜。迷迷糊糊中，我也靠着墙睡着了，感觉睡了很久。

这时突然有动静传来。原来是看守的人怕我们渴死，用绳子吊着往下送了一桶水，水桶里还有个木瓢。

"红姐，安研究员，快过来，有水了！我们喝点儿水！"我渴得很，也不管不顾，直接舀上一瓢凉水，"咕咚咕咚"地往喉咙里灌。

我不怕那伙人下毒。他们要是想杀我，根本不用这么麻烦。既然他们留着我们，那肯定是我们对他们有用。这一点红姐当然也知道。

可安研究员不这么想，她恐惧地望着水桶里的清水，拼命地摇头说："不喝，不能喝，水里肯定有毒。"

"没事儿，你看我都喝这么多了也没事。你的嘴干得都裂了，安研究员你真得喝点儿水。"我舀起来一瓢水，送到了她的嘴边。

"不喝！"不知道她哪儿来的这么大力气，她直接一把打飞了水瓢。水瓢撞到墙上，所有水都洒了。

"你……"我又气又急。

她马上意识到是自己的不对，便把头埋在双腿间，像个迷路的小女孩一样不断抽泣。

"唉。"我叹了口气，刚才上来的火气也消了大半。设身处地地想一想，她亲眼看见同伴死了，现在只剩下自己孤身一人，毕竟是个胆子小的女孩子。

"不喝就不喝吧。"我捡回水瓢，看向红姐，"红姐，你要不要再喝一点儿？"

"难道墙上有什么东西？"我看红姐正目不转睛地盯着石墙，便问道。

也不能说是石墙，这下面的墙是用三合土浇筑的，整体发黄，十分坚硬，应该是和地洞在同一时期建的，有可能这里以前是个小殉葬坑，出于某些特殊原因，最后没能使用。

红姐突然起身走到墙边，轻轻地用手滑过。这一片位置刚好被水打湿了，是刚才水瓢里洒出去的水。

我疑惑地走过去，定睛一看，三合土在快速吸水！我看到墙上隐隐约约、模模糊糊地出现了好几张人脸的轮廓！而且这些人脸都张着嘴，闭着眼！

我吓了一跳，使劲地揉了揉眼再看。

没眼花，的确越看越像。

三合土吸水很快，水一干，那些人脸的轮廓就看不到了。

"怎……怎么回事？"我咽了口唾沫，颤声道，"红姐，刚才怎么回事，是不是我们看花眼了？"

红姐眉头紧锁，一直皱眉不语，她起身拎起水桶，直接用水瓢舀着水，一瓢一瓢地往墙上泼。

三合土墙这次吸够了水，很快，整面墙上浮现出了上百张人脸轮廓！这些人脸密密麻麻的，分不清是男是女，面部表情都一样，张嘴、闭眼，全都冲着我们。

安研究员被吓得不停地大喊大叫。

"没用的东西！闭嘴！"红姐发了狠，她转身踹了安研究员好几脚。

我忙拉住了红姐，替安研究员求情。

随后，红姐从地上捡起来一块带尖儿的小石头，她突然回头问我现在尿得出来不。

我苦着脸说刚喝水，现在没尿意。我有些不好意思，问红姐是什么意思。

她摇头道："云峰，我怀疑这地方是废弃没用的殉葬坑。那些殉人应该都被人做成了塞豆窿，被筑在了这面墙里。"

看我疑惑，红姐深吸一口气，解释说："现在也只是猜测，等会儿你往墙上尿一点儿，或许就能看出来。这种情况我以前见过一次。'塞豆窿'是商周战国时期的叫法，春秋战国之后叫'埋魂柱'，现在人叫'打生桩'。"

"打生桩？"

红姐说的这词我倒是知道，现在这种现象还有，但是很少。

所谓"打生桩"，其实是古代传下来的一种极其邪恶恐怖的建筑方术。

古时因为工程技术不发达，许多大型工程在修建过程中会死人，古人不知其中原理，便将其视为鬼神的惩罚与怨灵的报复，所以为了平息鬼神的怒气，驱逐徘徊的怨灵，户主便会将人活埋在建筑的地基下，以此来确保房屋顺利完工。而那个被活埋的人，便被称为"生桩",死后千年、万年死守此处,永世不得翻身,不得投胎。

红姐说这种传下来的邪术有个演变过程,最早是叫"塞豆窿"。

等了不到一个小时,我感觉来了尿意,便问红姐要我尿在哪里。

红姐指着墙上说:"中间这块,尿高点儿。"

她说童子尿和陈醋有酸性,能让三合土变软,我也不知道真假,便照她说的做了。

三合土泡过尿后,的确有所变软。

红姐见状,脸色一喜,她瞅准一块地方,开始大力地用尖石头砸。

墙上被红姐大力砸出一个小坑,很多灰皮、泥皮开始往下掉。

不过好景不长,很快,里面的三合土就硬得砸不动了。红姐出了汗,她气喘吁吁地转身对我说:"云峰,我们有机会逃出去了。不过全得靠你了。"

"啊?不会吧?"这三合土墙都不知道有多厚,墙里还可能埋有殉人,真要这么干的话……我哪有那么多童子尿啊,我得喝多少瓢水才行!

我是人,又不是洒水车。

红姐对我做了小半天思想工作,最后我被说动了。

不是有句老话吗,"只要功夫深,铁杵磨成针"。红姐一本正经地再三强调我的重要性,我难免有些飘飘然。

墓葬里的三合土确实很硬,但是怕童子尿和食用醋,这是三合土最大的弱点。这里面可能涉及一些化学知识,有这方面兴趣的人可以买一点儿三合土,自己拿回家用醋泡泡,看看会不会发软,一试便知。

接下来我不停地喝水,用水瓢不停地喝,肚子喝胀了,我就靠在墙上休息,一有尿意了就赶紧去放水。

我每次对准的地点都是同一块儿。三合土一变软,红姐就开始用石头猛砸。

墙上掉下来的碎土被我们隐秘地堆到了一角,然后用麻袋简单地盖一下。老许的人头也被埋在了土堆里,要不然,不经意间看到一颗人头,那可真能吓死人。

水中毒的标准是什么我不知道,反正我除了喝水、睡觉,就是对墙放水,我感觉自己整个人喝水喝得都浮肿了。

可能过去了两天,或者是三天。

这天，忽听得石盖儿一响。

"快！快！"见上面来人了，我连忙大喊。

红姐和安研究员立马起身，用身子挡住了墙上的凹坑和墙角的小土堆。这是我们这几天演练好的，之前几次都是这么混过去的。

因为我们知道送饭的人不会下来，最多只会在上面看上一眼，只要看到我们三个都在就行。

送的饭都是白馍，馍很干，都干裂了，摆明了的意思是饿不死我们就行。

我朝上喊："喂，兄弟，能不能再给送一桶水过来？都喝完了。"

这人用手电朝下晃了晃，他望着已经见底的水桶，大声骂道："你们都是牛啊！这才几天，都喝两桶水了！牛都没你们这么能喝！"

我心里有鬼，便大声解释说："兄弟，那女孩最近拉肚子，有可能得了痢疾，要是不多喝点儿水，就脱水了，会死人的！"我指了指靠在墙角的脸色苍白的安研究员。

"我说呢，怪不得一开盖儿就能闻到这么大的尿臊味。把桶绑绳子上，后退！离远点儿！"

"得，得。"我马上把空水桶绑在绳子上，然后退后保持距离。

梯子前几天就已经被抽走了，水桶一点点儿地被人拽上去，随后上面的盖子被人关上了。

等了不到半小时，满满一桶水就被绳子送了下来。这人办事迅速，我暗自琢磨，可能是此人得过交代，不敢让我们出事。毕竟人三两天不吃东西饿不死，但缺水了是能渴死的。

"人应该走远了。"随后，我和红姐对视一眼。

这墙并没有想象中那么厚，我们不分黑天白日地干，墙上那个凹坑逐渐越来越大。

红姐轻轻敲击了几下，说这块儿的声音和别处不一样，应该马上就要打通了。红姐还疑惑地说了一句："奇怪，怎么和预想中的不一样，我还以为会挖到以前殉人的遗骨，怎么什么都没有。"

我劝红姐别多想了，毕竟现在事这么多，还不知道这堵墙后面是通到哪里，别一打通就是地下暗河或者悬崖，要那样就完了。

那伙人肯定也不知道这件事，也就是说，这墙后面可能是一处未被发现的新地点。

具体是什么，还得看过才知道。

又过去了几个小时，有一股风灌了进来。

"通了！"我脸色大喜。外面有风吹进来，就代表已经通了。

砸掉最后一层土，墙上出现了一个半米见长的窟窿。有轻微的凉风刮进来，红姐努力探头往外看了看。

"怎么……怎么会这样……"

"红姐，怎么了？外面啥情况，你是不是发现什么了？"

红姐脸上阴晴不定，她沉声道："先钻过去再说，继续留在这里夜长梦多。我大概算过时间，离他们来送饭还有三个多小时，这段时间内，我们要尽可能远离这里。"

"谁让你跟着我们了？"看安研究员准备跟我们一块儿逃跑，红姐眉头一挑。

安研究员双手捏着衣角，小声地说："我……求求你们带上我吧，我还不想死，我保证，保证不会拖你们后腿。"

"胆小鬼。"红姐脸色不悦地扭向一边，不再说话，看样子是把决定权交给了我。

安研究员披头散发，脸上也脏兮兮的，她就那么可怜巴巴地看着我。

"红姐，要不我们就带上她一块儿跑吧，我们能做到现在这样，她也是有帮过忙的，对吧。"我心软，替她求了情。

"行。"红姐指着她说，"跟着我们也行，这次你先钻过去。"

红姐之前动手打过她，安研究员心里也知道自己这是被当成了小白鼠，她望着黑乎乎的墙洞也害怕，但她更害怕我们丢下她不管，也没敢多说什么。

我们在后面推着，先让安研究员钻了过去。

我们在原地等了五分钟，安研究员的话音传来："我没事，这里地上有点儿湿，你们也过来吧。"

我是第二个过去的，红姐是最后一个。

"不对啊，这儿怎么这么多稀泥。"一落地，我就感觉到不对劲。放眼四周，到处一片泥泞，人在上面走都费劲，就跟踩在河底淤泥里一样。

我转身问红姐是不是对这地方知道些什么。

红姐若有所思地沉吟道："云峰，你记不记得我们之前刚进来时看到的木头山？"

"木头山……红姐你说的是那个黄肠题凑吧？我知道，我们还见过那墙上的壁画。

当时二哥说我们俩离得近，因为闻了檗木上那些老脸儿菌，所以看壁画时出现了幻觉。后来我们不是靠那瓶药才清醒过来的嘛。"我回忆了一遍当时的情景。

"我说事情不对劲，就出现在这里。"红姐打量着周围，回忆说，"我当初看到的壁画上的内容，不单是棺材，还有一片泥泞沼泽，而且如果我没记错的话，一共有六个人出现在壁画上。"

"所以你刚才才会有那种反应？"我看着她道，"红姐你疑神疑鬼了，你忘了当时三哥他们都说过了吗，黄檗老脸能让人闻了产生幻觉，那些都不是真的，再说了，咱们现在一共才三个人，你说你看到壁画上有六个人。"

顿了顿，我看着寂静无声的四周道："难不成另外三个人在我们身边，我们却看不见？那是鬼吗？"

"别贫嘴，什么鬼不鬼的。算了，走走看吧，先离这地方远点儿再说，注意脚下。"红姐说完，直接往前走去。

说来也怪，地面上没见有什么大量的积水，不知为何会如此泥泞不堪。

"帮……帮帮我，我没力气了。"才走没几步，安研究员就拔不出来脚了。

"抓住我的手。"

我一使劲儿，把她拽离了原地。

"你就跟在我后面，看着我的脚印走，别的地方不要乱踩。"

"嗯，我知道了。"

路况越来越差，刚才那些泥还只能陷到脚踝处，才走了这么几分钟，竟然已经陷到了小腿处。

真是怕什么来什么，刚才我就担心，怕遇见这种情况。不过现在也没有办法，要是留在原地的话，那帮人肯定还会追来，所以我们只能硬着头皮往前走，想着尽快走出这片泥泞的沼泽区。

忽然间！前方传来红姐的惊呼声！

"云峰！"她拼命地大喊。

我看到红姐一脚踩错了地方，她整个身子正在快速地往下沉！

"快！帮忙！"

我见状大惊，忙招呼安研究员一起过去拉红姐。

要不说人一着急就没有理智了，我不过来还好，我这着急忙慌地两步冲过来，不但没救得了红姐，反倒自己也陷了进去。

我们三个人手拉着手，正一起往下沉，很快泥浆就淹到了大腿根。

红姐紧张得满头大汗，她大声喊道："别乱动！别挣扎！"

不过，这只是暂时减缓了下沉速度，肉眼可见地，我们的身子还在一点点地往下陷。

"快！快想个办法！我们要死在这里了！"安研究员吓哭了。

不能慌，不能慌，作为三人中唯一的男性，我强行让自己保持冷静，因为我很清楚，我们一旦乱了阵脚，下场就只有死路一条。我满头大汗，紧张地左看右看，想着对策。

我试着往后仰躺，同时我放松大腿，不再强行挣扎，我尽量调整自己，让自己的重心从向下陷变成向后躺。

很快我就发现这招有效果，自己的下半身不再继续往下陷。

我朝她俩大喊："收脚尖！身子往后躺！"

红姐和安研究员立即学我的方法，开始尝试着让自己的重心转移。

这么做的好处是加大了身体和沼泽的受力面积，但还没办法脱困，我们只能这么半漂浮着。这时候身旁要是有个树根、浮木什么的就好了，要是有这种东西，我们就能抓着它脱困。

可惜的是，没有。

就这么僵持了近一个小时，我们谁都不敢乱动，要是敢乱动就会沉下去。我们保持着这个姿势，精疲力竭。

红姐虚弱地说着丧气话："云峰，没办法了，看来我们都得死在这里了。"

"不会，不会的，肯定有办法，我们肯定还有办法。"我极力劝说红姐不要放弃。

"我……我没力气了，我坚持不住了。"安研究员脸色惨白，她话刚说完，身体就开始以肉眼可见的速度往下沉。

我心里万分着急，可自己又不能动，我红着眼睛大喊，却只能看着安研究员一点点地往下沉。

就在这千钧一发之际。

"啪嗒……"有一段烂木头被扔到了我们面前。

我往岸边一看，只见在离我们不远的地方，正站着一个瘦小的身影，也不知是男是女，看着有点儿像小孩儿。

这人头上戴着草皮编织的帽子，身上穿着破烂衣服，他看着我们，正急得在原地转圈。这根烂木头就是他丢过来的。

活命要紧，来不及多想，我一把抓住这根木头，上半身都趴在了上面。红姐也和我一样，立即抱住了这根木头。

"手！快！给我手！"安研究员的身子陷下去了大半，她这一刻亲眼看到了一线生机，爆发出了强烈的求生欲。

安研究员大喊着抽出双手，我和红姐瞅准机会，一左一右，抓住了她的手腕。

"起！"

"红姐……用力！"我把吃奶的劲都用上了。

不幸中的万幸，安研究员身材瘦，体重轻，我和红姐借着浮木支持，拼尽了全身力气，总算把她拉了上来。

不远处，那个戴草皮帽子的小矮个儿看我们得救，立即挥舞双手，又蹦又跳地对我们比画。

红姐满头大汗，喘着气说："抓紧木头，我们三个一起用力！"

"一，二，三！"

"走！向前走！"

功夫不负有心人，靠着这根木头支撑，我们三个终于爬上了岸。是这根木头救了我们。

体力耗尽，我弯着腰，双手扶在膝盖上大口喘气，同时抬头向那边看去。

"人……人呢？"我一看才发现，刚才那个戴着草帽的人不见了。现在那个地方空荡荡的，没了人影，地上只留下了一串脚印。

我走过去看着地上留下的脚印，眉头一皱，发现有些不对劲。

泥地上留下的脚印一看就是没穿鞋，可不对劲的地方就在这里。一般人都有五根脚趾，可这双脚印看起来只有四根脚趾。

联想到刚才那人瘦小的身影像极了小孩子，我和红姐对视一眼，脸色大变！

我和红姐几乎同时脱口而出。

"山魈！"

这脚印，还有那身高……那哪里是什么人！哪里是什么戴着草帽的小孩子！分明是我们之前就见过的山魈！

我看着红姐，不可思议地说："红……红姐，是那东西救了我们？怎么可能……"

红姐看着一排延伸到远处的脚印，沉声说："你注意到没有，刚才那东西戴的是树皮编织的草帽，穿的也是不知道从哪儿捡来的破布，浑身上下破破烂烂，若真是山魈，也应该和之前那伙戴着黑帽子的山魈不是一个族群的。"

这一排脚印一直延伸到前方的黑暗处，红姐指着地上说："既然这东西救了我们，至少说明它对我们没有敌意。那我们就跟着这排脚印走，跟上去看看。"

先前吃了大亏，我们差点儿全交待在这里，这次再走，就显得小心多了。

跟着脚印一路前行，没多久的工夫，前方出现了一个洞口很矮的小山洞，脚印最终在洞口外面消失了。

说是山洞，其实叫成"窟窿"更合适。这洞口高度还不到一米四，成年人要想进去，必须弯腰才行。

"走，进去看看。"红姐看着洞口说了一句。

安研究员可能有幽闭恐惧症状，她看起来很怕，我安慰她不要多想，说不定里面什么都没有，只是个小山洞而已，不用害怕。

"注意头顶，小心碰头。"红姐不时地叮嘱我们小心。

这小山洞的长度有四五十米，走到头时，我们已经能直起来腰了。

我们一看，这里的地上有烧过的树枝、木炭，还有一些粗制滥造的石制小罐，角落里还堆着不少干草，看着像是睡觉用的。

我咽了口唾沫，说道："怎么畜生还会生火做饭？红姐，你看地上这些石器，这是不是山魈成了山顶洞人了？"

"不是。"红姐抬眼打量了四周说，"这明显是人类生活留下来的痕迹。我不认为那些东西能掌握这些生活技能，这说不通。"

"人？人在哪儿呢？"这地方就这么大，我胡乱翻着干草堆，看看是不是底下藏着人。

倒是没找到什么人，不过我有了大发现——我在干草堆下找到了一个藏着的军绿色背包！

"看！快来看！有发现！我就知道肯定有情况！"我忙把背包放在地上，然后打开看里面到底藏着什么东西。

我们把背包所有的夹层翻了个遍，别说，我们找到的东西还不少，有匕首、火折子、几袋子包装完好的压缩干粮，还有一段剪开的绳子和一小盒纱布。

这些东西足以说明一件事——这山洞里之前是住着人的，而且肯定不是我们这伙的人，也应该不是小绺头、陈建生那伙的人。

那……这是谁？

"嘘……"就在此时，红姐突然指着洞口处小声说，"仔细听，有脚步声，有人进来了。"

仔细一听，听到脚步声越来越近，我忙从地上捡起一块石头，攥在手里作为武器。我心想：要是陈建生那伙人追上来了，我一定要先下手为强。

很快，洞口处钻进来一个身影，我举着石头准备照这人脑门上砸，这人突然一抬头，和我四目相对。

"怎么是你！"

"你怎么在这儿！"

这张脸我认识，或者说熟悉得不能再熟悉了。

这人竟然是姚玉门！

她愣愣地看着我们，显然也没想到我们会突然出现在这里。

双方就这么对着看了两三分钟。

姚玉门指了指我手里攥着的石头块，突然出声笑道："怎么，项云峰，一段时间不见，刚一见面你就想砸死我吗？"

我一脸惊愕，忙扔掉手中的石头，跑过去问她："玉姐！怎么回事？你怎么会突然出现在这里？你不是早就离开顺德了吗？这是哪里？这一切到底是怎么回事！"

红姐缓过来后冲着姚玉门点了点头，算是打了个招呼。只有安研究员站在原地显得不知所措。

"坐。"姚玉门指了指干草堆。

几人坐下来后,她看着我道:"这事说来话长。说实话,我也很意外,我没想到能在这里碰到你们几个。孙家兄弟在哪儿,有没有出事?"

我眼神一黯,叹了口气说:"大哥、三哥被抓走了,不知道现在关在什么地方,二哥现在也不知道是死是活。"

姚玉门摇了摇头说:"我当初劝过你们,你们不听,事到如今也怨不得别人。本来在计划里,我们还要过几天才露面的,没想到被你们误打误撞地发现了。"

"我们……玉姐,你的意思是?"

话说到这儿,红姐看着姚玉门,若有所思地想了片刻,轻声开口道:"没想到……竟然会是这样。"

我急了,因为我听不懂她们在打什么哑谜。

红姐看着我,摇着头说:"云峰,事到如今,你还没看出来吗?这件事,其实从一开始我们就被蒙在了鼓里。可笑的是,我们还故作神秘地瞒着把头,唉……"

"把……把头!把头也来了?怎么可能!"

姚玉门让我别这么激动,她简单讲了讲事情的经过,却把我听得好一阵才缓过劲儿来。这事,我都不知道该怎么说了。

当初我和孙家兄弟密谋计划,准备摸进飞蛾山下的地宫找二哥,因为把头不同意,所以整件事我们都是故意瞒着他的,包括买装备、买水田、买小牛犊子等事。

那时我们骗把头说我们会去南边玩儿,而我们也一直以为把头早就离开顺德回北京了。

直到此时此刻误打误撞地见到姚玉门,我们才知道了真相,原来从一开始,把头就没有离开顺德,我们干的这一切都发生在他眼皮子底下……

"玉姐,那当初你们为什么不劝我们?还有,这件事为什么瞒着我们?"想了想,我还是问了一句。

"劝?呵呵……"她看着我,笑道,"难道我当初没劝过你们?问题是你们听进去了吗?"

我嘟囔着说:"那是你劝的,可把头为什么要装不知道?要是他亲自说,我和大哥他们应该是会听的。"

"不,云峰,你误会把头了,整件事背后很复杂,王把头也有他自己的顾虑。其实从我看到那些死人骨头时，把头就料定了你们一定会下墓开地宫，他了解孙家兄弟的秉性。他放不下你们，所以决定亲自下来看看。"

红姐深吸一口气，她看着姚玉门说："现在不光是南北之争，长春会小绺头也介入了，还牵扯了一些医药集团，这些你和把头知道吗？"

"呵呵……"姚玉门捋了捋额前的刘海，冷笑道，"这里是地宫的夹层，有什么我不知道的？"

我眼睛一瞪，说："这么说，除了那座地宫石门，还有别的入口能进来！玉姐，你说这个地方其实是地宫夹层，那你是怎么知道那帮人的消息的？"

"自然有帮手替我打探消息。"说完，她突然打了个响指。

几分钟后，有两个戴着草帽的小矮个儿从山洞外钻了进来。它们一见到姚玉门，就开始不停地叫唤。

姚玉门指着前方说："我给它们取了个名，左边公的叫'大郎'，右边母的叫'小翠'。"

话罢，叫'大郎'的那只山魈竟然自己摘掉了草帽。这东西长着一张长脸，毛色黄黑，红鼻子，鼻槽两边有两缕白毛，模样看着十分诡异。

这时，它冲着我不停噘嘴，看着像是要上来亲我。

看我脸色不好看，姚玉门笑着安慰我："你不用害怕，它们已经被驯服了，一般情况下不会攻击人。"

我讪讪地后退两步，问："怎么回事，你还会这种本事？"

"不，你误会了。我说它们被驯服了，可没说是我驯服的，我可没这个本事。"

"那是谁？"我好奇地问。

她脸上的笑容收起，看着我道："这人现在不在这里，不过咱们应该很快就能见到他。陈红，你应该在道上听说过齐柳这号人物吧？"

红姐想了想，说："没见过，但有所耳闻。齐柳耍猴的本事当年很出名，江湖传闻说这人驯服动物的本领很高，据说是有一套祖传的办法。"

"没错。"姚玉门点点头，道，"其实山魈这种东西才是山中之王，这些畜生智商很高，一旦发起火来十分残暴，在山里，连老虎、豹子都害怕它们。为了驯服它们，就算是齐柳家的后人也是见了血的。"

这事我相信,虽然这东西看着个头不大,和猴子差不多,可性格残暴是事实,而且有同类分食的习性,搞不好也会吃人。

红姐此时皱眉问:"把头呢,把头现在人在哪儿?"

从红姐的话中,我能听出一丝火药味。我记得小绺头之前说过,他留着我们是想钓大鱼,钓我们身后之人。

我猜测,他应该是知道我们背后有人,但是飞蛾山这么大,他却不知道这些人有没有下来,藏在哪里。

把头和小绺头都混江湖半辈子了,小绺头是长春会的人,身边高手、奇人环绕。我猜测把头这么隐藏的目的,应该是想在暗中取胜。

其实是这两人在下棋,这是场局中局。虽然不想承认,但我和红姐,还有孙家兄弟,都被人当成了台前的棋子

不知道小绺头还有什么后招,联想到几个月来的前因后果,我心里不由得生出一种无力感,因为比起这些人,我的想法和做法还是太过稚嫩了。

这些人在江湖上人脉庞杂,互相下套做局,有明有暗,不到最终相见,互相亮底牌的那一刻,谁也不知道谁输谁赢。

被芥侯墓牵扯进来的这些人,说到底,拼到最后还是拼自身实力和江湖人脉。

对了,想到这里,我问了姚玉门一个问题,问的是关于芥侯的事情。

姚玉门靠在干草堆上,眯着眼说道:"金棺银椁里的尸体不是墓主芥侯。之前我拜托朋友去打听了,我这位朋友查到了一条线索。汉代有一名史官传下来的书中有提到过芥子侯,说芥子侯有个女儿,并对此女非常疼爱,但是此女因患顽疾,芳年早逝,芥侯悲伤之余说过自己死后要与爱女合葬,并且将此事报给了周天子。"

"古人十分注重礼仪纲常,子女和父母合葬有违伦常,若史官说的是真的,周天子同意了这件事,那么从此事不难看出芥侯在当时的地位之高。"

"金棺银椁里的人不是墓主芥侯,难道里面躺着的是他的小女儿?"我听到这个消息大吃一惊,那塑料筐里泡着的尸体是谁,难道是这位主?

我问安研究员:"你说亲眼看到过尸体咬人,那具尸体是男是女你能分清吗?"

安研究员仔细回忆了片刻,她恐惧地摇摇头说:"分不清男女。我只看了一眼就没敢再看,我只记得那具尸体头发很长,身高不高,浑身浮肿,还滴着水。"

这时，姚玉门叹了一声，深吸一口气说："那就是芥侯的小女儿。她的金棺银椁被那伙人打开后，长春会找来高手想压制，我就知道迟早会出事。你们也应当知道，这东西其实才是最恐怖的。"

"玉姐，你的意思是她诈尸了？"

"不，不是诈尸。从风水学上说，这是千年不见的阴滋尸。他小女儿都能变成这样，我不敢想，这位芥侯现在到底变成什么样了。我们准备的东西都不一定有作用。"

我脑海中回想起那天做的那个梦。梦里四龙青铜床上的那个人的模样，我一想到就害怕。

我问她准备的是不是黑驴蹄子，因为我以前常听别人说，对付这些东西得用黑驴蹄子才有用。

姚玉门嗤笑出声："黑驴蹄子？你想想，各大博物里，古代传下来的风水辟邪物件里有没有黑驴蹄子。怎么样，没有吧？黑驴蹄子那都是民国之后才开始大量制作的，至于为什么和盗墓扯上关系，那我就不知道了。"

"阴滋尸是古风水地脉学里的玩意儿，我们谁也没有真正见过这东西，不过我听我叔叔说过，一旦碰到这东西，用湘西那边传下来的老捆尸绳和含口钱或许有用。

三哥之前告诉过我，他说阴七门中有个行当就是赶尸匠。

捆尸绳、含口钱，这本就是赶尸匠用来对付尸体的东西，姚玉门说要用它们来对付阴滋尸，倒也说得通。

安研究员在旁听得已经吓傻了，我心里也跳得厉害。

我暗自祈祷这些东西能有用，万一没用，那后果可想而知。

我们现在不光要和长春会的人斗，还有可能要面对传说中的阴滋尸。

看来把头一再小心是正确的。

小心驶得万年船。

简单收拾过后，姚玉门说必须离开这里，因为小绺头那伙人随时会跟过来。她说现在时机不到，还不能跟那伙人硬碰硬。

我问她在等什么时机，其他人怎么都不露面。

姚玉门摇了摇头，神秘地说了一句："到时你就知道了，总之你们都要小心点儿，这不是在玩儿，是会死人的。"

我很想知道把头的计划是什么，但这女人硬是不说，我也不好意思一再追问，当下便跟着她走，看她要把我们带到哪儿躲避。

两只山魈在前面开路，这俩畜生不时回头冲着姚玉门叫唤两声，不知道是什么意思。

"你能听懂它们说话？"我问。

"别用这眼神看我，我是人，又不是猴子，怎么能听懂这些畜生说的是什么？"姚玉门望着前方，沉声说，"你仔细听它们的叫声，三长一短代表前方安全，三长两短则说明前方有情况。这是齐柳家后人告诉我的。"

我听得啧啧称奇，说它们到底还是灵长类动物，经过特殊训练后竟然还有这种作用。

我看着前方的黑暗，问了一句："玉姐，你在这里的时间不短了，这前面是通到哪儿去的？"

"不好说。这下面的地势结构很复杂，没有地图，我平常没事的话也不会出去乱走。"

忽然间，前方开路的两只山魈开始大叫。

仔细一听这叫声，好像是三长两短……

姚玉门一摆手，说："小心，它们是在预警，前面可能有危险。这里是地宫夹层，之前没人找到过这里。"

"要不我们绕路，走别的地方吧。"安研究员看着前方的黑暗，有些害怕。

红姐眉头一皱，不满道："只不过是两个畜生的叫声而已，没准什么东西都没有。下墓的第一大忌讳就是自己吓自己。"

她转头冷冷地看着安研究员道："再敢胡乱说话，你就别跟着我们了。"

"我……我……"安研究员支支吾吾地低下头，不敢看红姐的眼睛。

几人又往前走了一段路程。

"吱！吱吱！"此时，戴草帽的山魈疯狂大叫，来回乱跑，并且不断用手指着地下。

姚玉门用手电往下照了照，我们发现了点儿东西。

是一张类似蛇类动物的蜕皮。

"这……这不是四脚蛇石龙子吗？怎么这种东西还会蜕皮？这是不是太大

了……"我弯腰碰了碰。

蛇皮在地面上露出来一些,大部分还在地下,被淤泥掩埋住了。我用手碰了碰,感觉蛇皮有些风化,留在这里的时间应该不短。

这东西一般也就几十厘米长,能长过半米的都算异类,但从眼前这张蛇皮来看,其长度要远远大过这个尺寸,因为大部分蛇皮埋在泥下,这东西具体有多大,我们现在还不知道。

姚玉门用手电照了照四周,说道:"照环境看,原本顺德这里没有石龙子,飞蛾山下的地下岩洞中之所以有这种东西,可能和当初的墓主人有关。"

"它们有可能是石龙子的特殊族群。这种东西是冷血动物,冷血动物大脑不够发达,没有自我意识,此外,由于感官高度异化,只能用于捕猎,甚至都没法识别静态目标,更别说用于识别身份,人为是控制不了的。"

"没错,我同意。"我附和道,"玉姐,我们之前见过那片封闭的后花园,这芥侯生前或许是爱好稀少的动物、植物,有特殊的收集癖。"

"不对!小心!地下有情况!"红姐忽然大喊一声。

"吱吱吱!"两只山魈直接抓着凸出来的石头爬到了高处,它们盯着地上的某一处,疯狂大叫。

"后退,靠在一起。"姚玉门脸色凝重,她从怀中摸出一把匕首,紧攥在手心里。

"左边!"借着手电亮光,我忽然看到淤泥下有一截异常的隆起。

紧接着,一只体长超过两米,浑身黄褐色的四脚蛇从淤泥之下钻了出来!

它趴在地上,和我们间隔不到十米的距离,"嗞嗞"地吐着芯子。

所有人吓得不敢动。

这到底是四脚蛇还是大蜥蜴!这东西怕不是一口能把人的脑袋咬下来!

"都别轻举妄动,这东西没法识别静态物体。"姚玉门是所有人中最冷静的。

这畜生左扭右扭地朝我们这边爬来,动作很笨拙。

突然间!安研究员毫无预兆,拔腿就开始向后跑!

"别跑!"红姐喊了一声,可是已经迟了。

这畜生四脚着地,立即飞快地朝安研究员逃跑的方向追去!速度非常快,远比正常人类奔跑的速度要快!

安研究员回头一看,顿时吓得脸色煞白。她脚下一打滑,直接摔在了泥潭里。

四脚蛇一口咬在了安研究员的小腿上,开始拖着她跑!

"救命!救命!救救我!"安研究员胡乱地挥舞双手,模样痛苦。

"砰!砰砰砰!"连续四声枪响。

姚玉门一脸寒霜,她双手举着一把土枪,开了火。

那畜生立即松了嘴。

安研究员连哭带喊地朝我们这里爬,她浑身上下都是泥,小腿上鲜血直流。

我忙跑过去,把她拽了过来。而那畜生跌跌撞撞地爬了五六米后,不再动弹了。

强行壮着胆子过去看了一眼,我发现这畜生已经死了。姚玉门刚才那四枪,枪枪爆头……

姚玉门看起来很冷静,仿佛并没有被这突如其来的变故吓到。

"我们必须马上走。我本来不打算用枪的,因为只要枪声一响,洞里有回声,那伙人肯定能听到。而现在,我们已经暴露位置了……"

"那她呢?她还能走吗?"我指了指安研究员。

她现在坐在地上,小腿肚子都被咬破了,伤口处一片血肉模糊,看起来很严重。

红姐怒声说:"都是这女的坏事,要不然我们也不会这么早暴露位置。长春会那伙人现在肯定正往这边赶!"

"走!"红姐一把拽着我的胳膊往前走。

姚玉门也没说什么。

我们把安研究员一个人丢在了这里……

我不时回头看看,看到她捂着小腿坐在地上,身上都是泥浆,在不停地抹眼泪,看着很可怜。

她抹着眼泪,抬头看过来。她是在看我,那眼神,好像是在对我说:"救救我。"

我有些不忍,便看着红姐求情道:"要不咱们带上她吧,红姐,你看她怪可怜的,咱们也不能见死不救吧。"

红姐一咬牙,刚想说些什么。

却见淤泥里再次钻出了一条大小和之前被打死的那条不相上下的巨型四脚蛇,泥面上气泡翻涌,不知道底下还有多少这样的四角爬虫,我们都是悚然一惊。

这四角蛇很快钻到地面上来，爬行速度极快。

"啊！救命！"

我们还没反应过来，安研究员突然被这畜生卷进了湿滑的沼泽地。

姚玉门立即开了几枪，她枪法很准，但生活在这里的变异石龙子就像大泥鳅一样，一听到枪声便钻到了泥里，根本打不到。

此刻安研究员的一截胳膊露了出来，我赶忙手脚并用爬过去，像拔萝卜一样将她拽了出来。

我终究还是晚了一步，没能救下她。只见研究员上双目圆睁，她的口、鼻、耳处灌满了泥浆，脖子上还能见到严重勒痕，整个人已经没了呼吸。

下一秒，姚玉门冲我大声喊道："小子！不想下场跟她一样的话赶紧走！刚刚如果你冲过去救她！最后的结果就是拖累我和陈红！你小子也算幸运了，刚入行跟的就是王把头，要是换作跟着南边那伙人混，你早死了！"

"走吧，云峰！"红姐也冲我喊。

我知道她说的话没错，可我就是很难受……

"你们先走，我马上跟过来。"

"行吧，随你。"

她俩说完话，直接向前走去。

我将安研究员的尸体平放倒，用手一盖，帮她合上了双眼。

"对不起了，你们不应该来顺德。唉，你现在也算是和老许、李争他们团聚了，一起来，一起走。"我帮她摆正了双腿，想着让她尽量体面点儿。

就在这时，有一个小玻璃瓶从她的裤兜里滚了出来，滚到了我的脚下。

看着闭上双眼的安研究员，也不知怎么，我脑袋里鬼使神差般地生出了一个念头。

"这……这能管用吗……试试会怎么样？"

拧开瓶盖，把玻璃瓶靠在安研究员嘴边，我一抬手，喂她喝了三分之一。

七分不安，两分恐惧，一分期待，我紧张地后退了两步。

结果什么都没有发生，等了几分钟，安研究员还是那样，眼睛闭着，没有一点儿变化。

"云峰！快点儿！你磨磨蹭蹭干什么呢！"前方传来红姐的喊声。

"来了，来了！这就来。"我把玻璃瓶揣到了裤兜里。

原本我想刨个坑把她埋了，可我们如今在逃命，根本没有时间。

我最后深深地看了一眼安研究员，小跑着追上了红姐。

发觉我情绪低落，红姐皱着眉头说："怎么？难道你是喜欢上刚才那个女人了？"

"没有，没有，哪有的事。"我慌忙摆手说道，"虽然只是萍水相逢，但是毕竟在一起生活了几天。"

"你不用撒谎，我能看出来，你还是在意那女人的，云峰，把头难道没教过你吗？咱们行走江湖，第一件事儿就是不能仁慈。"

我心里空落落的，低下头道："我知道红姐，你放心吧，我分得清轻重缓急。"

"知道就好。"红姐拍了拍我的后背。

我跟姚玉门道了个歉。

姚玉门点点头，没有多说什么。

只见她双指并拢，吹了声口哨，随后那两只山魈得令而去。

"它们耳朵灵，一公里范围内有什么风吹草动都能知道，我让它们断后帮忙放哨。"

继续往前走了一个多小时，一块一米多高的山石横在了路中间。姚玉门说靠在石头后面休息十分钟再继续赶路，顺便趁着这个空当吃点儿东西，补充一下体能。

我们藏在大石头后面，分吃着压缩饼干。红姐喝了两口水后，又把瓶子递给了我。

"咕咚咕咚"地喝了几口水，咽下嘴里的干粮，我抹了抹嘴说："玉姐，没想到你有枪，还打得那么准。你能不能让我也看一看？我没见过真家伙。"

"算了，我不放心给你，万一走火了怎么办？一般情况下，道上人都不愿意用这东西。我准头只能算是一般吧，比起我哥来，还是差上不少的。这是我叔叔给我防身用的，自制的，毕竟防人之心不可无。"

她一脸平静，说话的语气也轻松。我不禁暗自咋舌：谁敢打你的主意怕是不想活了，你不主动去找别人的麻烦就算谢天谢地了。

至于她说的哥哥，就是小平头姚文策。他给我留下的唯一印象就是话少，有点儿深藏不露的感觉。

就在这时，放风的山魈之一忽然跑到了我们面前，一顿比画。

姚玉门面色一变。

"走，快走！那伙人追上来了，比我预料中的还要快！不行，这样下去迟早被发现。"她看着身前那只山魈说，"带我们去附近能藏人的地方，石缝、地下岩洞，或者山洞，都行，赶快！"

这畜生像是听懂了人话，扭头就跑。

"快走，跟上！"

亏得有这东西帮忙带路，没走多久，我们就看到了一处山缝，山缝狭窄，但很深，宽度刚好能容下人的身体。我们三个都躲进了山缝里。

不多时，就听到外面传来人的说话声。

"剑哥，这帮人动作也太快了，咱们都这么赶了，愣是没瞧到人影！"

另一个男人附和道："是啊，剑哥，这帮孙子可真能跑啊。刚才那条让人开了瓢的大四脚蛇您看到了吧？我估计他们当中肯定也有人受伤了，咱们迟早能撵上！"

藏在山缝里，我和红姐悄没声地对视一眼。

"他们没看到其他的？安研究员的尸体呢？难不成……"我吞了吞唾沫，没敢把话说出来。

"走，继续追，这帮人跑不了。"

见这几人离开，我暗自松了一口气。好险，还好没被发现。

红姐小声转头说："刚才是个好机会，有机会下手，你为什么没开枪？以你的准头，打死他们应该不难吧？"

姚玉门摇摇头说："那个叫剑哥的你不认识也不奇怪。此人近些年跟在小绺头身边，在江湖道上很少露面。他不但手脚功夫了得，在长春会里还有一个疯子干爹。把头说过尽量不要得罪此人，要不然很麻烦，所以我不敢杀他。"

"哦？他干爹是谁？居然能让把头这么忌惮。你说个名号出来听听，看看我是否知道。"

姚玉门看着红姐，神色认真地开口道："他干爹现在被关在精神病院，姓谢。"

红姐瞳孔一缩，说："谢……谢起榕？那人竟然还活着？"

第八章
谈判

"这不是说话的地方，跟我来。"

随后姚玉门把我们领到了一处角落，这里前后左右被石头遮挡，十分隐秘。

到这儿后我就问："你们刚才说那个剑哥的干爹叫谢起榕，这人是男还是女？什么来路？怎么我看你们都很忌惮。"

红姐皱眉道："长春会囊括了五花八门的江湖人，其中不乏一些有本事的，现在的长春会不像表面上那么太平，逐渐分化成了老派和少派。之前用白猫头鹰加指儿金控制人的女人就算少派的，小绺头那伙人就是老派的。道上曾有传言，说谢起榕当年杀了一位李姓义盗的一位后人的全家，并且糟蹋了其妻女，而恰巧北平流星王邵元也是那位义盗的传人。"

"后来呢，后来是不是这王邵元为同门报仇了？"我问道。

红姐摇摇头说："后来王邵元败给了谢起榕，并且让人把两个眼珠子都抠出来了，他一夜之间从飞檐走壁的北平奇侠变成了双目失明的瞎子！为了对付谢起榕，后来长春会会长派来了七位高手，最后才清理了门户。这些是十几年前的事情，没想到这人还活着。"红姐摇头感叹。

姚玉门看了眼红姐，颔首道："这些事儿我都不知道，看来没你少收集关于长春会的情报。"

红姐握紧拳头，又慢慢松开了。

"先不说这些了。"姚玉门吹了声口哨，叫来了一只山魈。

她从怀中掏出一个圆形吊坠，挂在了山魈的脖子上。

"计划有变，需要提前碰面，带我们去见人。"

山魈用鼻子闻了闻圆球，立即吱吱叫唤着跳了出去。

七拐八拐，我们跟着这只山魈走了很长时间，最后到了一个山洞前。

突然间，不知从哪儿跳出来另外一只山魈。我一看，发现这只山魈的脖子上也挂着同样的小圆球。

两只山魈脖子上挂着圆球吊坠，一起进了山洞。

过了将近五分钟，估计时间差不多了，姚玉门站在洞口外喊道："切捻有猛虎，倒捻有青龙，阳捻有流水，秘捻有齐柳。"

我猜测这是暗号一类的切口。

随后不久，山洞里传来脚步声，一个中年男人单手举着火把走了出来。这中年男人皮肤很白，五官分明，但左脸上有一大片烫伤疤痕。而脖子上挂着圆球吊坠的山魈则像仆人一样，乖乖跟在此人身后。

姚玉门微微施礼道："北派姚玉门，我代我叔叔姚文忠向齐柳家问声好。"

中年男人颔首笑道："姑娘不必客气，叫我'柳玉山'就行了。"

姚玉门摇头说："辈分不能乱。既然您这么说，那我就斗胆叫阁下一声'柳哥'了。"中年男人点了点头，没有反对。

进入山洞后，柳玉山把火把插在墙上，招呼我们坐下来谈。

"柳哥，按照计划，我们还得过几天才能碰头，但因为云峰和陈红的事情，我们怕是不能继续等了。把头和那二位呢？"姚玉门左右张望着。

柳玉山向后一指，说："你瞧瞧，那不是来了吗。"

"把头！"一共进来三个人，瞧见为首的老者，我顿时从地上跳起来，惊呼出声。

这老者一身黑衣，虽两鬓斑白，但那双眼睛神采奕奕，正是把头。

"云峰啊，有几个月不见了啊。"把头走过来，笑着拍了拍我的肩膀。

"王把头，这就是你提到过的小伙儿吧？"

我向把头的身后看去。说话这人浑身上下破衣烂衫，衣服像是几年没洗，都有了一层亮黑色的包浆，凌乱得跟鸡窝似的头发盖住了半只眼睛，这行头，活脱脱就是个要饭的叫花子。但这人的眼神很明亮，很纯净，像婴儿一样。

姚玉门一躬身，对着乞丐见礼道："刘爷。"

把头找来的另外一名帮手岁数很大。这人个头不高，和红姐差不多高，一身黑衣，满头白发，脸上长了不少老年斑。他挎着个藏蓝色布包，站那里还有点儿驼背，给人一种死气沉沉的感觉。

"云峰，这是湘西过来的赵爷。"把头介绍着。

心里一哆嗦，我知道这位爷就是把头请来的湘西赶尸匠，怪不得一身死气沉沉的。

我忙低头恭顺地喊了一声"赵爷"。

驼背老头眯着眼扫了我一眼，没说话。

把头咳嗽了一声，说："云峰、小红，是不是后悔了，后悔当初没听我的劝告？尤其是云峰你，还和老三合伙忽悠我说去南边玩儿，你们玩了个啥？咋玩到这儿来了？"

红姐尴尬得说不出来话。回想起在下面受过的苦，我委屈地吐苦水："把头，我们错了，我们只想找到二哥。"

把头拍了拍我的肩膀，看着我和红姐道："我不放心你们，江湖险恶啊，云峰、小红，这次就当长记性了。"

把头眼睛眯起，他望着墙上摇曳不定的火把凝声说："长春会惹不起，但我王显生也不是吃素的。敢动我的人，不管是人是鬼，都要给个说法。"

红姐低着头，我看不清楚她的表情。

"把头，你真考虑好了？此事过后，不管结果如何，不管孙家兄弟能否救出，我们可都算得罪了长春会。"

把头微笑道："小红，整件事都不是我们主动的，是他们欺人太甚。你知道要是老二在这儿，会说句什么吗？"

红姐突然抬起头莞尔一笑，说："老二肯定会说，去他的。"

"王把头，容我说一句。"柳玉山此时问道，"你们之前出去查探得如何，可有所发现？"

"你看我差点儿忘了正事。"把头看着姚玉门说，"姚姑娘，已经确定了范围，两百米左右，不过要想知道棺椁的具体地点在哪儿，还得用到你们老姚家的堡头罗盘。"

姚玉门点头说："这我知道，东西都已经备好了，只要确定了大概位置就好办了。"

随后，在把头和那名湘西赶尸匠的带领下，一行人出了山洞。

路上我问把头前两天去哪儿了，把头说他之前是去找极阴之地了。

换句话说，整座飞蛾山下的极阴之地共有两处，一处是芥侯带子的埋棺之地，因为要想形成阴滋尸，就必须葬在极阴之地下。

另一处就是那间密室。

藏金棺银椁的那间密室，人进去后感到很冷，就是因为那地方是一处极阴之地。

但那不是芥侯的棺椁，是他小女儿的金棺银椁。我估计，这位主给自己选的位置，更阴。

姚玉门精通风水学和机关学，小绺头身边也有这类人，可想而知，那帮人也在找最后这处极阴之地。

先下手为强，把头的意思是先一步找到芥侯棺椁，然后以此为条件，来交换大哥、三哥他们。

因为把头提前几个月就开始布局，目前来看，还是我们更快一步。

路上的时候我发现，越走越熟悉，结果把头把我们领到地方后，我一下傻眼了。

出现在我眼前的是个大深坑……

没错，就是这个地方！

我在这地方被关过！陈建生那帮人当时把我绑在石台上，害我差一点儿就喂了四脚蛇！怎么兜了这么大个圈子，又回来了！

我愣愣地问："把头……这就是你说的极阴之地？"

"准确地说，是坑底下。"坑下黑乎乎一片，什么都看不清，他伸手往下指了指。

"不能！别下去！下面都是四脚蛇！"我急声告诉了他们我之前的遭遇，不过把头听后脸上仍面无表情，像是早就知道这些。

"你这娃，一帮小虫儿怕什么，还能吃了你不成。"此时姓刘的叫花子轻笑道。

"刘爷，你不知道！"我急道，"小虫儿也能吃人！怎么不能吃人！我们之前就见到过两米多长的四脚蛇！怕不是一口能把人脑袋咬下来！"

"哦？"柳玉山好奇道，"两米多长的石龙子？你们亲眼见到的？"

姚玉门点头说："柳哥，云峰没说谎，那条四脚蛇的确有两米多长，当时我也在场。"

没料到柳玉山听后非但不怕，反而眼睛一亮。

"那敢情好，干这么多年了，两米多长的石龙子，别说见过，听都没听过！要是还能碰上一条，那就更好，我试试看能不能驯服。"

"可是……柳大哥，石龙子是冷血动物，智力可没山魈那么好。"

"嗨，没事，四脚蛇也是蛇，蛇鼠一窝嘛，我自有办法。"

"先别谈这些，到了坑底再说，反正上次下去我们没碰到那么大的，都是些小虫。"把头指着远处垂落的一条绳索说，"我们几个先下去，云峰、小红你们殿后，都小心点儿，一定要抓牢绳子。"

几人顺着绳子滑到了坑底，乞丐刘下滑时给我留下了很深刻的印象。他单手抓着绳子，身轻如燕，臂力惊人，连看都不看脚下一眼，一往下滑就是好几米，比我这个小年轻的体力都强！

滑到坑底，柳玉山直接从怀里掏出一根香用打火机点着，他就那么举着香。

一缕青烟缓缓升空。

这香味道奇特，我之前从没有闻过，很好闻，有点儿像越南的芽庄沉香，但仔细品，又有所区别。

说来也奇怪，打这一炷香点着后，四周愣是一条四脚蛇都没出现。

柳玉山用手扇了扇风，尽量让香烧得旺点儿，他解释道："这是老海狗配的驱蛇香，四脚蛇也是蛇，嗅觉灵着呢，一闻到这香味都躲得远远的，哪儿还敢出来捣乱。"

把头用手电照了照周围，随后说道："姚姑娘，该你出手了。"

"嗯。"玉姐点点头，她从怀里摸出一段黄布。打开黄布，里面包裹着一张巴掌大小的罗盘。

这罗盘叫"小垡头盘"，大的垡头盘常用来观山定龙脉，讲究的是寻一个大势，而小的垡头盘则更适合观阴宅，寻坟坑。

就像把头说的，这坑底下的宽度有两百多米，若从上往下看，形状就是个椭圆形。

姚玉门给了我们几人一人一块磁铁，这磁铁个头不大，外表看起来平淡无奇，但玉姐说这不是普通的磁铁，这种磁铁叫"六明磁铁"，制作这种磁铁需要把普通磁铁染上红朱砂，然后埋在柳树或槐树下一年半，到时间后再刨出来洗干净。

六明磁铁是风水学中专用的，这种磁铁对某些特殊的磁场反应很强。

随后，她让我们拿着磁铁分别站在东、南、西、北四个角的边缘处，而她本人则脸色凝重地端着小垡头盘，站在了最中间。

若此刻有一条红线把我们几人拴起来，明眼人一眼就能看出来，我们几人恰巧组成了一个向内凹陷的五角形。

此时就听把头隔空喊话道："怎么样？"

姚玉门眉头紧皱，她看着手中的罗盘，沉思片刻后说道："脉象开井，乾象开井，平象开井，可偏偏窟象没有反应。脉是角木蛟，乾是房心兔，平是嘴火猴，窟是璧水蛇。

水蛇化蛟，火候心兔……四点半方位。"

"云峰，你往左前方走七十步。"她对我吩咐道。

"一步，两步，三步……"

"到了，玉姐。"我站在原地喊道。

"接下来，你用手在地上挖个小坑，然后把你手里的磁铁埋进去，用土盖上，盖严实些，不要露出来。"

我照她说的做，挖了个小坑，然后把六明磁铁埋进坑里，再用土盖好。

"行了，退后吧。"

姚玉门看了看四周角落，然后低头又看了看罗盘，最后她才看着把头点了点头。

"就在这里，误差不会超过一米五，阴气很重，六明磁铁的磁场反应很强。"她指着那个位置斩钉截铁地说，"那里的地下一定有东西。"

把头的包里有折叠式旋风铲。相比洛阳铲，旋风铲挖土更快，二者的区别就是一个侧重于精细探土，一个注重于效率挖土。

做好了标记，把头招呼了我一声，让我跟他搭伙往下挖。

开挖以后，上面一层土还比较软，但随着渐渐挖深，我们发现越往下挖，土质越硬，最后挖出来的都不是青白土，而是一种带着淡淡白霜的土，这土就跟冬天地里下霜了似的，我用手碰了碰，竟然还冻手……

湘西来的驼背老头一直旁观，看到这番景象后，他眉头挑起，淡淡地说："极阴地，看来是找对地方了，死人若在这地方躺上三千年，想不成阴滋尸都难。这主够狠，把自己子孙十八代都给陪葬了啊。"

我们这么卖力地挖土，愣是没出汗，我明显感觉到周围的温度下降了几摄氏度。

我不确定是不是看花眼了，有那么一瞬间，我好像看到自己呼出来的都成了白气儿。

熟练的土工用旋风铲，一小时下两三米的深度算合格，像二哥、三哥那样的土工，一小时最少能下四米。

把头还好，我就显得不太合格了，我挖得慢是因为土太硬，再就是入行时间不长，活干得少。

"咦？等等，不对劲，你们先停下。"乞丐刘忽然让我们停手。

"怎么了？刘爷？"把头转身问他。

我们一停，叮叮当当的刨土声瞬间没了。

乞丐刘闭着眼睛，他耳朵前后一动一动的，像是在仔细聆听什么动静。

突然间，他猛地睁眼！转身用手电向上方照去！

此刻，强光手电的灯光就像一束聚光灯，不偏不倚地照出一个人影！

我们看到，有一个人像壁虎一样趴在岩壁上，头朝下，正冲着我们看！

就看了这么一眼……

我慌张地后退几步，手里的旋风铲没拿稳，"啪嗒"一声掉在了地上。

我颤颤巍巍地指着那处岩壁的方向说："安……安研究员！"

岩壁上的这人低着头，长长的头发往下垂着，看不清她的正脸，但那一身满是淤泥的衣裳一看就是安研究员！

"怎么会？她明明死了！"我的脸一下白了！是被吓的。

红姐望着那边，同样是一脸恐惧！她跟我一样亲眼见过安研究员的尸体。

"什么鬼东西！"姚玉门咬牙大骂一声，她掏出随身手枪，看也不看，对着上方连打了两枪！

其中一枪打偏，打在了岩壁上，黑暗中子弹和坚硬的岩石壁相互碰撞，擦出了火星子。

石壁上的安研究员四肢平摊，然后她突然像壁虎一样，顺着岩壁向下爬来！爬行速度出奇地快！

"小心！"把头大喝一声，直接举起手中的旋风铲当武器。

安研究员的速度太快，把头手里的手电也快速跟着她移动。

"砰砰！"姚玉门又连开了两枪。

两枪命中，但安研究员的身子只是抖了抖，速度没有丝毫放慢，眨眼就爬到了姚玉门的面前。

"玉姐，小心！"我顾不上害怕，大喝一声，捡起旋风铲就朝这东西的脑袋上拍去！

"啪"的一声！我感觉自己拍的不是人脑袋！她的脑袋跟石头一样硬！这股反作用力震得我虎口生疼，差点儿就没拿稳手中的铲子。

那一瞬间，我看清楚了。

这哪还是什么胆子小的美女安研究员！

这东西的脸色像树浆白纸一样，脸上的静脉血管呈紫黑色，眼里全是眼白！还有，现在安研究员的嘴巴一直张着，没闭合，嘴里露出来的牙都是黑的，不断有一些黑色液体从她的嘴角滴落。

"畜生岂敢！"千钧一发之际，湘西老头怒喝一声！他从藏青色布包里掏出一段绳索，飞快地在绳索前端打了个圈，然后向前一扔！

不偏不倚，这截绳子就像套圈一样套住了安研究员的脖子！

快速将绳子在手中缠绕几圈，湘西老头使劲一拉，绳子瞬间绷紧！

"还愣着干什么！"老头冲我大喊。

我忙跑去拽住绳子，跟他一起用力。

安研究员的力气很大，我和湘西老头两个人都拉不住她，我俩就像拔河快输了一样被她带着走。

我双腿蹬地，上半身玩命地向后仰躺。要是活人像这样被绳子套脖子上拉，恐怕头都要被拉掉了。

"砰！"

随着一声响，绳子应声而断，而我由于用力过猛，绳子一断后就直接向后倒去。

驼背老头大惊失色地喊道："我的捆尸绳！"

我浑身摔得快散架了，是又气又急，起身就骂："一拉就断！这什么破绳子！"

安研究员对我和湘西老头不管不顾，她仿佛对玉姐有着极大的怨念！

脖子上套着半截捆尸绳的安研究员一下就扑倒了姚玉门，张嘴便朝着她的脖子咬去！

"不好！姑娘小心！"柳玉山怒喝。

危急关头，玉姐直接把枪管整个塞到了安研究员的嘴里，卡住了她的嘴。

安研究员咬着枪管，大量黑色汁水从她的嘴里滴落，都滴到了玉姐的脑门儿上，看着分外恐怖。

"砰砰砰！砰砰砰！"

一连串开枪声响起，玉姐面色发狠，连续扣动扳机，直接打空了弹夹。

"乞丐！你还不出手！"柳玉山急声大喊。

"铮"的一声！这是利剑出鞘的声音。

我看得一愣，只见，乞丐刘竟从自己腰间抽出了一把寒光闪闪的软剑！这把软剑就像皮带一样被乞丐刘盘在腰上。

我眼前只是白光一闪，快到都没看清，一颗人头就已经飞到半空中，随后掉落在地上滚了两圈，整个过程不过五秒钟，安研究员直接身首异处……

湘西老头气冲冲道："不是起尸！也不是诈尸！更不是阴尸！什么鬼东西这是！我的捆尸绳对她一点儿用都没有！"

这时红姐喘着粗气像是想到了什么，狐疑地向我看来。

我有些心虚地低头，不敢看红姐。

"云峰，怎么回事？"把头脸色阴沉地问我。

姚玉门差点儿被咬死，我意识到自己闯了祸。

我从裤兜里掏出小玻璃瓶让他们看，里面的淡蓝色液体还有小半瓶。

"这什么？"把头看着小玻璃瓶，疑惑问。

还没等我开口解释，红姐深吸一口气，抢话道："把头，诸位，我猜测，这东西才是长春会一直想要的。"

安研究员没了头，身子也不会再动了。虽说是斩首，但让人疑惑的是，安研究员脖子上并没有流多少血。我们近前一看，才发现其伤口隐隐有了结痂的迹象。

把头看过小玻璃瓶后明显不信，他不信这种药能让尸体活过来。

湘西赵爷还在对着他断了的绳子痛心疾首，他不住叹气，说："老赵家世代吃死人饭，没想到有一日，祖上传下来的捆尸绳毁在了我的手里，我不孝，不孝啊……"

看他不住地唉声叹气，我忍不住道："赵爷，不是我不信你，你说你那是什么绳子？什么捆尸绳，一拉就断了，根本不结实！我看什么都捆不住。"

"唉……小辈，你不懂，不懂。"赵爷默默捡起断了的绳子，塞回包里。

"话说回来，姚姑娘你刚才没受伤吧？"

"我还好，没什么大碍。"

"那就好，你休息一下。"把头看着大伙沉声说，"事情走到这一步，马上临门一脚了，不能就这么半途而废。云峰，继续挖。"

没说什么话,我捡起旋风铲继续挖,我只敢看着脚下的地面,不敢去看一旁身首分离的安研究员。

这时柳玉山开口道:"二位累不累?要不我叫朋友们过来帮忙?"

我知道,他说的"朋友们"肯定是那几只山魈。

"不用了,柳哥。"我晃了晃手中的旋风铲,道,"你那些朋友估计还没这铲子高,怎么挖土?好意我们心领了,打坑洞这活儿本就是我们的强项,您看着就好了。"

柳玉山点点头,不再插嘴,反倒是赶尸的赵爷话显得多了。他一个劲地问我那玻璃瓶里的药到底是怎么做的,从哪儿来的,药里有什么成分,等等。

知道成分和制作方法的人只有安研究员他们,现在他们三个都死了,我上哪儿知道去?

我被问得有些不耐烦,便扯谎告诉他,说那其实是尸油,都是从死人身子里炼出来的,具体方法您也别再问我了,我不知道,要问,赵爷您去问陈建生和小绺头去,他们肯定知道。

"哦……这样啊。"老人想了想,不再言语。

坑洞越下越深,我和把头都跳进去挖了,一铲一铲的土被不断扔上来。

"铛。"

忽然间,把头的旋风铲铲到了某种金属物体,现在大家都没说话,周围很安静,这动静显得很刺耳。

"什么东西?"玉姐跑过来问。

把头扒拉扒拉土,他从坑里提出来一件锈迹斑斑的青铜器。这件青铜器造型怪异。按理说,我之前也见过不少青铜器,可这样造型的还是第一次见到,也不知道叫什么。

这是件扁圆形青铜器,有盖子,盖子是封着的,隐约能看到刻有某种动物图案。

光看器型,这东西很像现在人用的那种充电式暖手宝。不过它的保存状态不太好,我感觉人轻轻一碰,这东西就会四分五裂。

仔细研究了盖子上的图案轮廓,把头惊疑地说:"这画的莫不是镇墓兽类的图案?你们仔细看,这图案是不是有点儿像蚌塑石雕?"

姚玉门看过后不住点头,说道:"把头,你别说,还真挺像。"

我听不懂他们说的是什么意思,便问玉姐这蚌塑是个啥东西。

玉姐告诉我，这东西长着猴子的尾巴，猪的头，当年挖出来的时候也没人认识，后来有学者发现这东西的造型和传说中一种叫蚌塑的动物很像，所以就有了这个词。

"哦，这样啊，那是真珍贵，不过可惜，都是黑干锈，烂了。"我叹了一口气，对这件珍贵的青铜器表示惋惜。

黑干锈是行里的说法，这种锈最不受行里人待见，因为这种锈色的青铜器大多来自脏坑，脏坑的东西价格最低，品相都不好。脏坑说的是粪堆、茅坑、猪圈、羊圈这些肮脏的地方。

把头端起这件青铜器闻了闻，皱眉道："的确，有股屎尿味。"

继续往下挖，结果陆陆续续又挖出两件带着黑干锈的青铜器。后挖出来的这两件造型也比较怪。一个是盖子上刻着一个游泳的小人，小人身上都是鱼鳞，正在水里翻腾；另一个更怪，形象是个八只腿、老虎头的怪物，老虎头的脖子上还缠着一条四脚蛇。

"这……这两件是不是古越国崇拜过的远古图腾？"红姐看了后，惊疑出声。

"小红，你知道些什么？"把头问。

红姐点点头，确定道："没错，把头。这些图案曾经都是古越人的图腾，不过这些都是古书上描绘的图腾形象，真实性还有待考证。把头、云峰，你们继续往下挖，我怀疑还能挖出别的东西。"

红姐托着下巴考虑了一会儿，又道："云峰，你还记不记得金棺银椁上的图案？"

我说当然记得，金棺银椁上刻着士兵，那些士兵的头顶还盘着四脚蛇。

"没错，"红姐点点头说。

她看向众人，沉声道："线索好像连上了，这芥侯不单是西周的大贵族，还有可能是古越国某支古越人的后代，要不然，芥侯不可能把这些图腾元素带入墓中。图腾兼始祖神，这些图案不光是图案，几千年前也是一种文字。这是一种古越人的图文类文字，如今没有人能破解，也没有人知道这些图案代表的意义。"

"不过……有一位故去的老教授生前发表过一篇笔记，他在笔记中提到，这些太过久远的图案，有可能是甲骨文的起源。"

红姐来回摆弄着这几件青铜器，她眉头皱起，像是在思考着什么。

这时把头说道："加把劲，必须赶在那伙人找来之前办成这件事。能见到陪葬品，就说明主棺椁离这儿不远了。"

又挖了一会儿，旋风铲打到了一块厚石板，这块青石板个头不小，把头喊几人下来一起推才给推开。

青石板刚被推开一半，下面突然飘出一股臭味，直往人鼻孔里钻！

不光是我闻到了，看其他人的表情就知道，所有人都闻到了。原先盖着板子还闻不到，现在一打开，实在是臭，就跟大夏天旱厕里的粪坑那味差不多。

我捂着鼻子大声道："怎么这么臭！把头，这底下不会真是茅坑吧！"我离得最近，被臭得不住干呕。

"粪坑咋了，粪坑也得照样下！芥侯的棺材就埋在下面！云峰，你小子活泛，体重还轻，这没多深，你最合适。我们用绳子放你下去，你带手电下去摸摸情况。"

"啊？"我小声讪讪道，"把头你……你这不是让我跳茅坑吗……"

五分钟后，我腰间系上了一条绳子。

把头叮嘱了一句"注意安全"，随后他们几人拉着绳子，像卸水桶一样把我往下放。

眼下到这个节骨眼上了，我也是硬着头皮下的。

倒是没多深，绳子向下放了不到五米，我就踩到了地面。我用手电往上打了下，对着把头比了个安全着陆的手势。

绳子很长，所以我没解，万一这底下再有条大四脚蛇类的东西，他们也好及时把我拉上去。

这里空间不大，像一处密室，很冷，很黑，我感觉自己手背上的汗毛都竖起来了。

用手电照着周围，我一眼就看到，在西北角横放着一具巨大的青铜棺材！棺材盖儿上长满了干黑锈，还有一层腐烂的苔藓，再一看，这里除了这具棺材，什么都没有。

越靠近棺材，味道就越臭。我之前还以为下面有粪坑，如今一闻，所有的臭味似乎都来源于这具青铜棺材。

难道这棺材里都是粪便？不然怎么这么臭。可就算是粪便，三千年了，怎么还有味道？

我大声喊话，向上面汇报我见到的情况："把头！你们赶快下来看看！有棺材！"

不多时，他们都抓着绳子下来了。众人围着青铜棺材转了几圈，竟无从下手，因为我们发现，整个棺材盖和棺材之间是用铜水灌死的，靠蛮力根本推不开。

"你们退后，我来试试。"乞丐刘拔出了他腰间那把寒光闪闪的软剑。

剑为百兵之王，软剑更是剑中异类，用得好了可柔可刚，寻常人练软剑，没个几十年的功底根本玩不开。

"风流乞丐花剑刘"这名号，在江湖道上鼎鼎有名，那可不是白叫的，从他一剑砍掉安研究员的脑袋就能看出来，这位爷耍软剑是有真功夫的。

"叮——"刺耳的声音响起，刘爷的软剑不偏不倚，正好插进了棺材缝里！

猛地拔出剑，棺材盖儿和棺材主体之间已经开了一条小缝。青铜的硬度虽不像生铁的硬度那么高，但毕竟也是金属，可这一剑直接贯穿扎透了，可以想象这一剑的力道有多大。

"快！上铲子！给我撬！"把头见状，忙把旋风铲塞到棺材盖儿下的缝隙里。

由于实在太臭了，我们都用衣服蒙住了鼻子和嘴巴。

就算是用铜水浇筑的棺材，可过了三千年，青铜锈损严重，一旦打开一处缺口，余下的无非就是多出点儿力气而已。

叮叮当当鼓捣了个把小时，把头用钢铲一撬，靠着自身量和杠杆原理，终于推开了棺材盖儿的一角。

就开了这么一角，刹那间，有一股肉眼可见的黑烟从棺材里冒了出来。

我和把头离得最近，把头大叫一声："危险！是尸气！"

他喊了一句，飞快地向后退去，堪堪躲开了这一小股黑烟。我反应慢了半拍，跑是跑开了，但还是吸了一小口。

我瞬间感觉有点儿头晕，同时鼻子一热，有鼻血流出来。

"别乱走，赶快平躺！会死人的！"湘西老头忙朝我大喊。

我忙平躺在地，就过了一两分钟而已，我就感觉自己不光是头晕，喉咙处也难受、发紧，像有什么看不见的东西掐住了我的脖子。我的呼吸开始变得困难，同时手脚也开始不受我控制地乱抖。

"按住他！"

把头脸色阴晴不定，其余几人则合力死死地按住了我。

"张嘴，直接吞下去，不要咬破。"湘西老头从他的小包里摸出一颗黑色小药丸，直接塞到了我嘴里。

我囫囵吞枣似的吞了黑色药丸。

随后他又摸出一个小号自封袋。自封袋里装着一把青绿色柳叶，看着还很新鲜。

他往我嘴里塞了一把绿柳叶，不让我嚼，也不让我吃，就叮嘱我一直这么含着，别松口。

过了能有五分钟，他才说："应该差不多了，张嘴吐出来吧，小心点儿，不要吞了。"

我把那些柳叶吐出来一看，颜色已经不是绿色的了，而是全部变黑了。

看到我吐出的变黑的柳叶，老人松了口气道："没事了，还好吸得少，加上我刚好带了东西，要不然，你小子活不过十分钟。"

虽然头还有点儿晕，但我能感觉到自己正在好转，我费力地爬起来，跟老人道了声谢，感谢他出手相救。

把头见我平安无事，也松了口气，他语重心长地说："还好我这次下来前把赵爷找来了。尸气……我们下墓的最怕碰到这东西，一旦吸了这种东西，就算再身强体壮的人也撑不过十分钟。"

此时，湘西老头眯眼望着青铜棺材，他脸色凝重地说："有尸气，而且浓得都成了黑色，这说明棺材里躺的主还没烂——只剩下白骨的棺材绝聚不起来这么浓的尸气。"

"不起尸还好，万一起尸……我们祖上传下来的捆尸绳断了，只能用含口钱了，至于含口钱能不能压住，"老人摇摇头，道，"只能祈祷祖师爷保佑，听天由命了。"

话罢，他从怀中掏出塑料袋，塑料袋有好几层，最里层还包有报纸。老人小心翼翼地解开报纸，从中捏出一枚带有传世包浆的纯金制铜钱。

这枚金制铜钱直径不过三公分，是小平钱，面文"应感通宝"四字篆书旋读，作八分书，书体遒劲古朴。

我吓了一跳，因为我认得这种钱币。这应感通宝是北宋淳化年间，由起义军领袖李顺所铸，位列古泉五十名品前列，存世极罕。而湘西老头手里的这枚，是金制的应感通宝……前所未见，历代泉谱都没著录过。

这应该是枚孤品。

见我发呆，老人瞪了我一眼，颇有些自豪道："这枚应感通宝的确是家里所传。赵某我祖上乃是李顺大统领帐前持矛郎中，祖宗除了护着李统领个人安全，还负责战场上赶尸收尸的活计。"

我心想：怪不得，这种家传孤品，要说历史传承没有点儿道道那不可能，要是哪一天这位爷不干这一行了，别的不说，光把这一枚古泉五十名品的大珍品送拍，那换来的钱，他儿孙辈怕是都用不完。

随后，老人一脸紧张地手拿含口钱，看着把头说："应该差不多了，开吧。"

"嗯。"把头神情凝重地点点头。

这么重的青铜棺材盖儿要想直接用手推开根本不可能，所以我和把头采用的办法是"赶"，就是用旋风铲的钢把儿当撬棍，塞进去，利用杠杆原理，然后一点点地挪动。

随着我们不断发力，吱吱呀呀，青铜棺材盖儿发出阵阵难听刺耳的摩擦声。

尸气就之前的那么一股，现在没了。

随着"砰"的一声，接近千斤的棺材盖儿重重落地，荡起来不少灰尘。

赵爷手拿含口钱保持戒备，我和把头一低头，同时举起手电往里照。

看到棺材里的景象，即使之前做了心理准备，我还是感觉胃部翻涌，差点儿吐出来。

太恶心了……太恶心了，怪不得这么臭！

所有看到这一幕的人脸色都变了，因为我们看到，棺材里平平地铺满了一层四脚蛇的尸体，数量过百条！这些四脚蛇的尸体一条缠着一条，互相绕成圈，宛如大麻花，全是半腐烂状态。

把头脸色阴沉地说："尸体去哪儿了？怎么光这些畜生，芥侯的尸体呢？"

说完，把头不信邪，他强忍着不适，用旋风铲当铲子，在蛇的烂肉堆里铲了两下。

随着手上动作起伏，把头明显一愣道："不对……这棺材里有隔断，这下面还有一层！"

"云峰快来帮忙，把这些东西弄出去。"把头扭头吩咐我。

棺材里的味道简直是臭气熏天，我和把头一铲一铲地不断铲出那些已经腐烂的四脚蛇。

处理了大半，果然如把头说的一样，棺材里有一块隔板，这一大堆四脚蛇是被平铺在隔板上的。

我用铲子敲了敲，听声音判断出了下面有空间。

这时姚玉门突然出声提醒："王把头，你们快看，中间那块是不是有个小洞？"

还真是，她一提醒，我和把头才注意到中间的确有一个不规则形状的小洞。这小洞两头窄，中间宽，有点儿像是某一类钥匙孔。

"咦？"红姐惊疑道，"这形状的东西，我之前好像见过……"她抬眼看着我说："云峰，你还记不记得那件青铜器？"

"青铜器？什么青铜器？"

突然间，我脑海中闪过之前一幕。

"青铜钺？那件礼器！"

"没错，就是那件东西，"红姐指着这个小洞说，"两头窄，中间宽。而且你看，我目测大小、宽度应该也差不多。"

怎么会这样！之前陈建生得到过那东西，照这么说，那东西很可能已经落到了小绺头一伙人手里！

把头脸色阴沉，他问乞丐刘，说想请他出手试试，看能不能像之前打开棺材盖儿一样，打开这层隔板。

不料乞丐刘看过后摇摇头，他说道："不试了，试了也没用，棺材盖儿是用铜水浇灌的，盖儿和棺材本身就是分开的，再加上时隔千年，锈蚀严重，所以我才能打开。"

他指着这层隔板摇头道："你们看，这层隔板当年本身就是与棺材一起打造的，二者是一体的，我可整不开，要是有炸药的话还行。"

"炸药……"这东西我们之前的确有。雷管就在红姐包里，当时用了两根，还有剩余，不过后来我们被抓，连背包都被那伙人收走了。

红姐看了一眼把头。

把头摇摇头，说自己没随身带那种东西。

眼下所有人都陷入了沉默，要是时间充足还好，我们总能想到办法打开棺材里的这层隔板，可我们没那么多时间了。照把头的猜测，那伙人可能已经在来的路上了。

这时我举起手来，吞吞吐吐道："要不……要不我们先撤？"

"不行，再想想别的办法。"把头深吸一口气，他不想就这么放弃。

就在这时，洞口外突然有脚步声传来。我看到远处有几束手电光闪烁，还隐约听到人的说话声。

我后退两步，大惊失色道："赶紧跑！那伙人来了！"

"跑？小子哎，你往哪儿跑，钻地下去啊？"乞丐刘抽出他那把软剑，嘴角露出冷笑。

姚玉门也脸色阴沉地拿出她那把小手枪，一颗一颗地压满弹夹。

把头额头上青筋隐现，他低声对我们吩咐说："记住，看我的指示。"

我攥紧手中的旋风铲，咽了口唾沫，眼睛死死地盯着洞口的方向。

脚步声临近，手电光也越来越多。

那些人一拐弯儿，我最先看到带头在前的陈建生。其身后还跟着一伙人，有几张我之前见过的熟面孔。小绺头、猫头鹰女人、剑哥等人赫然在列。他们有的人拿着开山刀，还有人端着枪，人数比我们这边多一倍。

我们紧赶慢赶，终究还是碰上他们了，不过我看把头现在的意思，应该没想着再躲藏了。

这一刻，双方各路人马打了照面。

"哟，这不是陈红吗，还有这小子，敢情你们是躲在这儿啊？"陈建生拿着手电直接晃我的眼。

红姐冷冷地看着他，一句话都没说。

把头抬了抬手，示意我们不要轻举妄动。

"北派，王显生。"把头这话算是对小绺头打了声招呼。

双方人马剑拔弩张之下，小绺头背着双手走出来说道："王显生是吧，我知道你，我也知道你早就下来了，不愧是打洞出身，我一直在派人找你，你很能藏啊。怎么？你想通了，不藏了？还是说……你想和老头子我拼上一拼？"

"喊，大人，"陈建生突然笑道，"咱们这么多人，还有剑哥、温姐，就这帮不入流的打洞老鼠，还敢跟我们龇牙？"

我听得心里火冒三丈，年轻人的冲动性子起来了。只要把头一声令下，我就敢拿着铲子向前冲！

把头脸色平静，他冷笑道："没错，长春会我们不敢惹，我们也的确是老鼠。不过嘛……老鼠急眼了也能吃人，你们说是不是？"

"叮——"

这清脆的声响传过来，小绺头才注意到把头身后之人。

乞丐刘用手指弹了弹剑身，他咧嘴道："老苏秦啊，有十多年没见了吧？虽然我现在不在长春会了，可有时还挺想你这老小子的。"

"这么多年过去了，咱们也都老了，也不知道你苏秦背剑是不是还能行？要不咱们试试，看是你衣服里藏着的三十三把飞刀快，还是我的剑快？"

小绺头眯着眼，淡淡地说了一句："没想到王显生找来的人是你。"

"咋的，咋不能是我啊。不光我，还有他。"乞丐刘用剑指了指柳玉山。

按照江湖礼节，双方照面先打招呼，小绺头比柳玉山辈分大，但要说在江湖上的名声风评，小绺头其实远不及天津齐柳家。

"大人，这叫花子要饭的该不会是……"陈建生像是想到了什么，脸上的表情凝重了三分。

小绺头挑眉道："说下你们的条件。"他看起来有点儿忌惮。

我清楚自己有几斤几两，也知道他真正忌惮的是把头找来的这几名帮手。

把头看着他，表情冷淡地说："我们条件简单，把孙家三兄弟交出来，然后……青铜棺里的东西我们带走。"

"还有吗？如果你们要的只是这些，我同意了。"小绺头冷声说。

把头摇头道："仅此而已。"

"大人！"陈建生跳出来指着我们，激动道"咱们人多！凭什么答应他们的条件！大人你这样做的话，该怎么跟会里交代！"

"啪！"

"大人，你……"陈建生捂着脸，满脸的不可思议。

小绺头看都没看陈建生，他淡淡地道："我说话算话，我们只要棺材里的尸体，其他陪葬品类的东西你们带走。"

虽心有不甘，但我能看清眼前的局势，这是双方都在忌惮，一旦真动起手来，谁都讨不着好。同时我也很清楚，要是没有天津齐柳和乞丐刘，他们绝不会和把头谈条件。

十分钟后，双方人马各站两边，互相之间的氛围看似平静，实际上暗潮涌动。谁都不清楚对方会不会突然出手，都在提防着。

听完把头说话，小绺头看了眼青铜棺材里的那层隔板，然后侧头问陈建生："他们说的可对？那块青铜钺现在在哪儿？"

陈建生忙摆手说："大人，我估计说出来都没人信，那真是我无意中捡到的。我为了引陈红上钩，就先把东西埋起来了，没想到后来被那帮畜生挖出来拿走了。大人，你也知道，我为了训练那帮畜生，也吃了不少苦头啊。"

"这事不难。"柳玉山走出来说，"只要东西还在它们手上，就有办法拿过来。"

随后他吹了声口哨，不多时，一只脖子前挂着吊坠的山魈颠颠地跑了进来。

此时我有注意到一件事：他一吹口哨，那个女人肩膀上的白猫头鹰连着扇了好几下翅膀，看着躁动不安。自称姓温的女人安抚了几次，它才见好。

柳玉山摸了摸山魈的头，淡淡地道："去，把东西拿来。"

山魈得令而去。

时间过得很快，可能还不到半小时，山魈就跑回来了。相比之前，这只山魈身上多了很多伤口，眼睛、鼻子也被抓破了，脸上鲜血直流，伤口看起来触目惊心。

山魈一摊手，柳玉山从山魈手中拿起来一件青铜器。这东西正是之前被偷走的青铜钺。

像之前我碰到过的青铜编钟组，三千多年下来还能运转，从这点上就能看出当年机关术的厉害。此刻这青铜棺就像一个大号的机关盒，而打开机关盒的钥匙，已经在我们手上了。

"云峰，你来吧。"把头突然把青铜钺交给了我。

所有人的目光瞬间集中在了我身上。

被这么多人同时盯着，我有些不自在，但我也没说什么，一伸手，就把青铜钺插到了棺材隔板上的小洞里。

"咔嗒。"

青铜钺和小洞严丝合缝，不大不小，宛如一体。

我先尝试着往左边拧了一下，没反应，然后我又尝试着向右旋转了一下，还是没什么动静。

我脑门儿上出了汗，手也有点儿抖。

这时，姚玉门提醒我道："以前的机关盒虽然复杂精细，但都有一点儿缺陷，云峰你试着先上下活动一下，然后对准左边四十五度角的方向试试。"

把青铜钺重新摆正之后，我听了玉姐的话，开始重新尝试。

我刚把青铜钺转到四十五度角，就听到"咔嗒，咔嗒"两声，然后是锁链拉动的声音。

"开了！"瞬间，所有人的目光都看了过来。

在看不到的锁链拉动下，这层棺材中的青铜隔板开始一点点儿向右划开。

让所有人意外的是，出现在隔板下的竟是一张金缕玉席。这张席子金丝完好，玉片发青，再定睛一看，好像席子下盖着个人。

金缕玉衣是汉代才发明的，我们看到眼前的实物才知道，原来早在西周时，就有了金缕玉衣的雏形。

"你去。"小绺头对身边的一个中年男人挥了挥手。

这人咽了口唾沫，看起来有点儿害怕。席子下可能是三千多年前的尸体，估计谁干这事心里都有点儿发怵。

我小声问湘西老头："赵爷，你看这是什么情况，玉席下面是不是阴滋尸？"

老头攥着手里的含口钱，脸色有些不好看。

就在这时，姚玉门向后拉了我一下。

"怎么了，玉姐？"

姚玉门表情凝重，她给我看了眼她那张祖传的垡头罗盘，我一看，当即大惊失色，只见她现在手中的这张罗盘上，缝针、北针、正针这三枚针都聚在了一条线上，而这条线直冲冲地指着青铜棺材。

罗盘上这种现象很罕见，玉姐小声告诉我，一般情况下，罗盘工作时只有正针——也就是最长的那根针会左右摆动，而像眼前这种情况，三针合在一条线上，在风水学上有个名，叫作"一线阴"。

我忙又问她罗盘上出现一线阴会发生什么。

她摇了摇头，脸色十分难看。

红姐附在我耳边小声道："记住，一会儿要是发生什么情况，你转身就跑，知道吗？之前打雷时你听出来的那条路，可能通向地面。"

我点点头，心里突突直跳，紧张得手心里都出了汗。

只见小绺头派过去的男人慢慢伸手过去，想要揭开玉席，忽然间，他的手定格在了半空中。

这一刻，所有人手里的手电都开始变得一闪一闪的，不知道是电量不足了还是怎么着，手电光变得忽明忽暗。

刘建生拍了拍手电，指着那人大喊："喂！磨磨唧唧干什么！赶紧整！"

那男人一咬牙，也发了狠，他嘴里嘟囔了一句什么，随后捏住玉席一角，猛地一抽！

正主出来了，芥侯露面了？

胆子大的人都跑过去看，我心里也怕，但好奇心更重，我小心地迈着步子走了过去。

"呕！"不知看到了什么，揭玉席那男人突然趴在棺材边，大口大口地往外吐，看那架势，隔夜饭也吐出来了。

随后，我看到了，把头他们也看到了。尤其是湘西赵爷，他的脸色最难看。

棺材里躺着一具男尸，经历了三千多年还没烂，不过身上的衣服早烂光了。这尸体皮肤塌陷收缩，但脸盘子出奇地大，整张脸像是在水里泡发了。

男尸闭着眼睛，下嘴唇翻起，完全盖住了上嘴唇，长长的头发在身子两侧。再仔细一看，尸体的手指甲竟然还在生长，指甲末端发青发黑，长度已经超过了五公分。

该怎么形容……这尸体浮肿得像一个足球，但这足球被人一脚踩瘪了……那些五官不像是长上去的，倒像是有人用手摁上去的。整张脸上都是白色脓水，都拉丝儿了。

"谁也不要碰！"湘西赵爷突然大喊出声。

小绺头斜着眼睛说："哦，阁下什么意思？"

老头脸色凝重地说："我什么意思你比我清楚。千年不烂，毛发重生，地下七尺阴地，这尸体已经成了阴滋，一旦沾上人气，随时都可能会起尸。一旦阴滋起尸，你知道会造成什么后果？"

"哦，就这些？你还有什么想说的？"小绺头语气平静。

"我们双方有言在先，我看重江湖朋友的面子，我们既然敢来，又岂会毫无准备？"小绺头说完一挥手，一伙人中立即走出来一个中年汉子。

这中年汉子年约五旬，留着八字胡，手里还拿着一根盘起来的黑色粗绳。

"捆尸绳？小子，难道你也是从湘西过来的？祖上可有姓名？"

八字胡的中年汉子微微躬身，用礼貌的口气道："回赵爷，家父秦避火，爷爷是秦守礼。"

湘西老头听后，脸色一沉，说："老秦家镇守一方，从不参与江湖上的门派之争，世世代代隐居虎丘山下，怎么，到了你这一脉……"

中年男人动了动手上的一盘捆尸绳，他语气很诚恳地说："回赵爷，先辈们墨守成规许久，到了我这一辈，犯不着再让老秦家的后代子孙们吃苦了，我有能力让他们过上更好的生活。"

"既然双方有约在先，还请赵爷行个方便，让开道。我先前已经绑过一个小的，如此，绑这个老的自然也不在话下，就算它沾上人气起尸了，凭我们老秦家的家传绝学，我也有把握能镇住。"

我知道这人说的"小的"是谁。他们之前打开金棺银椁带走的尸体，应该就是芥侯小女儿。

至于他们为什么精心设计，把二哥摆放在金棺银椁里，我猜测这其中应该还有什么我不知道的秘密。我隐秘地摸了摸裤兜，我猜测，这个秘密很有可能和我裤兜里的玻璃瓶中的蓝色药水有关系。

安研究员死前曾亲口告诉过我，说那具尸体变成了妖怪，并自称亲眼看到老许被咬死了。也就是说，那东西应该已经起尸了。

我从赵爷和这人说话的表情就能看出来，这自称老秦家后人的男人在他们赶尸行里地位不低，既然能被小绺头请过来，说明这人手上肯定有真本事。

这时，把头拍了拍赵爷的肩膀。赵爷叹了一声，便不再挡道。

看着那男人手上进行的动作，赵爷在一旁对我们解释说："这人不简单，你们注意看，他现在正在戴手套，那手套也不是普通手套，是用猪尿泡和小苏打混合做出来的，戴上这手套碰尸体，就能隔绝手上的人气儿，防止起尸。他准备绑捆尸绳了，你们再仔细看，这人绑绳子时，头一直朝外扭着，这是防止人的呼气吹到尸体脸上。"

"阴滋尸很少见，更不用说这种三千多岁的阴滋。长春会有人想得到这具阴滋，那是因为这东西远比古埃及那种木乃伊稀少得多。我干了一辈子，黄土都埋到脖子边儿了，老夫也是第一次见到这种级别的阴滋，物以稀为贵。"

只见，那中年男人双手戴上猪尿泡做的手套，然后侧着头，摸索着用捆尸绳一圈一圈地绑在了尸体上，最后，他又掏出一个十分破旧的黄麻袋。这黄麻袋一看就有些年头了，上面还用红朱砂写了两个字——"避面"。

把黄麻袋套在尸体的头上时，他手劲不小，手法迅速，毫不拖泥带水。

前后不过几分钟的工夫，黄麻袋套头、捆尸绳打结，一套动作看起来不慌不乱，行云流水一般。

做完这一切，男人转身看着小绺头点了点头。

小绺头一挥手，陈建生和另一人忙跑了过去，手里还提着一根长竹竿。

中年男人绑捆尸绳的时候留有绳结，陈建生用竹竿穿过绳结，嘴里喊了一声："一口气！起！"

墓主的尸体动了动，没起来。

陈建生额头上青筋暴起，他又大喊一声："真是比死猪还沉！给我起！"

晃晃悠悠地，二人用竹竿合力把墓主尸体抬出了棺材。

赵爷见到这一幕，感叹道："捆尸绳捆尸，黄覆面遮头，青竹竿穿身，如此一来，阴滋尸不见天，不落地，不沾人，这是'三不沾'。不愧是秦避火的儿子，手段不凡。"

见尸体已经得手，小绺头开口道："长春会要的东西已经到手，我对其他东西已经没兴趣了，约定依然有效。如果你们不怕的话，就跟来吧，到了地方，我自然会把那三个人交给你。"他自顾自地说完话，转身就走。

其余众人也跟着他慢慢后退，这些人看样子还对我们有防备，估计是怕我们突然从背后偷袭。

"走，跟他们过去接人。"把头迈步而出。

我追上把头，小声地说："把头，难道咱们就这么算了？你没见到二哥的样子，根本就不知道！这伙人不知道用了什么邪术，他们把二哥放在棺材里，让四脚蛇吸血！二哥是不是还活着都不确定了。"

"不会就这么算了的……"把头眯眼看着前方那伙人的背影。

"我的计划才刚开始。"

本来两伙人就不是一条绳上的蚂蚱，因此一路上走得小心，我们这帮人和小绺头这帮人保持着距离，说两伙人各怀鬼胎毫不过分。

阴滋尸分量重，陈建生和那伙人互相搭竹竿换人抬，所以走得也不快。

说着话，我们已经走到了目的地。

眼前是一片开阔地带，这地儿离着地下暗河不远，那伙人在地上扎了好几个帐篷，这帐篷就和安研究员用的那个一样，看来这段时间他们都躲藏在这里。

帐篷外有人放风看门，这人正靠在椅子上抽烟，见小绺头带人回来，他忙丢掉香烟，跑了过来。

陈建生肩膀上扛着竹竿，抬着尸体自顾自地走进了一间帐篷里。小绺头问看门的男人有没有发现异常情况，那人恭敬地说一切正常。

"六儿，你带着这伙人去九号洞，把关着的那三个人放了吧。"

这男人眉头一挑，反问道："大人，放了那三个？这……不太好吧。"

"没事。"小绺头摆摆手，道，"那小东西太凶，上次那事你也看见了，有我们都折了三个人。这次多亏了秦先生帮忙。现在有了这个大的，那小的就可有可无了，你回头给会里捎个信过去，就说古尸已经到手，让他们尽快派车来顺德接'货'。"

"是，我知道了。"这人恭敬地点点头，然后朝我们挥手，道，"你们几个，跟我来吧。"

走的时候，乞丐刘驻足在小绺头身旁，笑着说："老苏秦，你说你也一把年纪了，还替会里跑这跑那，人家念你好吗？你费这么大劲跑顺德来，就为了绑这个千年大粽子，我看你还是别叫'苏秦背剑'了，改叫'苏秦背尸'吧，哈哈。"

小绺头脸色微变。我注意到他的右手轻轻往上抬了一下。

乞丐刘把手放在腰上，脸上的笑容突然一收。

过了能有一分钟，小绺头忽然放下手，摇了摇头说："会里怎么安排，我就怎么做。老乞丐，你不要得寸进尺。"

"呵呵……"乞丐刘笑着拍了拍他的肩膀，和他擦肩而过。

见乞丐刘过来，我悄悄地问他："刘爷，我看小绺头很忌惮你，是不是因为他打不过你，害怕你啊？"

"打不过？非也非也。"乞丐刘摇头晃脑地说，"小子，不是打不打得过的问题，是各自双方背后代表的势力不同。算了，跟你这个毛头小子说了你也不懂。你们呀，领到人后就赶快走吧。"

我撇了撇嘴，心想这人说话怎么和把头一样半遮半掩。刚才把头说自己还有计划，结果我问他有什么计划，他也是打哑谜，压根儿一个字都不透露给我。

"往前边再走一百米，一拐弯就到九号洞了。"带路的男人突然回头说了一句。

九号洞其实就是个地下岩洞，这种地质结构在飞蛾山下很常见，尤其顺着地下暗河两边找，不时能见到。

我估摸着九号山洞就是他们这伙人自己起的名,说不定还有什么八号山洞、七号山洞。

停在山洞外,这男人打开手电的爆闪功能,对着山洞里不停地闪。

很快山洞里就有了回应,有人在里面也用手电向外闪。

关了手电的爆闪功能,他让我们跟他进去。

山洞中段位置有道大铁门,铁门两边用生铁销子固定在墙上,这道铁门十分厚实,中间那些铁管一看就是实心的,足有小孩子手臂那么粗。

门中间挂着一把大铁锁,明眼人一眼就能看出来,这门肯定是他们这伙人下来后自己安的。

"哟,原来是六哥你来了。"里面的人一边翻钥匙,一边打量着我们,"这帮人是干啥的啊,六哥?"

"阿原,你不用问那么多,这些都是大人的朋友,他们是来接货的,你直接开门放人进去就行了。还有,大人让我给你带句话,大人说你一个人守着九号洞辛苦了,不过还好,我们马上就要出去了,等出去了,大人会把你应得的那份报酬分给你妹妹。"

我注意到一件事,当听到"接货"二字时,这人翻找钥匙的手停顿了一下。还有,听完六哥的最后一句话,这人脸上的表情有了点儿变化。

通过这些小动作和微表情,我也不能确定什么,说不定只是他下意识的动作。

他笑着说:"知道了,原来是来接货的。你看我这眼神不好,找个钥匙都要这么半天,耽搁诸位了啊,不好意思。"

"咔嗒",这人打开了铁锁。

"诸位随我来,我带你们过去。"

顺着山洞往里走了五六分钟,前方出现了一个拐弯,带路的男人用手电照着那里说:"拐弯过去,就能看到你们要找的人了。"

这时,一路没怎么说话的湘西赵爷突然看着前方说:"我怎么觉得不太对劲?"

"哦?"乞丐刘好奇地说,"怎么不对劲,难道小绺头还敢害我们不成?只要乞丐我身边那些老朋友都还健在,他没那胆子。别说他,就算会里的那几位也得掂量一下。"

这人摊开双手笑着说:"哟,你看爷你说的,我是得了大人的指示,带你们过来接货,还说什么害你们，哪能啊。"

"不对！"姚玉门瞳孔收缩，看着他空无一物的双手厉声道，"钥匙呢？刚才你手上的钥匙呢！"

我用手电照明，僵硬地回头看了一眼，只见我们刚才经过的大铁门不知什么时候锁上了，还有刚才跟在我们屁股后面的带路男人也不见了……

一瞬间，我头皮发紧，心里生出了一丝很不好的感觉。

男人还在笑，他笑着说："六哥和大人说了，他们会帮我照顾好我妹妹的。我这辈子还活着都是为了我妹妹，天下只有妹妹好啊。"

姚玉门猛地掏出手枪，拉开保险，她单手举枪，用黑洞洞的枪口指向了这人的脑门儿："说！你们想干什么？"

这人也不说话，闭上了眼睛。

姚玉门脸色一白，她像感觉到了什么，忙从自己怀里掏出小垡头盘。

我们都看得很清楚，现在的小垡头盘三针合一，针头直直地冲着前方拐弯处，这是一线阴。

"哗啦……哗啦……"

此时前方拐弯处忽然传来了哗哗拖地的铁链声，还有铁链子互相碰撞发出的叮当声。

黑暗中，前方拐弯处拉扯铁链子的声音越来越大，所有人的神经瞬间紧绷。

忽然，这男人一把抓住枪管，对着姚玉门癫狂大笑道："哈哈！迟了！再过几分钟就到饭点儿了，小东西已经两天没喂了，你们全都得死！全都得死！"

"先别管他！"

湘西赵爷慌忙翻找随身布包，他一边翻包，一边厉声说："阴滋起尸力气很大，而且皮肤坚硬，没有痛感，根本不惧普通刀枪。先下手为强，走！"

说着话，他翻找出了那枚家传下来的应感通宝。这是赵爷祖上用过的含口钱，据说有镇阴尸、隔人气儿的功效。

"砰！"姚玉门一脸寒霜，毫不留情地开枪打穿了男人的小腿。

这男人忍痛的本事不凡，虽然疼得满头冷汗，但他不仅没喊没叫，还咧嘴笑道："死吧，死吧，一块儿死吧，哈哈……"

手拿含口钱的赵爷走在最前面，把头和我紧随其后。

随着距离拉近，前方铁链子叮叮当当的声音越来越响，越是没看见的东西，人的心里越害怕，越没底。我们刚才的来路被封死了，这肯定是小绺头的计划！

事情不是预想的那样，乞丐刘冷着脸不说一句话。

小绺头没选择和我们正面冲突，而是搞了如此阴毒的一手，他想让我们全部喂阴滋尸！

几束手电全部开到最强档位，一拐弯，我们往前一照。

尽管已经打了预防针，做了心理准备，可等我们看清了铁链子锁着的东西后，还是被吓到了……

铁链子锁着一具全身浮肿的小个子尸体，高不到一米五，不知是不是之前被泡在塑料筐里的原因，尸体全身腐蚀得非常严重。

它像是感应到了活人的存在，开始疯狂地挣脱，墙上稀稀落落地往下掉土，铁锁链随时都会被挣脱！

湘西老头嘴里含上一颗药丸，他拿起含口钱大喊："乞丐！开嘴！"

软剑离身，乞丐刘一抖剑身，大踏步两步上前，一剑便朝着这东西的嘴里刺去！刺出去的这一剑速度奇快，甚至我都能听到破空的风声！

"嘎嘣……"

一剑入嘴，乞丐刘喊道："不行！这东西嘴硬啊！！"

一声异响，墙上固定的铁锁链应声而断。

乞丐刘大惊，他一脚飞踹，借着这股反作用力拔出了软剑。

"后退！快！"见唯一能束缚这东西的铁锁链断了，湘西赵爷转身后撤。

玉姐最先跑到铁门那里，她拼命摇晃，可那把大锁将铁门锁得死死的，无法打开！

众人气喘吁吁地跑到铁门这儿，就听到后方传来男人的一声惨叫。那个被姚玉门开枪打穿小腿的男人出事了。

"赵爷，出不去！快想办法！"把头情急之下大喊道。

老人想了想，他表情严肃地看着我们说："捆尸绳不能用了，用含口钱的难度要大很多，眼下退路已断，要想对付这起尸的千年阴滋，只有一种办法。"

"这是黄篙掺着艾草做的，"他看着我和乞丐刘、柳玉山三人说，"现在只剩三枚。

你们把它含在嘴里，它能防阴滋尸气。"

说完话，老人给了我们一人一颗小黑药丸。这药丸和我之前吃的那颗一模一样，作用都是用来避尸气。

铁链拖地的声音再次响起，老人看着前方说："三位请记住，药已经没有了，近距离接触这东西的机会只有一次，若是这次没能按住这东西，我们所有人恐怕……"

黑暗中，把头打开了手电。只见前方出现了一个小个子黑影。

铁链拖地的声音哗啦啦响。

把头的手电光刺激了这东西。

"来了！"

我忙把老人给的药丸含在嘴里。

"砰！砰！砰！"姚玉门瞄准阴滋尸，一连开了三枪，但阴滋尸的身子只是晃了晃。

"上！"老人单手攥着金铜钱冲了过去。

我们仨一咬牙，也硬着头皮冲了上去。眼下不拼命就得死！拼命了还有一线生机！

阴滋尸伸手抓来。

乞丐刘手腕发力，用软剑荡开，他右脚蹬墙，高高跃起。下一秒，乞丐刘半空中的双腿犹如炮弹，狠狠地踹到了阴滋尸的面门。

见阴滋尸瞬间倒地，我和柳玉山马上一左一右扑了上去，一把按住了阴滋尸。

湘西老人迅速出手，他两指捏着金铜钱，就要往这东西嘴里塞！结果因为这东西乱挣扎，塞偏了。

近距离接触阴滋尸，阵阵恶臭和腥气弥漫，我嘴里含着药丸，但还是受到了影响。这东西的力气越来越大，我用尽全身的力气，还是感觉马上就要压不住了！

"快！我快压不住了！"

危急之下，只见老人发了狠——他也不瞄准了，直接主动把右手伸了过去。

"赵爷！"

阴滋尸直接死死地一口咬住了老人的手腕，鲜血顿时喷出。

老人失血过多，脸色发白，他看准位置后，右手一按一松，那枚藏在他手掌心里的金光灿灿的应感通宝铜钱，不偏不倚地被整个塞到了阴滋尸的口中！

效果几乎是立竿见影，阴滋尸嘴里传出阵阵烧焦味。这股味道夹杂着腥臭味，人闻着几欲呕吐。

阴滋尸的动作幅度越来越小，前后不过几十秒的工夫，便躺在地上不动弹了。

老人脸色惨白地抽回右手。

我看见他手腕上的伤口鲜血直流。那东西几乎快把他的手腕咬穿了！

老人看着乞丐刘，喘着粗气说："快……快……"

乞丐刘点点头，他一挥软剑，手起剑落！

红姐忙跑过来，在包裹里找出绷带，迅速地帮老人包扎止血。

再看地上那具阴滋尸，已经一动不动了，就像一具普通的半腐烂死尸一般。

湘西赵爷的右手没了……

不过，我从老人的眼神中没看到类似失落的情绪，相反，我从他的眼神中感受到一种轻松感和成就感。

"不用太费力了，随便包包就好。普通人一旦被阴滋尸咬伤，就算救护措施做得好，也活不过一个月，因为阴滋尸口内带有大量棺材里的细菌，这就是为什么在民间传说中，人一旦被僵尸咬了，无论伤口大还是小，都活不了。"

乞丐刘一听老人这话，立即拔出剑说："照你这么说，老头你被阴滋尸咬了，会不会也变成阴滋尸？既然如此，那我现在就送你上路！"

"喀！喀！"老人连续咳嗽了几声，急道，"那是普通人！我们老赵家世世代代干这行，岂能没点儿保命的手段！三天之内，只要三天内能出去，我还有办法救自己！"

"我又不会变僵尸！你着急个什么劲儿！"

第九章

出事

隔行如隔山，我不懂这里面的道道，不过我想赵爷的意思大概是，被阴滋尸咬一口和被蜥蜴咬一口差不多，它们的嘴里都是细菌，人需要在三天内做进一步处理，要不然会危及性命。

把头看着地上一动不动的尸体说："赵爷，含口钱能管多久，有没有时间限制？别等会儿再起尸。"

包扎好伤口，赵爷虚弱地说："不用担心，只要含口钱还在，这东西就起不来。那伙人可能杀个回马枪，我们得尽快找到钥匙，离开这里。"

"不用，钥匙已经找到了。"正说着话，红姐从墙洞里摸出一串钥匙。

"刚才不过一转眼的工夫，那人就把钥匙藏起来了，我猜藏钥匙的地方肯定离铁门不远。"她晃了晃手中的钥匙串。

挨个试了一遍，打开铁门后，一行人走出了九号山洞。我用手电照着查探了四周，并没有见到其他人在。

我问道："下一步怎么办？"

把头沉吟片刻道："小绺头两面三刀，说话半真半假，不过我猜测，老大他们应该被关在这附近，我们就在九号洞附近察看一下。"

赵爷可能失血过多了，走起来很慢，还得靠人搀扶着才能勉强行走。

情况真和把头猜得差不多，我们沿着九号洞往回走，没多久就找到了七号洞，还有一个没被标记的山洞。

可惜的是，山洞里并没有关着孙家兄弟。

又沿路走了半个多小时，把头忽然说道："关掉手电，前面有情况。"

我们关掉手电，蹲在地上往前看。山洞结构的传音效果强，我们听见有人的说话声。

"在这鬼地方守了这么长时间，今儿总算是熬到头了，等我出去，得找点乐子，可把老子憋坏了。"

"行了，别发牢骚了，剑哥让我们尽快把人押过去，做好善后，早点撤离。这次的活，会里补助高，那么多钱，等出去了随你怎么玩儿。"二人抽完烟，转身进了山洞。

把头看了乞丐刘一眼，刘爷点头说："两个普通人，我去解决，你们等我消息。"他说完话，抽出软剑，靠着墙根摸了过去。

前后不过十分钟，山洞那边有手电对着我们晃了晃。

把头一招手，道："走。"

我们进了山洞一看，洞里看门的二人倒在地上，不省人事。

这时把头忽然一摆手，说："别出声，你们听。"

我仔细一听，身后山洞里传来隐隐约约的"呜呜"叫声……

"那边。"乞丐刘提着剑走了过去。

刚一转弯，我们就看到地上躺着三个人，他们浑身被绑着，嘴里塞着破布。

这三人，正是阔别许久的孙家兄弟。

"大哥！"

"老大！"

一松绑，老大紧紧抓着把头的手，神情激动地说："我就知道！我就知道！你们一定能找到我们！"

老大现在披头散发，浑身散发着一股酸臭味，由于长期营养不良，导致嘴唇干裂，相比之前瘦了不少，满脸憔悴。

把头立刻问道："老二什么情况？"

被红姐扶着站起来，老三脸色苍白，咬牙切齿地道："二哥一直没有好转，醒了又睡，睡了又醒，一句话都不说。"

把头摇摇头说道："你们都受苦了。先出去再想办法治老二。云峰，你背着老二走，其他人也搭把手。"

我把二哥背起来说："把头，之前下雨我用听雷的法子试过，从我们所处的位置看，出去的路可能在西北方向。"

"嗯，我知道，不知道路我们也下不来。我还给那帮人留了大礼。"找到了孙家兄弟，把头脸上的表情轻松了许多。

"留了大礼？什么大礼？"

"别问，到时候就知道了。"

我们人多，出去时分了两队，一队人马以乞丐刘为首，负责前方警戒；另外一伙人包括我，则负责照顾伤者。

走了不到一个时辰，把头开始在石墙上寻找着什么东西。

我问他找什么，把头说他下来前用滑石笔做了记号，如果大方向没错的话，出口应该就在这附近。

事实果然如他所料，把头找到了墙上的标记，我们顺着记号一路向西，终于到了出口。这个方向和我之前用听雷法子试出来的完全一致。

"从这儿出去能爬到地面儿，地面儿上的坑洞离我们之前下来的那个坑洞有些距离。姚姑娘，东西检查得怎么样了？"

姚玉门走到墙边，回头说："王把头，东西还在，一共三十七根雷管，一次性引爆的话，足以炸塌山洞。"

把头冷着脸说："你们先走，我来引爆雷管。路一旦封死，足够那帮人喝一壶的。"

这就是把头之前说的计划——一旦救出孙家兄弟，就直接用雷管炸塌路，把小绺头那帮人全堵死在里面！

十多分钟后，我扶着断手的赵爷，只听到身后传来"轰隆"一声巨响！

回头一看，远处的山洞尘土弥漫，塌了……

片刻后，漫天的尘土浓烟中，把头用衣服捂着嘴跑了出来。

你动我的人，我封你的路，把头提前计划的这一手可谓釜底抽薪。

对方把阴滋尸弄到手又如何？在里面没吃没喝，出不来就是死路一条！

乞丐刘回身望着塌陷的山洞，哈哈大笑着说了一个字。

"绝！"

日上三竿，大晌午的飞蛾山上突然冒出一股人，这伙人灰头土脸，还有一个断手老头。

我用手挡在额前，抬头看着久违的太阳喃喃道："终于，终于见到太阳了。"

到了山下我们租的平房，姚玉门打电话找来了两辆车。

分别时，乞丐刘抱拳道："王把头，这次我帮你，也算还了人情了。小绺头死了最好，要是没死，你们肯定会受到长春会的报复，尤其那个什么剑哥的干爹是谢起榕，很难对付。你们以后要是碰到了麻烦，直接去河北邯郸的赵王宾馆找我，到了那里，我可保你等周全。"

把头同样抱拳道："多谢。"

柳玉山和赵爷离开时，已是下午。赵爷的手断了，还受了尸气，把头过意不去，就给了十万块钱表示感谢。

柳玉山笑着摇头说不用，他们来帮忙并不是为了拿钱。

看着离开的众人，我心里感叹：这才是混江湖的，这就是人脉，人舍命地帮忙也不收钱，全看一个面子，我项云峰什么时候才能有这么大面子。

二哥情况不乐观，我说要不送医院吧，把头却摇头说送医院不行，这不是病，医院治不好，他说会托朋友去广西苗寨那边问问。

二哥现在的状况就跟傻了一样，非常怕光，必须待在窗帘拉严实的房间里，还不能自理，更让人后怕的是二哥的瞳孔——不知道什么原因，二哥的瞳孔正在慢慢地变成淡黄色。

人是救出来了，能活多久却是个大问题。

姚玉门走后，我们这伙人回到了旅馆。

旅馆老板娘姓秦，是一个微胖的中年妇女。她见到把头后，吃惊地说："好家伙，你们这一大帮人去哪儿了？都整得灰头土脸的。我寻思着你们交了一年房费，怎么不住啊。这大兄弟怎么了？"老板娘指了指孙老二。

把头咳嗽一声道："没事儿，老板娘，我们去旅游了，这不是回来了吗？有事了再喊你。"

二哥生活不能自理，三哥留在旅馆照顾二哥，我和红姐则会跟着把头分批去散散心，并观察长春会的动静，孙老大跟把头先走，我和红姐是后一批。

约定的出发时间是后天半夜，我很清楚，做完这趟活，一旦离开顺德，我恐怕就再不会回来了。

此时我心里还挂念着一个人——李静。

我想在离开前见她一面，因为或许以后不会再见了。

出发的前一天晚上，我独自来到了李静家门口。

看着眼前的木门，我几次伸手又收了回来。

李静丢枕头骂我的情景仍历历在目。

数分钟后，我叹着气转头，准备离开。

"项……项云峰，是你吗？"突然，我身后传来熟悉的声音。

我停下脚步，转过头。

月余不见，李静有些憔悴。她起初还没事，慢慢地，她的眼眶开始发红。

李静小步跑过来，站在我的面前。

她咬着下嘴唇，片刻后问我："项云峰，你为什么不敢敲门？"

"我……我……我要走了。"

"你去哪儿？不回来了吗？"

"应该……应该不回来了。"

李静红着眼睛说："钱呢，我找你借的那五万，你不要了吗？你不上学了吗？"

"不要了，那钱我不要了。"我想了想，又补充道，"李静，我以前确实骗了你，你猜得没错，我不是一中的学生，我的家乡在漠河，我只上到初二就没再上了。"

李静听后，突然情绪激动，她一把拽住我的胳膊，大声喊："那你告诉我！你到底是干什么的？五万说不要就不要，你很有钱，是吗？你不敢告诉我，是吧？那好，我去举报你！"

"啊？"我一脸纳闷，"你举报我什么？"

"我……我……"李静脸色通红，她突然咬牙道，"举报你对我动手动脚！"

我还天真地回道："你可别乱说，我啥时候干过那事？"

"我不管！"李静无理取闹地道，"你要是不告诉我你是干什么的，你要是不告诉我你去哪儿，我就去举报你！"

得，我这趟还不如不来，老老实实走了多好。

我虽然年轻，但跟把头的这半年，还是懂了不少人情世故，也知道什么话能说，什么话不能说。仔细考虑后，我撒了谎，告诉李静我们家其实是做的倒洋货生意。

那两年，南方地区确实有不少倒洋货的人发了财，尤其那些电子产品更是如此。见李静发愣，我又补充道："小静，其实你生日那天，我送你的索尼随身听就是家里倒来的洋货。"

看李静的表情，我松了口气，她应该多少有点儿相信了，因为索尼随身听很贵，在当时的价格顶得上普通人两个月的工资,像我这样连工作都没有的小年轻怎么买得起。

过了几分钟,李静又哭着鼻子说:"项云峰,那我以后去哪儿找你啊?我不打算上大学了,明年高中毕了业,我就去打工。我妈说我学习不好,上大学可能没出路,还不如早点儿进电子厂。"

"别。"我看着她说,"你千万别去电子厂,小静你要去那儿就废了。你听我的,以后一定要去上大学,知识改变命运!"

李静停止了哭泣,她被我的话逗笑了。

想了想,李静还是摇头说道:"可是我家情况不好,听我一个姐姐说,上大学四年得花两万多的学费,而且我不一定考得上。"

我琢磨了一会儿,就让李静在拱桥上等我。我快马加鞭地赶回旅店拿了两万块钱,这钱是我之前分到的,有一半帮她家还了她爸欠的高利贷,现在也没剩多少了。

我把那两万块钱给了李静,又把我老家漠河的地址告诉了她。

怕她有心理负担,我开口道:"小静,那这样,咱俩做个约定,等五年后你大学毕业了,你就去漠河找我。"

就这样,我和李静在拱桥上做了这个约定。

她告诉我,她会继续上学,并且大学毕业后一定会去漠河找我。

她让我等着。

钱是花了,但那时我心里舒坦啊。

如今回想起来,当时年纪太轻,屁大点儿事,搞得跟生离死别一样。而我和李静再见面时,她已经大变样了……

在旅馆修整了几天,飞蛾山那边儿一直没有消息传来,把头炸塌了山洞,小绺头那伙人到现在生死不知,红姐人脉广,她先后请来了三名江湖有名的郎中帮二哥看病,结果都不好,他们对这种"怪病"束手无策,其中一名郎中甚至认为这不是病,而是一种古墓的诅咒。

二哥的表现就是对外界几乎没有感觉,四肢僵硬,不能行走,皮肤发白,牙齿松动,头发脱落,视力也受到了严重影响;他的眼球发黄,似乎得了黄疸病一样。

对于这种情况把头叹道:"老大、老三,虽然老二变成了这样,但他总归还活着,活着就有希望，你们不必太自责，江湖上高明的郎中不少，没准咱们能把老二治好。"

孙老三叹道："把头，老二的脾气秉性你清楚，他现在成了这样不人不鬼的样子对他来说可能还不如死了。"

"老三你别说胡话！什么死不死的！老二的病肯定能治好！"孙老大立即反驳道。

我在旁看着不敢吭声，把头摇了摇头，最后叹了一声。

又过了两天，"金主"那边传来了消息，让我们去"摩罗街"会合，我第一次听到这个地方还以为是在国外，但把头告诉我这地方是在国内，他之前去过两次，和潘家园的鱼龙混杂不同，早年摩罗街那里是质量很高的文物集散地之一。

"金主"特意安排了船，我和红姐走水路。把头和大哥、三哥他们则是乘飞机，因为把头还要留意长春会那边的消息，估计会晚个一两天到。

这天半夜一点多，一辆绿色的长城皮卡准时到了旅馆，把头叮嘱了两句，我和红姐坐上了皮卡车，去宏星渔业安排的一条渔船上。

那是一条正儿八经的中型作业渔船，不算我和红姐，我一共见到了四名船员，船长是一个秃顶中年男人，皮卡车司机叫他"老霍"。

老霍让我们住在了机轮房旁边的一个杂物间里，杂物间里到处是灰尘，连一张床都没有，地上摆了两个旧床垫，一看就是临时收拾出来的。

见到住的地方后，红姐眉头直皱，表示不满意。

船长老霍尴尬地说："不好意思，两位就委屈一下吧，我们这是渔船，配套方面差了点，我下午才接到命令要带你们到中港城，时间仓促啊。"

我还想着第一次去外地旅游条件能好点，结果金主就安排了这么个"老鼠窝"，红姐表情不悦道："你管这叫'简陋了点儿'？我们上厕所呢？吃饭呢？这里连个窗户都没有，想闷死人啊。"

"那不会。"老霍挠挠头说，"机轮房的出口那里有块铁板，方便的时候，你们直接掀开铁板就行了。至于吃喝，二位放心，早、中、晚三餐一顿不落，顿顿保你们海鲜大餐。"

交代完这些后，老霍给我们留了一部对讲机，让我们有情况了直接喊他。他还把对讲机频道调到了十六，说十六频道的对话只有他能收到，其他船员收不到。

现在从顺德坐船到中港，不过几个小时的路程而已，只是那时还比较慢。而且这条船还要正常作业，时不时要捕鱼，开得也比较慢，走走停停的，和蜗牛差不多。

红姐还好，我是北方的旱鸭子，第一次坐船，当晚我就晕船了。老霍一再叮嘱我们尽量不要出去。

整段航程，老霍计划的是七天后才能到中港。我和红姐在杂物间吃的伙食确实不错，都是现捕的鱼虾类海鲜。给我们送饭的也是帮我们搬箱子上船的那个小伙子。他是老霍的亲外甥，外号叫豆芽仔，同时也是船上少数几个知道杂物间住着我和红姐的人。

豆芽仔二十出头，话很多，见我和红姐成天没精打采的，有时就会过来跟我们聊天。他跟我们讲了很多海上的故事，而我也讲了几个我们东北出马保家仙和黄皮子的故事，把豆芽仔听得一愣一愣的。

这中间发生了一段小插曲。那天晚上吃过晚饭后我船晕得很厉害，于是便和豆芽仔去甲板上吹海风透气儿，本来没啥事儿，结果一个海浪拍过来船身摇晃得很厉害，我赶紧伸手抓住了栏杆，豆芽仔也抓住了栏杆，但惯性导致他身子跟跄了一下，就这一下，他裤兜里的钱包甩出去掉海里了。

他大骂了一声，脱了衣裳，二话不说就要往海里跳。

我抓住他大喊："你疯了！不要命了！就一个钱包而已不至于！"

他一把甩开我的手，激动地说："你不知道！我下午刚发了工资！钱包里有八百多块钱！"

"让开！"

他越过栏杆，看准钱包掉落的地方没有犹豫，扑通一声便跳到了海里。

我在甲板上都看傻了，心想这孩子是不是脑子有问题啊，这可是在海上，不是什么小河小溪。

结果钱包没找到，但我了解了豆芽仔的水性，确实非常厉害！同时我觉得他这人对钱看得太重了，为了几百块钱就敢在半夜跳海，换我可不敢。

快到中港码头的时候，隔着老远就能听到很多汽笛声，没多久，渔船慢慢靠了岸。

孙老大亲自开着一辆老式厢货车来码头接的我们，我以为他也刚到不久，没想到他说自己和把头三天前便到了，由此可见这渔船速度是真慢，但主要是为了运货，没办法。

"云峰、小红，辛苦了，这趟不容易吧。"

"别提了大哥，住得差不说，关键晕船快晕死了，咱们住哪里啊？"我看着他问。

"歇脚地方我早就安排好了。"

经过这几天的相处，我和豆芽仔成了很好的朋友，他说他们的渔船会在中港停三天，要是我有空了，可以去船上找他玩。

告别了老霍和豆芽仔，大哥发动货车，拉着我和红姐离开了码头。

我们的落脚点是那种民宿式旅馆，对比大酒店，这种藏在市区胡同里的民宿毫不起眼。

太阳落山一到傍晚，民宿周围灯红酒绿，处处是大排档、路边摊，说实话，有点儿乱。

晚上十点多，把头风尘仆仆地回来了，这趟和金主交接顺利，没碰到什么麻烦，当然，我们也以支票形式拿到了自己那份佣金。据把头事后说，金主想以海外回流的方式将芥侯墓出的这批青铜器捐给博物馆，这样一来，他得了名，我们得了钱，这批珍贵文物也有了归宿。

明明一切都尘埃落定了，但这一夜，我却翻来覆去地睡不着。

离开顺德时，我带了一个小包，除了我自己，没有人知道包里有一小瓶蓝色液体……

从床上下来，我摸出包里的小玻璃瓶，看着里面的蓝药水，想到了安研究员一伙人。

可惜，他们都死了。

胡思乱想着，我慢慢睡觉了，并且做了一个很奇怪的梦。

我梦到了安研究员，她穿着白大褂，脸朝下漂浮在水中，身子一动不动的。

水上雾气弥漫，我奋力游过去想救她，结果我刚将她翻过来，她的脸瞬间变成了二哥的模样。

噩梦惊醒，我大口大口地喘气，扭头看了眼窗外，天都快亮了。

第二天，我去了古董街。

这条街又窄又挤，但好东西真不少，清三代官窑都摆在临街店铺的玻璃展柜上。

我抱着能捡漏的心理问了问价钱，结果老板都是猴精，我想在这帮人眼皮子底下捡漏，太难了。

"你好。"

正逛着，身后突然有人拍了我一下。

我回头一看，叫住我的是一名戴着金边方框眼镜的中年男人。

"认识一下，我叫王元。"他笑着伸出手。

我根本不认识这个人，也不知道他要干吗，于是不想理睬。

我目视着他走了十多步，这人突然头也没回地说了一句话。

"安研究员让我请你……"

我心脏"怦怦"跳着，再也没办法保持平静。

这个人是谁？他怎么会知道安研究员！不可能！安研究员早就死了，我亲眼看到安研究员死而复生，最后又身首异处！

看着这人越走越远，我一咬牙，跟了上去。

我确信安研究员已经死了！但我要弄明白这人到底是谁，是干什么的。

他上了一辆帕萨特，车子发动后却没走，摆明了是在等我。

我拉开车门，直接坐进了副驾驶。

他看着我微笑道："这就对了嘛，我又不吃人，你怕什么？"

"你到底是谁！你怎么知道安研究员的？"

他说："我是谁不重要，重要的是有人让我来请你。"

"谁请我？去哪里？"

"到了你就知道了。"

出了古董街，车子一直向北开，我老远地看到了一块很大的霓虹灯招牌——时代广场。

时代广场有很多商铺和办公楼，我下车后跟着这人走，最终停在了广场西北角的85号。

瓷砖墙上的85号地址牌上有一家公司的名字，"天麟药业研究分部"。

我总觉得这门牌号有一种熟悉感，好像以前听谁说起过。

突然间，我浑身一震！想起来了。

飞蛾山下，和安研究员一伙的李争！他当时和我说过这样一句话。

"如果我们都平安出去了，以后欢迎你们来玩，到时代广场的85号就能找到我。"

难道是他？！

可安研究员曾亲口说李争死了！

我越发搞不清这个眼镜男是何方神圣，但我能确定一点——关于当初安研究员一行三人去顺德帮长春会的事，这个眼镜男应该知道点儿什么。

这是家很现代的医药公司。那时候很多大公司还没有推行门禁卡，这家天麟医药却用到了，而且用的是当时最先进的指纹识别。

眼镜男让我在会议室等。

几分钟后，一个年轻人进来送上了茶水、点心，看打扮应该是秘书。

眼镜男走了，秘书却没走，笑道："项先生不用拘谨，有什么要求，随时可以提。"

"不麻烦了。"我看了一下时间说，"再等三分钟，要是找我的人还这样神神秘秘的不露面，那我就告辞了。"

话音刚落，外面响起了刷门禁卡的声音。

"兄弟你难得来一趟，不让我尽一尽地主之谊可不行啊。"进来的男人穿着一身黑衣，在室内还戴着遮阳帽和大蛤蟆墨镜。

"你是……"

"兄弟真是贵人多忘事，我换了身衣裳戴了个帽子就认不出来了？咱们还一块儿搬过水缸呢。"

"李争！你是李争！"我猛地从沙发上坐起来，指着这男人大喊。

"媛媛，你先出去吧，有需要的话再叫你。"男人对秘书挥了挥手。

秘书起身离开。秘书这一走，会议室就剩下我和眼前的男人。

虽然这人做过伪装，戴着遮阳帽、蛤蟆镜，但现在我越看越觉得像李争。不会错的，这人就是当初我在飞蛾山下碰到过的李争！

"没错，我就是李争。"男人脱掉了帽子和墨镜，直接承认道。

他现在已经大变样了，头发和眉毛没了，成了秃头，他的眼睛也不太正常，和得了黄疸的病人有些相似，眼球发黄，他的情况很像二哥，但他还能正常行走说话，二哥却只能坐轮椅，对外界也没什么反应。

"安研究员告诉我你死了！你怎么成现在这样了？"

李争摸了摸自己的光头，眯着眼睛道："此事说来话长。那晚我和小安跟你们分别后，本想着回去接上老许一起走，结果刚回去就被抓了——那伙人就好像是在等我和小安自投罗网。"

他说这话我信，因为我的遭遇也一样。真实情况是当时红姐被控制了，我们的一举一动都在别人眼皮子底下，被抓到了很正常。

李争戴上蛤蟆镜，继续讲道："我和小安被抓到了，只能坐以待毙。后来老许的情况你也知道了。我本来也该死的，但我运气好，侥幸跑了出来。我是靠着毅力爬出来的，若不是我有些手段，恐怕活不下来。"李争这话说得轻描淡写，但我能感觉到他心底的不平静。

我发现他好像很怕光，一直戴着墨镜。

"兄弟，其实我一直有留意你们的动向，你们刚到码头我就知道了。这次贸然请兄弟你过来，是想请兄弟你帮个忙。"

"帮忙？什么忙？"我在这里人生地不熟，不知道他要我帮什么忙。

李争看着我，认真道："小安之前那瓶东西，你带在身边没有？"

知道他说的是蓝药水，安研究员死后这东西落到了我手上，但是我没承认，我说不知道你说的是什么意思。

看我装傻充愣，他直接道："我调查了，小安出事儿前最后接触的人是你，我需要研究那东西，你开个价，我如今变成了这副鬼模样，可能只有那东西能救我。"李争话里话外透着真诚。

我现在的思绪一片混乱，很多地方还是盲点。

又听李争解释了几分钟，我大概理清了他现在的情况。

据他说，他身上可能存在一种从芥侯墓里带出来的活性细菌，很有可能和阴滋尸抓伤有关。二哥的症状和他有点儿像，因为二哥的瞳孔也在慢慢变黄。

李争说，根据他的研究，阴滋尸身上有一种细菌孢子，而德国微生物学家克拉默在法老木乃伊身上也发现过类似的致病细菌孢子，这种东西可以在木乃伊一类的干尸身上存活休眠数千年之久。就像著名的图坦卡蒙法老诅咒——当年进过图坦卡蒙金字塔的一批考古学家，在几年内接连死亡。生物学家克拉默认为当年那些考古学家之所以相继死亡，是和这种活性细菌有关。

见我沉默不语，李争摇头道："兄弟，你可能听了觉得离奇，但事实就是这样。这类活性细菌是几千年前的人有意培育的！我觉得或许这是一种防盗的手段。世界之大无奇不有，古人的智慧难以想象。"

我问李争道："照你这么说，安研究员认为那东西可以治病救人，也是真的？"

"不，不一样！"

李争用圆珠笔在一张白纸上画了个圆圈，然后说："你看，根据我的研究，这个圆代表了某一类看不到的活性细菌，它们都在休眠。如果它们被唤醒了，就变成了这样——"李争又在圆圈里画了一个小圆圈。

"我这么说你能不能理解？这种几千年前古墓里的不知名的细菌一旦被唤醒，就成了圆圈中间的圆圈，如果把圆圈看成是细胞，那这东西可能就是某种变异基因，若是靠着现代科技有办法单独把中间这个小圆圈作用到人体上，有人认为可能会出现某种神奇的效果，比如给将死之人续命，甚至是返老还童。"

"狗屁！你是不是疯了！怎么可能？"

他叹道："我知道你不信，别说你，我最开始也不信，但我觉得你之后会相信。"

听了他这番话，我心想："难道这种东西就是古时历代帝王寻找的长生不老药？长春会肯定知道这个东西，要不然他们不会那么大费周折地抢一具古尸。

我在心里暗自琢磨，要不要把东西交给李争。

考虑了五分钟，我决定缓一缓再说。

我撒谎道："是这样的，东西的确在我这儿，但不在我身边，我把东西寄放在了一个朋友家中。"

"哦？这样啊……"李争或许知道我说的不是实话，他起身道，"我还是一句话：若兄弟找到了那瓶东西，价钱随你开，那东西对我来说很重要。兄弟，你今晚别回去了，我做东帮你安排。"

"这……"我还是想回去。

李争却拍了拍我的肩膀，抢话道："咱俩谁跟谁，别跟我客气。不如我做东，让人带你逛逛。"

"啊？"

李争突然来这么一句，让我始料未及。

见我发愣，李争笑了笑，一拍手，刚才那个秘书又进来了。

"李总，您叫我？"

李争搂着我笑道："我这小兄弟，难得来一趟，今晚不回去了，晚上你带小兄弟去一趟大富豪，去放松一下。"

李争介绍说大富豪总经理是他老师的一个朋友，本地富豪都叫他老师为"医生"。当然，这只是个代号，至于这人具体叫什么，李争说不方便透露。

医生和那时的几个本地懂四柱六卜的风水先生一样，在当地帮人治病续命，是很吃得开的那种人物。

李争说什么都不肯让我回去，说我要是回去了就是不给他面子，看不起他。话都说到这份上了，我很难推脱。

我往民宿打了一个电话，告诉把头我今晚不回去了。把头没说什么，只是说这地方晚上有些乱，让我注意安全。

去大富豪开车要一个多小时，李争安排了一辆尼桑送我，那个秘书也在车上。

一路上，秘书都在笑着找我聊天，问我唱歌怎么样，有没有什么要求。

我压根儿没去过那么纸醉金迷的场合，那晚也算是开了眼了。

大富豪经理亲自接待，他说医生的客人必须招待好，消费全免。

我去的是A包房，秘书介绍说包房等级高低分别是从S到D，而A包房仅次于S包房。本来是想替我安排S包房的，不料临时出了问题，就把我安排到A包房了。

A包房有七八十平方米，地上铺着红地毯。等酒水、小食上桌后，大富豪总经理对着对讲机喊话，接着陆陆续续进来不少人，都很年轻，年纪和我差不多。

我坐在沙发上有些拘谨，秘书见状，莞尔一笑。指着其中两个人说："你，还有你，你们两个留下吧，其他人出去。"

后来的几个小时，就是唱歌，喝啤酒，玩扑克。

那时候我还是太年轻，当晚迷迷糊糊地被灌醉了，早上醒来是在酒店里，至于自己喝醉后做过什么，我都想不起来了，只觉得头疼。

酒店前台告诉我，昨晚是那两个人和秘书把我抬到酒店的，只是后来他们都离开了。

万万没想到，等我回去后，我们住的民宿出事儿了！

警车和救护车停在旅馆外，老板娘正慌张地配合警察做笔录。

我吓坏了，随手买了张报纸挡着脸，佯装看报纸，问报亭老板那边儿出什么事了，为什么有警察。

老板是本地人，他眉飞色舞地对我讲了一通，都是"入室杀人"之类吓人的词。

我担心把头、红姐他们，可眼下也只能等警车走了才敢过去。这一等足足等了两个多小时，我紧张得手心一直冒汗。

警车开走后，我摸进民宿，趁没人注意时，钻进了把头住过的房间。

房间地板被人打扫过，我在凳子底部发现了一小块碎瓷片，我确定这是把头平常喝茶爱用的那个茶杯，因为这是个康熙五彩的老茶杯，杯子画片是唱戏的刀马人，我曾亲自上手摸过。

除了茶杯碎片，地上还有一摊血液干涸后留下的痕迹。

把头肯定是出事了！

我心中焦急万分，当务之急就是我必须要先搞清楚把头他们人在哪儿，怎么样了。

所有人都联系不到！三哥和大哥还有红姐的电话都打不通！

想来想去，我选择铤而走险，去问老板娘，因为我刚才看见她做笔录了，她肯定知道昨晚发生了什么。

老板娘见到我，吓了一跳，她看四下无人，一把反锁了房门。

"你怎么来了？你知不知道你们给我惹了多大麻烦！"老板娘说话气冲冲的。

我问人呢！跟我一起入住的那几个人呢？

老娘娘一跺脚，指着我生气地说："现在出了这档子事，哪还有游客敢来民宿住，完了！全完了！"

她只担心她的民宿生意。

我脸色阴沉，额头上青筋暴起，我咬牙问道："告诉我，人都哪儿去了！昨晚发生了什么。"

小民怕刁民，我这模样唬住了老板娘，她这才支支吾吾地说了事情原委。

昨天晚上，民宿确实出了事儿。

老板娘的原话是："可吓人了，脸上有痣的那个女人扎了那老头好几刀！"

我马上联想到，红姐扎把头？

这怎么可能！

不可能！我根本不相信！把头和红姐搭伙多年，不可能这么干！

打死我都不信！

见我不信，老板娘捂着胸口道："你别不信，那是你没看见！我亲眼看见的！那个下巴有一颗痣的女人眼睛直勾勾的，跟被附身了一样。那个老头到现在还在医院抢救。医院昨晚就下了病危通知书，因为找不到家属签字，那老头现在是死是活都不知道！"

"大哥呢！我大哥呢！你说的那个老头在哪个医院？"

老板娘见左右无人，小声说："我没跟警察提起你，估计警察不知道你的存在。被捅了的老头在中心医院抢救。警察也在找那个女人，估计还没找到，刚才还找我做笔录了呢。至于你大哥，我从昨晚就没看到过。"

"哦，对了，"老板娘补充道，"还有一件事，我觉得很邪门，要不我咋说那女的被鬼附身了呢——凌晨一点多出的事儿，而凌晨十二点半的时候，我起床上厕所，就看到那女的一个人站在院子里，正抬头看着院里的苹果树，一动不动，可吓人了！我就纳闷了，怎么这人大晚上不睡觉，跑院里看苹果树？结果我这一看不要紧，我看到树上有一对绿油油的眼睛在发光。后来没多久就出了事儿，你说吓人不吓人！"

整件事情发生得太快、太突然，偏偏昨晚我刚好不在！

我瘫坐在床上，抱着头，心里没了主意。这事对我刺激太大。

眼下要想知道昨晚事情的真相，只能找到红姐，当面质问她为什么要这么干！老板娘说的关于苹果树的那套说辞，什么树上有双绿油油的眼睛，我压根儿就没去想，正常点儿的人都不信。

中心医院人多眼杂，把头生死不明，我买了鸭舌帽和墨镜，乔装打扮一番后混进了医院，我必须要亲自看一眼把头。

这事儿涉及故意伤害，找护士打听后，我来到了重症监护室。隔着病房玻璃窗，我看到把头吸着氧气，上身缠满了绷带，脸色惨白地躺在病床上。

护士问我是不是病人家属，说欠费了，需要交手术费和 ICU 床位预付款，一共要交四万多。

我说自己是病人的朋友，手术费我会帮忙交，但希望先缓两天。

护士说最后期限是两天后，由于 ICU 费用高昂，医院最多再允许拖两天，要是到时还没交上钱，只能停药，并且将病人转到普通病房了。

我点头说知道了，两天内一定把欠费补齐。我又问护士，我能不能进去看看病人。

护士想了想，皱眉道："警察两小时前刚离开，吩咐我们等病人醒了要通知他们。病人脾脏破裂，大肠穿刺，伤得很严重，虽然你是病人朋友，但最好还是别进去看了。"

她话没说死，我知道可能有戏，当下便苦苦哀求，一口一个"姐姐"地讨好。

被我磨了半天，护士看了看时间，咬牙道："那说好了，只能允许你进去看三分钟，时间到了我会敲玻璃，我一敲玻璃，你就得出来，知道了吗？"

我连连点头说知道了，肯定不会让护士姐姐你难做。

穿好了隔离服，护士打开 ICU 房门，把我放了进去。

病床上，把头闭着眼睛，神情痛苦。我差点儿哭出来，昨天还好好的一个人，怎么过了一晚上就变成这样了……

坐在病床前，我紧握住把头的右手，哽咽道："把头，我是云峰，我来看你了，你能听到我说话吗？他们都说是红姐害了你，我不信，把头你告诉我怎么回事，行吗？大哥不见了，红姐不见了，你们让我一个人面对这些，我下一步该怎么做……"

三分钟过得很快，我话没来得及说两句，病房外的护士就敲玻璃提醒我时间到了。

出了病房，护士给了我一张表格和一支碳素笔，她让我替把头补填入院手续，包括姓名、年龄、籍贯什么的。

我趴在前台，正填着表格，忽然看到走廊不远处走来了两名身穿制服的警察。

他们边走边交谈。

"李哥，这件事我认为就是一起普通的故意伤害案。"

另一名警察摇头道："小赵，你没发现这件事有点儿不对劲吗？昨天我查了记录，受伤那老人是五天前坐飞机来的，至于民宿老板交代的行凶女人我也查了，航班无记录，长途汽车没记录，连轮船都没有乘坐记录，你说她是怎么来的？长翅膀飞过来的啊?"

"这……"年轻警员搓手道,"李哥你说巧不巧,昨晚民宿的监控探头刚好坏了。目击证人说亲眼看到了行凶的人,目前我们也只能把那女的定为重大嫌疑人。我们查了那女人在旅馆留的登记信息,知道了她叫陈红。我们已经发了通缉令,她肯定跑不了。"

"你啊,那点儿聪明都用在别处了。"老警员听后调侃道,"这女人能神不知鬼不觉地进来,说明本地有人暗中帮他,你上点儿心吧。"

二人说着话走过来,我压低帽檐,悄悄退后。

出了医院,我思考着目前的处境。

我一个人势单力薄,在本地也没有朋友,要想自己找到红姐和大哥的难度太大。刚才他们二人的对话点醒了我,我目前要做两件事。

第一件事是尽快筹钱。把头的治疗费用是四万多,而我的存款一大半给了李静,现在虽然还剩下一些,但不够四万,还差两万块钱。

第二件事是看监控。警员说昨晚民宿监控坏了,这事情太巧合了,肯定有鬼。我下了决心,我要知道谁在背后做局害我们。这事没完!必须查个水落石出!

傍晚五六点,我直接去了中港码头。宏星渔业的船还没离开,我去找了船长老霍。

我说要见他老板,也就是宏星渔业公司牵头的人。

老霍听后,不住地摇头说:"不行,不行,我只不过是个打工的,在老板那里说不上话,我怎么敢领你去见老板呢?小兄弟,我看你人不错,老大哥我劝你一句,别找我老板的事儿,要不然,指不定你睡着觉就被人绑上石头,丢海里喂鱼了!这事儿我见多了。"

我看着老霍,深吸一口气道:"老霍,我不用你带我去见人,我只希望你帮我带句话。"

"什么话?"

"你这么说:我项云峰不怕死,哪怕是蚊子咬人,人身上也能起个包,要是不出来把事说清楚,谁都别想好过!"

老霍一瞪眼,说:"你这年轻人!好言相劝你不听,你咋这么虎!"

眼看气氛不对,豆芽仔拽了我一把。

"老舅，你别气，让我和云峰说说。"豆芽仔拽着我进了船员仓。

我对豆芽仔还是有好感的，我们年龄相仿，互相也把对方当成了朋友。

豆芽仔掏出烟说："来一根？"

我摇头说："我不会。你抽吧。"

豆芽仔点着烟，他把打火机丢在桌子上，鼻孔里冒着烟，然后开口说："不用找老舅，要是你真想见宏星公司的老板，我可以帮忙。"

第十章
新团队

"你说的是真是假？那老板真在这里？叫啥名儿？"

豆芽仔弹了弹烟灰，笑道："我骗你干什么。前天老板请客吃饭，要找新鲜大爪子（帝王蟹），我老舅派我去送的大爪子，老板身边儿还跟着他司机，我亲眼看到的。"

随后，豆芽仔说我把这么重要的情报告诉你了，你也该跟我说说你们出什么事了吧？

考虑再三，我选择了相信豆芽仔，便告知了他整件事的来龙去脉。

豆芽仔都听傻了，他不停拍着自己的脸蛋道："云峰，你说那个叫陈红的人害了你老大，然后消失了，你老大现在在住院，你还差两万块钱是吧？"

"是啊，芽仔，现在我也不知道该如何是好了。"

豆芽仔考虑片刻，一咬牙，像做了某种重大决定似的。

他在床底下翻找了几分钟，摸出一个上着锁的铁皮盒子。

用钥匙打开铁盒，里面整整齐齐地装着一沓现金，粗看有几万块了。

豆芽仔摸着铁盒心疼地说："这算我借你的啊云峰，等你有钱了一定要还我。两年半啊，我就攒了这么多，我老舅都不知道。"

看着铁盒里摆放整齐的钞票，我心里感慨不已，我和他不过认识几天，他肯把自己辛苦出海攒的钱给我……铁盒里还有五块、十块的钞票……

我仔细数了数，里面一共是两万七千六百五十块。

我记下了豆芽仔的好，发誓等以后我有钱了翻倍还他。今天他借我两万，以后我还他二十万。

我离开前，豆芽仔塞给我一张字条，字条上写着一个地址：地元街清源花园11栋。

豆芽仔说宏星渔业的老板可能还在，他只能告诉我地址，因为他老舅的关系，他不方便带我过去。

我先去医院交了钱。把头还没醒，医生说把头岁数不小了，这次受伤严重，能不能醒过来也看一点儿运气。我只能祈祷把头尽早苏醒，转危为安。

这里寸土寸金，清源花园是少见的别墅型独栋小区，那里面住的都是明星、上流社会的有钱人。高档小区安保很严，刚开始我想混进去，但没成功。

后来我想了一个办法——

有一辆收垃圾的垃圾车每天都会进去，我给了司机一百元，让司机对保安说我是新来上班儿的。就这样，我跟着垃圾车混进了清源花园。

11栋别墅的大铁门关着，院里的草坪修得整齐，主人家在草坪上修了个豪华狗窝，两条皮毛发亮的大黑狗正趴在草坪上打瞌睡。

不一会儿，房门打开，一个十七八岁的漂亮女孩儿端着饭碗出来了。

女孩儿皮肤白皙，扎着马尾辫，一身名牌儿。她一走到草坪上，两只大型犬就汪汪地叫个不停。

女孩儿吃了一口肉，把骨头吐出来道："叫什么叫，不是刚喂了你们吗？还吃？再吃，成猪了！"

"萱萱，你别喂了。"从别墅里走出来一名中年男人。

这人穿着黑西装，一头板寸看着十分精神，左眼上一寸处有条刀疤，年纪估摸着四十出头。

"爸！"女孩儿嗔怒道，"我就要喂！"

西装男人无奈道："上次你盖个狗窝，用了一吨半紫檀，这我不说了。还有上上次，你说怕狗被偷，要给狗装最先进的GPS定位……闺女啊，你太任性了，沿海一千里，谁敢偷咱家狗？谁敢惹我赵宏星的女儿！"

女孩吐了吐舌头，说道："老爸，你吹牛。那我上次让赵叔教训李子昂，你怎么怕了？"

"胡闹！"男人瞪眼道，"我有什么可怕的？女孩子家家的，成天想着教训人成什么体统？你要翻天啊！回家。"

"不回，就不回！"女孩一把摔了手中的饭碗，气冲冲地掉头就跑。

我想跑却来不及了。

"咦，你是谁啊？藏我家门口干吗？"女孩和我撞个正着。

中年男人跑过来，将她护在身后。

他声音低沉地问："阁下是哪位？"

既然被撞见了，不如索性摊牌。

我脱下帽子，看着他道："赵宏星先生你好，我叫项云峰。"

"项云峰？"他挑眉道，"赶快滚，离开这里，我不认识你。"

我语气平静道："赵先生是不认识我，但要严格说起来，我是你老板。"

"噗！"旁听的女孩笑得花枝乱颤，她指着我道，"小子，你说你是我爸的老板？我爸有一百多条船，你才多大点儿啊，还敢说自己是我爸老板！"

我没回话，只是看着赵宏星。

赵宏星像是想到了什么，他阴着脸说："我不去找你，你还敢来找我？你胆子很大啊。"

看他这样，我猜可能是把头用了他的船还没给钱。

我们所有的东西都在红姐手上，而红姐现在失踪了。

我不卑不亢地说："赵先生，可能你还不知道，你的那份船资之所以没及时到账，是因为昨晚出事儿了。"

"萱萱，听话，你先回屋。"赵宏星意识到了事情的严重性。

女孩儿走后，赵宏星走过来，冷着脸道："小子，说清楚，事情到哪一步了，到底出什么事了。"

我挑重点，讲了事情原委。

"这么说……"他盯着我问，"你老大在医院，警察在看着他，等他醒来？"

我点头说道："是。"

我之所以上门找他，是因为我想通过他联系到幕后金主，因为把头昏迷不醒，二哥三哥红姐接连失踪，而我根本没有对方的联络方式。

赵宏星不停地来回踱步，转了几分钟，他忽然停下来说："我只是收钱做事载你们一趟，别的都不清楚，现在出了事情，对方拍拍屁股藏起来了，可我不一样，我的渔业公司在近海生了根没几年，经不起风浪。"

"那赵先生你想怎么办？"我问他。

赵宏星仔细想了想，说："去医院，把你老大弄出来。只要把他藏起来，我们都不会出事儿。反之，要是他突然醒了，那事情就不好办了。"

我说："医院有人看着，怎么将把头转移出来？况且把头身受重伤，还在ICU插着管，需要治疗，如果把他整出来，岂不是要他的命？"

赵宏星说："难办也得办，医生这方面你不用担心，我有路子搞定。"

我跟着赵宏星进了别墅。

"萱萱，你去楼上玩，爸爸要谈工作上的事。"

年轻女孩光着脚，正靠在沙发上贴面膜，她翻身坐起来说："爸！这小子不会真是你老板吧！"

赵宏星黑着脸说赶紧上楼，要是她不听话，就把她马上送回学校。

女孩这才光着脚丫不情愿地上了二楼。

"赵老板，能说一下具体流程吗？"我指的是他要怎样神不知，鬼不觉地将把头转移出来。

赵宏星点着雪茄，他深吸一口烟说："小子你有钱吗？"

"我？"我马上摇头说没钱。

"那好。"赵宏星指着我道，"等人捞出来了，咱们再谈钱。"

我点点头，并没有怀疑他还有别的意图，因为我知道——他救把头，同时也是在替自己摆脱麻烦。

"你小子附耳过来，今天晚上，我们这么干……"

晚上十一点半，一辆救护车停到了中心医院门口，救护车上急匆匆下来四名戴着口罩的医护人员。

"人呢？需要转院的病人呢？"

听到喊话，一名护士长快步跑过来问："你们是养和医院过来的吧？签个字。需要转移治疗的病人已经准备好了。"

护士长确认了签字后，打了座机电话。十分钟不到，几名护士推着一张病床走了过来。病床上躺着一名六七十岁的昏迷老人，正是把头。

我紧了紧脸上的口罩，从中心医院护士手里接手过来，推着病床向外走。

"你们等等。"忽然，背后有人喊我们停下。

"怎么了，警官？"

老警员和小警员快步跑了过来，老警员指着病床说："我问了值班主任，他说病人病情突然恶化，需要转院到养和做手术。你们是养和的医生？"

我们这里一共四人，领头的医生摘下口罩，笑着道："是啊，警官，这是我的证件，我是养和创伤外科的刘元，负责维持病人转院途中的生命体征。我们车上的仪器很全的。"

可能很多人不清楚，在这里，最好的医生、最好的设备都在私人医院，相比于中心医院，私立医院能提供更好的治疗，实力更强。

老警官检查了医生的证件，这才说："那麻烦你们了，我们随后会跟过去，你们可以走了。"

"好的，病人情况危急，麻烦让一让。"

"小心，把病床轮子收一下。"

把头被指挥着抬上了救护车，随后，救护车拉响警报，一路开出了医院。

过了红绿灯，车上几人摘下了口罩。

这几人分别是我、赵宏星，另外两人是真正的养和医院医生。

赵宏星松了口气说："比想象中的顺利，还好没出岔子。"

整件事情看起来很顺利，实际上背后做了大量工作，赵宏星也为此花了一大笔钱。

首先，白天赵宏星联系上了中心医院这边的一个医生，由这个医生开具病危通知单，并且说明情况，需要转院到养和。赵宏星说不方便透露这名医生的姓名。

救护车直接开去了清源花园。赵宏星已经让司机提前安排好了一切。

第二天，早报上多了一条新闻：养和医院的一辆救护车在返回途中，意外发生车祸，救护车冲下汲水门大桥，掉进了海中。目前打捞工作正在进行，根据调查，事发时，车上除了养和医院的医生，还有一名从中心医院转院的危重病人。

至于两名养和医院的医生都拿了钱，就此消失不见。

后续打捞，或许能找到车，但绝对找不到人，因为那是大海，赵宏星说，活不见人，死不见尸，先玩一招拖字诀，过几个月就算打捞上来了，到时黄花菜都凉了。

把头是转移出来了，但后续治疗是个问题，赵宏星让我住在他家不要露面，他找来一个团队，帮把头在别墅治疗。这种私人医护团队收费高，隐藏性好，直到现在依然存在。

医护团队领头的姓左，赵宏星说他医术极好。

有一次闲聊，我问这姓左的知不知道天麟医药研究分部。

他点头说："当然知道，干私活的谁都知道天麟医药。天麟医药研究出来的强脑针可以帮癌症病人续命，一针一百万，强脑针的配方就是个印钞机，每时每刻都在印钱。"

我又问："那左哥你认不认识一个外号叫'医生'或者'老师'的人？"

"有听说过，但没见过。挺神秘的一人。"

他问我打听这个人干吗。我笑着说没事，好奇问问而已。

昨天回民宿房间，我不光发现了把头的房间被人翻过，还发现我住的房间也被人翻过。

直觉告诉我，似乎有人在找那瓶药。这件事我只告诉过李争，而且当晚李争做局把我灌醉了，现在他的嫌疑很大。

这晚我正准备回房睡觉，二楼上突然有人喊："喂，小子你要吃泡面吗？"

抬头一看，是赵宏星的女儿。她穿着睡衣，正在看我。

我摇头说道："不吃。"

这女孩立马怒道："我要吃。你去帮我煮包泡面，不要放油包，我怕胖，煮三分钟。"

我又不是仆人。

我朝着楼上回话："是不是煮好了还要给你端上去？"

女孩扶着楼梯喊："那当然，你住在我家里，难道你让我自己端？"

赵宏星把他女儿宠上了天，在我眼里，他这女儿不像是公主，像个废物。

见我不搭理她要转身回房，她急了。

女孩扯着嗓子大喊："小子！今天你就得帮我煮泡面！"

在清源花园住的那几天，这女孩时常对我冷嘲热讽，反正就是嘴臭没教养，都是让她爸惯的。

我现在有求于赵宏星，也不敢骂她、打她，简直是有苦说不出。

把头的病情正在好转，伤口逐渐愈合，左医生说他可能近期会醒来，要是醒来之后没有什么大问题，剩下的就是慢慢调养了。

这天晚上九点多，赵宏星告诉我事情有线索了，是关于红姐的。

他说道："这几天我没闲着，当晚民宿的监控录像是人为故意破坏的，然后我按照你的想法去查，果真有了重大发现。"

他让我看了一段监控录像。那时候的监控很模糊，电脑也是大头电脑，赵宏星让人把监控录像刻到了一张光盘上，是用影碟机连接着电视机播放的。

当晚民宿院里恰巧停着一辆雪铁龙，这段视频是被雪铁龙的行车记录仪拍下来的。

电视里播放的录像有些模糊，记录上显示的时间是那天晚上十二点十五分。

有人出来了，是红姐！

民宿院里没开灯，录像里的红姐自顾自地走到苹果树前，一直抬头往树上看。

因为行车记录仪的角度问题，我看不清树上有什么东西，也听不到声音。

红姐大概看苹果树看了三分钟，忽地，屏幕一闪，录像中出现了一只鸟儿。鸟儿的眼睛在录像里闪着点点绿光，和老板娘说的一模一样，十分诡异。

我一下从凳子上站起来，指着电视屏幕的手都在发颤！

这鸟我之前见过，是一只纯白色猫头鹰！就落在苹果树上！

红姐抬头看的压根儿不是什么苹果树！她看的是树上的猫头鹰！

是那个女人……长春会的那个女人……

之前出现过这种情况——红姐被强迫着吞了指儿金，听到鸟叫后就会被人控制精神。从飞蛾山出来后，我就把这事儿忘了！

我额头冒出冷汗，心一下子提到了嗓子眼儿。

如果是那个女人来了这里！那小绺头很可能也没死。把头炸了山洞！这伙人仍然逃出来了，还追着我们到了这里。

换句话说，这极有可能是长春会的报复！

"小子，你怎么了？"看我坐立不安，赵宏星问道。

赵宏星不知道猫头鹰的事儿，她说为什么红姐一直盯着苹果树看，很反常。

我心里一直对自己说"冷静，冷静，越是这时候，越要保持冷静"。

深呼吸一口，我看着赵宏星道："赵先生，我已经知道背后之人是谁了。"

"哦？"赵宏星挑眉说道，"虽然很奇怪，但你不会说凶手是树上这只鸟吧？"

我问他有没有听说过长春会。

赵宏星想了想，回话说："我知道三联会、小刀会，长春会是哪儿的？"

我告诉他，长春会是一股势力，可能扎根在东北长春，会内有很多厉害人物，把头受伤是长春会对我们的报复。

赵宏星跷着二郎腿，敲着桌子陷入了沉思。

过了几分钟，他开口道："看来事情比我想象中要复杂。我赵某人并不想牵扯进你们和什么长春会的恩怨里，你知道吧？"

我道："那你现在的意思是……"

他道："要是这个长春会真像你说的那样厉害，我收留你们，岂不是摆明了和人作对？我赵某人是爱财，但我更不想冒这个风险。"

"针对目前的情况，我帮小子你想了两条路，第一，等你老大醒了，我安排船，把你和你老大送回去，你回去后躲得远远的，我不收钱，但你们得记住这份恩情。第二，咱们划清界限，看在之前共事的面子上，我可以再收留你们三天，三天后，不管你老大醒不醒得来，你都得带着他搬出去，对外你不能报我宏星的名号，明白了吗？就这两条路，你考虑一下吧。"他说完就走了。

这天晚上，我一夜没睡，失眠了。

把头重伤，红姐和大哥失踪，长春会追着报复……短短时间，我们的团队已经落到了分崩离析的地步。

赵宏星说的条件我不得不答应。长春会追来了，我一个人根本对抗不了，我连保护自己的本事都没有，更别说保护把头了。

我只能选择离开，去找一个能保护我和把头的人。

当初乞丐刘说过，若是遇到了难处，可以去河北邯郸的赵王宾馆找他帮忙，这事儿我一直记着。

我把自己决定离开的想法告诉了赵宏星，他说没问题，他会尽快帮我安排。

李争想要那瓶药，但他的算盘落了空——那天回旅馆后，我留了个心眼儿，没把那瓶药放在自己住的房间里，而是偷偷寄存到了报亭老板那里。这事儿我一直保密，没有告诉任何人，这东西如今是烫手山芋，我觉得还是先不要带在身上的好，只要我不说，那就没人知道东西在报亭。

不幸中的万幸，在我们必须离开的前一天，把头终于醒了。虽然把头还很虚弱，但他神志清醒，也能说话。

我红着眼问把头你感觉怎么样，是不是红姐下的手。

把头靠在枕头上虚弱地说："云峰，我知道，那不是小红。"

"没错把头！我调查过了，红姐当时应该是被长春会的人控制了。"

把头闭上眼睛回忆道："小红说支票由她先帮忙保管，那晚我就觉得她有些不对劲，只是没想到……唉。"

把头的意思我很明白，红姐不但伤了他，还拿走了我们的支票，导致我们这趟过来人财两空。

把头问我接下来有什么打算。

我说我想去邯郸找乞丐刘帮忙。

"嗯。"把头点头说，"目前来看，也只能这样了。乞丐刘曾欠我人情，这人信得过。云峰，你安排那位赵老板和我见一面吧，于情于理，我们应该感谢此人。"

我说好，把头你安心休息，我来安排。

关上房门，我看见那女孩正在屋里摆弄假花，便问她："喂，你爸去哪儿了？我有事儿找他。"

女孩头也不回地说："你算老几，我凭什么告诉你。"

"你！算了，好男不跟女斗。"

"小姐！小姐！"

正在这时，赵宏星的司机突然慌慌张张地跑了进来。

"怎么了，李伯？"女孩问。

李伯脸色铁青，他喘着粗气道："走！赶快离开这里，你父亲出事了！"

"啪——"花瓶掉在地上，发出摔碎的声音。

女孩颤声问："李伯……你什么意思？我爸怎么了？！"

"船已经安排好了，现在就走！什么东西都别带。"李伯抹了把脸上的汗，急声道，"赵先生他……"

"他死了！"

听到这突如其来的消息，我如遭霹雳，愣在了当场。

宏星渔业的老板，手下有一百多条渔船的赵宏星突然死了，在场所有人都不敢相信，尤其是他女儿赵萱萱。

赵萱萱笑着说："李伯，你喝酒了吧，说什么胡话呢？我刚才还跟我爸打电话了，我爸让我记得喂狗。"

笑着笑着，女孩的身子站不稳了。

司机李伯扶住女孩，脸上老泪纵横。

"小……小姐，对不起，是我没保护好赵先生。"

把头最冷静，他沉声问："具体发生了什么事，你慢慢讲清楚。关键时刻，我们不能自乱了阵脚。"

李伯扶着赵萱萱坐下。赵萱萱嘴唇哆嗦着，六神无主，已经吓傻了。

李伯看着把头道："我初步查过，赵先生开的本田之前没有发生过故障，他也没喝酒，我就想不通赵先生为什么在高速上掉头！"

"在高速上掉头？"把头眯着眼说，"这么说来，是车祸？"

李伯点头道："没错，赵先生的车和一辆拉钢卷的重型货车相撞，当场死亡！尸体我已经看过了，实在是……我不敢让小姐看，我怕她承受不住！"

"小姐尚且年幼，赵先生一死，另外三个股东肯定会趁机夺权宏星。"司机李伯咬牙道，"宏星市值过千万，小姐作为赵先生的合法继承人，我可以断定，其他股东肯定不想让她平安活着！在我调查清楚之前，这里不能待了。"

李伯起身对把头鞠了一躬，言辞恳切地道："宏星的人，我现在谁也不相信，不管怎么说，之前赵先生也对你们伸过援手，现在我希望你们能带着小姐一起离开，拜托了。"

管家李伯的请求十分突然。

"可……"把头皱眉道，"上千万的家产，难道全扔了，全都不要了？要不等我和云峰走了之后，你们报警？"

老人摇摇头说："不能报警，宏星底子不干净，一旦报警，会牵扯出很多大人物，那样对小姐的安全更不利。"

我看了眼沙发上的赵萱萱。

女孩哆嗦着嘴唇，一直在自言自语，但听不清楚在说什么。

赵萱萱跟着我和把头也不安全，因为长春会还在找我们，但就算这样，两害相比取其轻,她跟着我们离开,在另一座城市藏起来,起码可以保得一时平安。

敌在暗,我在明,和看不见的敌人对拼,我们会吃亏。这不是在玩,为了活命,我们必须选择连夜坐船离开。

把头行动不便,好在李伯安排了轮椅。

上船之前,赵萱萱哭着抓着李伯的手不肯松开。

李伯红着眼道:"小姐,你放心,等宏星稳定了,我肯定会把你接回来。你父亲死得蹊跷,我会调查清楚,我不能让他就这么不明不白地死了!"

从出事到选择离开,赵萱萱甚至都没来得及看自己父亲的遗体一眼。

就这样,在司机李伯的催促下,她跟着我和把头连夜上了船。

船长老霍久经江湖,一看到老板女儿的神情、模样,就知道出大事了,他也没多问,当即吩咐下去,让船员各就各位,准备开船返航。

我推着轮椅上的把头,站在甲板上,赵萱萱则远远地看着岸上的李伯。

船员准备就绪,升起桅杆。

伴随着一声刺耳的汽笛声响起,渔船开动了……

海风很凉,把头一直在咳嗽,他的身子骨看起来差了很多。

"云峰啊。"

"我在,把头。"

把头紧了紧腿上盖着的毛毯,问道:"赵老板的事,你有没有什么想法?"

我小声说:"把头,我觉得司机李伯有问题……"

"哦?何以见得?"

我摇摇头说:"说不上来。但赵宏星出事的时间太巧了,而且李伯行事太过着急。他说是为了保护赵萱萱才让她跟着我们走,可他同样知道咱们的处境也不安全。"

把头咧嘴道:"不错,你成长了。"

"这事不要让那个小女孩儿知道。李伯有一件事说得对,赵宏星先生于我们有恩,他女儿突遭此难,我们应当护着她,还了对方这个人情。"

"咯……"把头咳嗽一声说,"云峰啊,我老了,你有胆量,有义气,进步很快,你以后要接我的班,你这么年轻,说不定你以后做得比我王显生更好。"

我点了点头,没说话,转身推着把头回了船舱。

把头腿脚不便，老霍特意把他安排在了员工仓，我和赵萱萱则挤在了机轮房。说实在的，我有些不放心这女孩儿，她状态不好，我担心她看不开、寻短见。

短短一天时间，赵萱萱从衣来伸手，饭来张口的千金大小姐，变成了一无所有的流浪人员，这个落差太大了。

她一整天不吃不喝，我有点儿担心她饿，特意去伙房帮她煮了泡面。

"别哭了，起来吧，多少吃点儿东西。"

"我不吃！你滚开！"她突然愤怒地推了我一把。

"烫……你要烫死我！"泡面连汤带水地洒了我一裤子。

赵萱萱把脸埋在双腿间，不断抽泣。

我坐在她身边，看着她道："你呀……我知道你难受，其实我项云峰比你还惨，我小时候家里穷，亲戚看不起，也没什么朋友，我八岁就开始挑水，十岁就开始想着以后怎么挣钱了。"

看赵萱萱好像在听，我继续道："我知道你看不起我，那是因为你没穷过。"

赵萱萱慢慢抬起头。她此刻眼睛哭得通红。

她终于开口道："我……我对不起我爸，我老骂他，他说什么我都不听，呜……"话还没说完，她又开始哭。

等她心情平复，我和她聊了很久，还谈起了宏星公司。她说宏星还有另外三个大股东，那三个人当年都是和她爸一块儿打天下的，她爸白手起家，用了二十多年才让宏星走到今天，宏星不光有一百多条船，还经营着好几家渔具店。

夜已深。

说到这里，赵萱萱忽然看着我道："宏星是我爸留给我的，我想拿回来。"

"这就对了嘛，你总算说了句有用的话。"

我看着她，笑着说："你还不到二十岁吧？"

她点点头说："我刚满十八岁不久。"

我说道："那你还小。你现在不是什么千金大小姐了，要想办成事儿，没本钱、没人脉可不行，要不……"

"你跟着我们干吧。"

"你考虑一下。跟着我们干。"

赵萱萱不哭了,她抹抹眼泪说道:"可是我……我什么都不会……"

"这没事儿啊,不会挖土、打洞没关系,你跟着我们,再不济当个后勤也行。我们现在缺人手,肯定能给你找到活干。"

"让我干后勤?后勤是什么意思?"赵萱萱问道。

"后勤呢,说白了就是保证我们的装备采买,还有联络人手。联络人手你不用着急,可以慢慢学。等以后找到红姐了,我让她带一带你,你这么年轻,肯定学得快。你一直看我干什么?我可是认真的。你不会以为我骗你吧?"

赵萱萱竟然点头说:"你是不是想乘人之危,占我便宜?"

我差点儿爆粗口,说:"你把我当什么了,你爸刚死,我项云峰要是那样干,还是人吗?"

不过和她的谈话也不是没用,她让我意识到了一个问题——缺人。

要是以后还打算干,我们团队现在急需招人。

红姐生死不明,孙家三兄弟得病的得病,失踪的失踪,把头受伤需要疗养。

我忽然意识到一件事儿,现在团队里好像就我最正常……

我让赵萱萱冷静下来好好想想,而我直接离开机轮房去找豆芽仔了。

豆芽仔住在船头舱,我找他时,他正光着身子坐在桶里洗澡。

"喂,云峰,你怎么进来也不敲门!"豆芽仔瞪了我一眼。

"洗完了没,洗完了就从桶里出来,我有事儿和你商量。"我扔给他一条毛巾。

豆芽仔从水桶里站起来,胡乱擦擦身子,兜上了大裤衩。他光着膀子说:"你大晚上不睡觉,跑我这儿来干什么,难道你要还我钱?"

"滚犊子,我才借两天,哪有钱还你。芽仔,问你个正事儿,你是想天天捕鱼,做一辈子船员,还是想跟兄弟一起去打拼?"

"那还用说?傻子都知道怎么回答。"豆芽仔挤眉弄眼道,"当然是跟兄弟一块打拼,不过干什么?"

"简单,"我看着他,认真道,"跟着我干。"

"什么?跟你干?不行,不行。"豆芽仔摆手说,"我爸就我这么一个儿子,我可不想出什么事。我跟着老舅干虽然挣得不多,但是安全,要是跟你干,保不准哪天我就死了,到时怎么办,让我爸白发人送黑发人?"

"芽仔，没你说的那么夸张。撑死胆大的，饿死胆小的，你想想，你出海两年多了，才攒了几万块钱？要是你跟着我们去干，一次分到的都不止这个数！你自个儿好好合计一下。"

豆芽仔夹着烟，陷入了沉思。

几分钟后，他开口道："云峰，这事儿吧，我得跟老舅商量一下，看我老舅是什么意思。"

"你老舅肯让你去？"

豆芽仔回道："不知道啊，所以我才说问问。老舅见多识广，我让他帮忙参谋一下。"

半小时后，豆芽仔回到了船舱，还带来了他的老舅。

老霍皱眉道："小兄弟，你们年轻人胆子大，路子野，但芽仔是我亲外甥……你当芽仔是朋友，想带他一起去打拼我能理解，可这事儿我不同意，芽仔还是留在船上跟着我好。我虽然不能让他大富大贵，可几年内娶个媳妇，买套房子，我还是帮得上忙的。"

老霍不同意豆芽仔跟着我，我也没办法，豆芽仔什么事儿都听老霍的，这事儿我以为吹了，没想到还会峰回路转。

这一趟，老霍的渔船不回顺德，而是选择停在内湾码头。我们的船隔夜便到，我的计划是到邯郸落脚。

我买的是普通绿皮火车的票，从这里出发，到邯郸要二十四个小时，正好一天一夜。

我没料到，就在我和把头还有赵萱萱准备动身之时，有个人背着大双肩包，喘着粗气追上了我们。

看到这人，我笑了。

是豆芽仔。

我说："你小子怎么了，回心转意了？"

豆芽仔跑过来搂着我的脖子笑道："昨晚经过一晚上的深思熟虑，我觉得吧，云峰你说得有道理，男人就该跟兄弟出去闯荡一番大事业，我不想一辈子待在船上跟着老舅捕鱼。"

"你小子总算开窍了。"

"这是咱们的把头——王把头。"

豆芽仔规规矩矩地弯腰躬身说："把头好！"

把头无奈地摇摇头道："行了小伙子，既然云峰要拉你入伙，那我也不好说什么。你以后就跟着我们，多看，多问，多学，知道不？"

"了解！"

赵萱萱上下打量着豆芽仔，问："咱们是不是见过？我怎么看你觉得眼熟呢？"

"大小姐，你记性真好。前段时间我去老板家送大爪子，那时咱俩见过。你当时还准备让你家大黑狗咬我。"

赵萱萱似乎想起来了，脸上的表情有些尴尬。

当天下午五点半，我们几人坐上了绿皮火车。火车的终点站是邯郸，条件不好，路途遥远，我能看出来，赵萱萱这位富家大小姐很不适应，她以前宝马、奔驰坐习惯了，我估摸着她以前就没坐过这种火车。

到了晚上，我很困，想睡觉，豆芽仔却精神抖擞，他不停地问我问题。

什么洛阳铲长什么样，该怎么使，是不是真的存在摸金符，听人说黑驴蹄子能治僵尸是不是真的……

豆芽仔问题不断，我打着哈欠说："这些啊，等你干一两年就都清楚了。明天还有一整天的路要赶，赶紧睡觉吧，我困了……"

伴随着绿皮火车"咔嗒咔嗒"的行进声，我慢慢地睡着了。

这晚，我在火车上做了个梦……

梦里的情形光怪陆离，第二天我猛地从梦中惊醒。

这时，我透过火车的玻璃窗向外看。

天已经亮了。

绿皮火车走得慢，到站已经是晚上十点多了。我们收拾好行李，下了火车。

"住店吗，住店吗？"

"单人房，双人房，能洗澡、能充电，一晚只要三十块！"

"大名魏县，大名魏县，差一人马上发车！"

出了火车站，吆喝住旅店的，开黑车拉活的，不断有人上前搭讪。

豆芽仔打着哈欠说："云峰、把头，咱们找个地方住一晚吧，这人生地不熟的，咱们不知道路，晚上别瞎转了。"

火车站附近的小旅店脏、乱、差，我其实不想住，但眼下还有其他人，我要考虑其他人的想法和感受。

我问赵萱萱："大小姐，你累吗，咱们是住小旅店还是去找人？"

赵萱萱无精打采地说："我觉得豆芽说得对，我们还是先找地方住下，等天亮了再去找人，反正都到这里了，也不急这几个小时。"

"行吧，那咱们晚上先休息，恢复一下体力。"

我对刚才揽客的女人招了招手。

"小伙子，你们住店？"女人立马小跑过来。

我们人多，开三间房，女老板要一百二十块钱。

豆芽仔过惯了船上的苦日子，拼命和她杀价，结果这女的无意中看到了把头用的手机，两眼放光，一口价咬死了不松口。

这女的是看把头用着好几千的手机，所以才不肯降价。

把头不愿在这种小事上浪费时间，摇摇手说"就这样吧"。

住的地方是招待所，三层楼，环境一般，我和豆芽仔一间，把头一间，赵大小姐一间。

赵小姐问老板娘去哪儿洗澡，得到的答复是只有公用洗澡间，男人、女人一块儿用。她可能有洁癖，不适应这种洗澡间，也就没去。

到了晚上十一点半，我穿着拖鞋冲凉回来，路过走廊时，突然看到一拨人——得有十几个，同时上了三楼，随即三楼不断传来喧闹的嘈杂声。

前台值班的是个二十出头的红头发小妹，我走过去好奇地问："哎，美女，这三楼好热闹，干啥呢？"

红头发小妹托着下巴打了个哈欠，睡眼惺忪地说："开床交会呢，今天十六号啊，那些人都是做古董交易的。"

一听床交会，我来兴趣了。

床交会算是仅存在古董行里的一种交易方式，据传在清朝时就有了。过去那些流动古董商带着东西全国跑，都集中在了旅馆、驿站里，不知是谁开了个头，索性大家都在旅馆床上卖东西了，以床为媒，交流器物。

我对此早有耳闻，但一直没机会亲眼见识，这下肯定是要去看看热闹的。

喊上豆芽仔，上了三楼，我们看到十几间房都开着门，人从中间走廊穿过时，房内景象一览无余。

三三两两的卖主们盘腿坐在地上玩牌，床上被褥整洁，一排排古玩货物放得很整齐，有瓷器、高古玉、铜器佛像、古书卷轴、杂项杂宝等。走廊路过的人若是看上了床上某件物品，会先敲三下门——敲三声代表是买主来看货的，敲四声则代表是同行想串门认识一下。

豆芽仔虽对古玩一窍不通，但仍显得兴致勃勃。当走到走廊尽头时，房间内的一件东西引起了我的注意。

跑货老板是个秃头男人，五十多岁，西北口音。

我进了房间，男人态度冷淡地说："没笼子漏（没漏捡）。"

我笑了笑，没说话，继续看那件东西。

床上垫着一层被褥，被褥上放着一块边长约三十公分的青石雕板，石雕整体用的是浅浮雕工艺，雕的应该是一尊三头三脸的男相观音。在石雕的最下角残缺处，隐约能看到一些笔画复杂的石刻古文字。

"能上手吗，大哥？"我指了指这件东西。

男人淡淡开口道："轻点儿啊，这些都是高年份的东西。"

我点头说："是。"

我从未见过这种造型的观音像石雕，可以说充满了异域风，不太像中原地区的佛造像，这观音三头三脸，正脸低眉细眼，慈悲之态尽显；左脸怒目圆睁，好似金刚护法；右脸神态安详，仿佛与世无争。如此怪异奇特的造型，还是男性观音的开脸，这肯定是件宝贝。从青石的质地风化程度来看，我初步断代为宋元时期。

"大哥，什么价？"我问他。

"二十八。"男人语气淡漠地报了价

豆芽仔一瞪眼，说："二十八！这东西我看行，我给你三十！不用找了！"说罢就要翻钱包。

我忙拦住豆芽仔，笑着说："这是刚入行的兄弟，莫见怪。大哥，我看这东西坑口发干，敢问可是宁夏、内蒙古一带翻上来的？"

男人脸色一变，突然起身关上了房门。

他走近递过来一根烟,小声道:"好眼力。兄弟,我看你年纪轻轻,混哪路的?"

还不等我回话,豆芽仔立即抢话道:"北派王把头!听过没!"

男人微微一愣,看着我问:"新兵蛋子?"

"刚入行的,大哥别笑话他了。"我指着门外说,"天南地北碰到了就是缘分,要不咱们下楼坐坐,彼此认识下?看看有没有合作的机会。"

"行啊。"

他一边穿衣服,一边说:"我近期真有一个好项目碰到了难处,若你们有兴趣,可以聊聊啊。"

离开之前,我让他拿上那件古怪的观音石雕给把头看看,因为我觉得我摸不透这东西,而把头眼力好,说不定能看出点儿门路。

下到二楼见了把头,双方自报家门后,男人拿出了那件石雕。

把头仔细看了一遍,用手不断摩挲着三脸观音,过了许久才突然开口。

"如果没看错,这是来自西夏佛国的东西啊。"

番 外
王把头借绳

民国，腊月初八，保定刚刚下过一场大雪。

街上行来一人，那是一个年约四旬的黄脸汉子，头绑孝巾，手拄拐杖，身披二尺白绫，上面写着"告状"二字。

这汉子一步一停，个大手抖脚颤，那张看似营养不良的脸上仿佛写着满腹心酸无人听，万般委屈无处诉，他颤巍巍又走了几步，突然毫无预兆地扑通一声摔倒在了地上。

"好！"

"好！"

人们纷纷起立鼓掌，原来是在唱戏。

台上演的这出戏叫《麻风告状》，主要讲述的是一名身患麻风病的病人艰难申冤的故事，戏到一半，主角儿一跪，后台二胡一响，就代表开始演"讨饭戏"了。

一时间热闹无比，台下人纷纷向台上扔各种香烟麻糖、瓜果蔬菜。

唱戏的角儿跪在地上，不停地朝各方作揖叩拜。

后台出来一位年长的班主快速清点着物品，这班主经验老到，什么东西值钱，什么东西不值钱，一眼便能区分开。

他脸上对看客微笑，心中却想："今天算白忙活了，什么穷鬼地方，一块儿现大洋都没有，净是破烂玩意儿。"

突然，一只通体雪白、造型古朴的玉手镯被人丢到了台上，玉镯滴溜溜转了两圈，滚到了他脚下。

他捡起一看，心中大惊。

这可不是普通镯子，以他的眼光看，这是很有年代的古玉手镯，怕是最少值十块大洋。这班主抬眼寻去，只见扔镯子的竟是一名少年郎，这少年一头短发，模样清秀，上穿青布棉袄，下套绒布长裤，眼中露着和他年龄不匹配的沉稳感。

戏罢，班主立即拦住这少年并拱手笑道："东家出手阔绰，今儿个这场您是头彩，还请后台一叙喝杯茶水。"

这少年听后拱手还礼:"班主太客气了,正好我也有些口渴了,请。"

"请。"

行至幕后,茶水上桌。

班主招了招手,立即有人送来一条捆着红布条的"干树枝"。

这干树枝就是彩头了,一般给打赏最多的人,并不值钱,但吉利,因为"柴"寓意"财",得柴也就是得财。

"我听东家口音不像本地人?这年头四处打仗,您这是要去哪儿?"

少年如实道:"不瞒班主,我这次是路过此地,目的是前往济南,找长春会中一位朋友,可无会内人引荐,恐怕就算到了济南也是白跑一趟。"

"呵呵,巧了东家,我这班子下趟就是去济南,而且老夫就是长春会的,如果东家不嫌弃,可和我们同行,等到了济南城我可找人帮忙引荐。"

"这……。"

"东家不必推诿,这年头到处打仗,路上不太平,咱们抱团取暖,路上多一个人多一分安全。"

"班主说得对,那我就恭敬不如从命了。"

这少年说完端起茶杯喝了一口,心想:"这镯子没白给啊。"

民国末年,长春会总部还在济南老城区,当时江湖人走江湖,上海有青帮规矩,巴蜀有袍哥讲究,而在京津北方一带,有个协会所有人必须得认,那就是长春会。

会里人来自三教九流,五花八门,算卦相面,打把式卖艺,卖刀创药,卖眼药,卖牙疼药,卖刀剪,跑马戏的,等等,长春会的作用就是替这些江湖人排忧解难,提供援助,调解矛盾。

长春会内有八门。

金、皮、彩、挂、平、团、调、柳。

各门间如果没有会内人引荐,很难见到正主,而这个戏班的黄班主正是彩门中人。

叫王显生的少年是奉了师父北派王瓶子之命,前去济南长春会找金门中湘西赶尸传人赵二白借其捆尸绳一用,目的是为了对付一座古墓里的主。

这座墓，位于小兴安岭北端深处的一大片沼泽地里，由于沼泽水呈酸碱性，棺材里的墓主已经成了"鞣尸"。

所谓"鞣尸"，科学点说是由于酸性物质抑制了细菌生长繁殖，尸体停止腐败，皮肤细致如鞣皮，体积缩小，骨骼软化，可保持数千年不腐。这东西很邪门，很罕见，道上说必须借助湘西赶尸一门特有的捆尸绳才敢去动。

三日之后，戏班子一行人赶着马车到了保定以东的安新山小树林一带。

此时正值腊月，整片树林光秃秃，偶尔头顶有几只乌鸦哇哇叫着飞过。

黄班主一个劲儿催促大伙快些，因为传闻此地常有"绺子"（土匪）出没。

常言道怕什么来什么，当戏班子行至树林深处，突然，从草丛深处钻出来十几名手持利刃刀枪的彪形大汉。

黄班主瞬间脸色大变，立即下马上前交涉，绺子们说的话并不像评书里"此山是我开，此树是我栽"那样，而是有一套"切口"，过去也叫"春点"。

被一大帮凶神恶煞包围，戏班子没见过世面的年轻人脸都吓绿了，黄班主上前笑道："达摩老祖威武，这位爷可是里口的，报个蔓儿？"（朋友，先别动家伙，你是这块儿的山大王吗，能否报个名号？）

土匪头子上下打量了他一眼，扛着土枪大声道："老子虎头蔓儿！蘑菇什么价！（我姓王！你们干什么的！）"

班主擦了擦汗，赔着笑说："原来是并肩子的好汉，我们算姓柳的，三老四少道上靠，河里游出闹海蛟，不知又兴哪一套？兄弟悄悄把话唠。"（原来是绿林好汉，我们是跑江湖唱戏的，都是道上人，兄弟你想要什么？咱们可以商量着来，千万不要动武。）

一听这话，绺子头领当即摸出一块儿现大洋，手夹着用力一吹，放在耳边听响儿。

这意思再明显不过了，就是要钱。

黄班主表情为难说："蓝不嗨，请林子里的兄弟们搬浆子。"（钱不多，这点儿兄弟们拿去喝酒。）

说着话从怀中掏出一个布兜递了过去，里头有十来块儿现大洋，这已经是戏班子几天的收入了。要是一般绺子，见人这么懂事儿，还是道上人，一般收了钱就让人过去了，但这伙人并非一般绺子。

原来这伙人是大土匪韩子犹的手下，而这姓韩的在本地可谓是杀人放火，臭名昭著。

绺子头领收了钱，拍了拍黄班主的脸，咧嘴笑了。

黄班主以为没事儿了，也跟着拱手赔笑。

哪知道，下一秒刀光浮现，黄班主横尸当场！

绺子"呸"地吐了唾沫道："你这老头子打发要饭的啊？这点钱让我们怎么跟皇军交差。"

整个戏班子瞬间叫喊着四散逃跑，马儿也受了惊，不停嘶鸣想挣脱缰绳。

名叫王显生的少年眼疾手快，一把抓住一少女的胳膊，这女孩儿是戏班子中的小花旦，年方二八，名唤翠儿。

二人不像其他人一样四散逃跑，而是藏在了马车下。

翠儿吓得小脸儿煞白，看到同伴惨死当场，她忍不住想叫，却被捂住了嘴。

"嘘……别出声……"

少年沉着冷静，快速分析接下来可能遇到的种种局面，同时已经想好了对策。

可没想到，就在这时，远处传来一声暴喝："给我住手！"

扭头看去，只见是一名破衣烂衫的年轻人举着根棍子大声呵斥，这人脸脏得都看不出来原本面貌了，看那架势，分明是个路边儿乞丐。

绺子们互相看了看，瞬间一起大笑。

"哈哈哈！这哪里来的臭要饭的！活腻歪了吧！"

这乞丐快步走来，在场的都以为这是个疯乞丐，脑子不正常的那种。

下一秒，正躲在马车下的王显生眼睛大睁。

只见这乞丐撩开衣服从腰间抽出一把软剑，瞬间寒光闪过！

在场的人谁都没有看清动作，为首的绺子便捂着脖子倒下了。

乞丐冷着脸，大拇指弹了下剑身，顿时，一滴血顺着剑刃缓缓滴下。

"杀！都上！杀了他！"

有枪的用枪，有刀的用刀，这乞丐则在大树之间闪转腾挪，借着掩体躲避子弹，他每次出剑，必杀一人，手中那把软剑就如藏在树后吐着芯子的毒蛇。

一时间，刀光剑影，惨叫连连，整片树林充斥了血雨腥风，好似森罗炼狱。

前后不到一炷香时间，只有乞丐一人站着，其余土匪皆倒下没了生机。

王显生和小翠儿刚从马车下爬出来，一把剑便横在了二人面前。

"高手莫要误会！我们是戏班子的人！"

乞丐上下打量二人，收了剑，笑道："我看你俩也不像坏人，这帮土匪是汉奸走狗，我杀他们是为民除害，你俩快逃命去吧。"

"敢问高手可是姓刘？"

"哦，你认得我？"

"长春会高手，风流乞丐花剑刘，今日一见名不虚传，没想到阁下竟如此年轻。"

"在下北派，王显生。"

这乞丐用黑黢黢的手指掏了掏耳朵，若有所思道："北派……盗门的？"

看到少年点头，他瞬间大笑："哈哈！幸会幸会！"

得知彼此都要去济南长春会，二人一拍即合，决定同行。戏班子的小翠儿面对满地尸体，哭哭啼啼，六神无主。她从小被黄班主收留，在戏班子长大，如今整个班子的人死的死逃的逃，她自然伤心。

乞丐刘打量这小翠儿，马上咳嗽道："那个……姑娘，此地荒郊野岭，你又失去了容身之处，我看不如陪我们二人北上去济南，等到了那里，我自替你安排容身之处。"

王显生看出了乞丐的心思，也点头道："我看此法可行。"

小翠儿抽泣着，抹眼泪说："小女子如浮萍草芥，一切就依两位大人，但小女子有个不情之请，黄班主对我有恩，恳请两位大人能帮我收尸立坟，之后小女子端茶倒水，洗衣做饭，做牛做马报答两位恩情。"

小翠儿说完便跪下了。

乞丐刘马上把人扶起来道："应该的。"

"风流乞丐花剑刘"，人如其名，这中途自然而然地发生了一些风月趣事，这里不再表述。

另外，王显生得知了这乞丐刘的包袱中有一祖传"金碗"，据传是当年宫里所赐，是赏给武状元的，而他太爷就是那年的武状元。

这金碗有什么用？

在当年确实有用，那是奉旨讨饭，谁人敢不给？可到了民国就没用了，没人认，唯一的用处就是拿到当铺换现大洋，可乞丐刘对这东西视若珍宝，就算饿死街头也断不会将这祖传金碗典当换钱。

就这样，两男一女，三人于十日后到达了济南。

老济南城县西巷，东约两百米处有一胡同，从胡同口进去就是当时的县前街，街上有一茶馆，从茶馆进去绕到后院，可见一栋独门大院儿，院门头上悬挂有七尺条幅迎风招展，上写三个行书大字："长春会。"

乞丐刘是乞丐不假，但他又是"挂门"中的乞丐，属于是有双重身份的"武丐"，加上他近年来在江湖上名号日益响亮，所以在会内地位不低，由他牵头，很快便联络到了济南城湘西派的一位门人。

听闻王显生说来找赶尸传人赵二白，这人回道："赵爷不住这里，他在城北乱葬岗那片儿的义庄住。"

等二人赶到城北乱葬岗时天色已晚，只见这一带荒无人烟，碎石满地，野狗乱跑，阴风阵阵，时不时能看到路边儿随意堆起来的断碑破坟。

不比杀土匪时的英勇，此刻乞丐刘忍不住打了个寒战说："什么鬼地方，竟然有人住在这里。"

王显生相反，他非但不怕，反而对这种环境十分亲切。

一阵阴风吹过，宛如女人哭声，顿时把乞丐刘吓得面色发白，他有些后悔来这个地方了。

不久，二人找到了地方，只见这地方大门关着，破破烂烂，门头上写"义庄"二字的牌匾东倒西歪，蛛网满布。

推开门，"吱呀"响了一声。

乞丐刘连忙掏出火折子照明，同时他右手摸剑，随时准备应对危险。

屋内摆有六口棺材，看着十分破旧，有的盖着盖儿，有的则是半掩着。

"咚！"

突然，传来了一声清晰的响声。

乞丐刘唰的一声拔出了软剑！剑指前方棺材。

王显生面色如常，丝毫不惧，他上前一步对着棺材讲道："打扰前辈休息了，我奉家师王瓶子之命前来借捆尸绳一用。"

"咚！"

棺材内又传出一声闷响，紧接着，棺材盖儿缓缓后移，一只干枯如鸡爪的手扒住了棺材边儿。

下一秒，一个一身黑衣的小老头儿从棺材内坐了起来，

他张开双手伸了个懒腰，又打了个哈欠，声音沙哑道："王瓶子这老东西，还没死啊？"

王显声拱手道："托您老福，家师身体还算硬朗。"

"呵呵，你这娃说话口气倒是像那个老东西，十来年没见了，他上来就借我吃饭的宝贝，你们拿捆尸绳做什么？"

"回前辈，我们用来对付一具成了气候的鞣尸。"

"鞣尸……沼泽地里的吧？没想到如今这年头，还有那玩意儿啊。"

王显生恭敬道："如果不方便借绳，前辈可以和我一道同去，如此更好。"

这老人半截身子坐在棺材里说："你小子想得挺美，我倒是想见一见这鞣尸，可惜了，我这身子骨不允许了。"

"前辈哪里话，家师说您身子骨一向硬朗得很。"

这老人摇头道："你上前来看看吧。"

王显生心下疑惑，但还是走到棺材边儿朝里一看。

一瞬间，他脑门出汗，头皮发麻！

眼前这哪里是什么活人……这老头自腰部以下，烂得白骨外露了。

"怎么了，小娃娃，吓着了？"

"没有！"

老人声音沙哑，阴笑道："我还有一件事儿没办成，所以死皮赖脸地跟阎王爷借了两天命，我这捆尸绳不便外借，不如这样，看在老东西的面子上，我让我孙子带上捆尸绳随你走一趟吧。"

说完，这黑衣老头重新躺下，棺材盖儿也缓缓合上。

五日之后，乞丐刘，王显声，外加一名黑头黑脸的年轻人踏上了旅程，这年轻人

正是赶尸匠赵二白的孙子，小名叫赵阿平。

三人此行一路北上，打土匪，斗鞁尸，结下了深厚的兄弟之情，这也为许多年后的"飞蛾山探秘"埋下了伏笔。

【未完待续】

下期预告：重新组建团队的王把头一行人在邯郸偶遇手握神秘西夏石雕的秦兴平，得知出土西夏石雕的沙土之下极有可能掩埋着一座消失已久的西夏墓葬。一番商量过后，五人决定搭伙深入贺兰山，共同寻找西夏佛国的遗迹，探索神秘文明的奥秘……

敬请期待《北派.2》。